W0373362

Mordswind
Highland-Krimi

Lara Steel

Copyright: © Lara Steel 2015

Vervielfältigung, Übersetzung und die Einspeicherung und
Verarbeitung in elektronischen Systemen
sind für Bild und Text untersagt.

Ähnlichkeiten von Romanfiguren mit realen Personen
sind rein zufällig.

Kontakt: lara.steel.mail@gmail.com
Twitter: steel_lara
www.larasteel.de

ISBN-13:9781516971244

ISBN-10:1516971248

ROMAN

Mordswind

I

„Miss Fairchild? – Miss Fairchild!"

Megan Fairchild rollte genervt mit den Augen und murmelte ein paar Dinge vor sich hin, die auf gar keinen Fall für die Ohren ihrer Schülerinnen und Schüler geeignet waren.

Wobei …

Wenn sie sich die Truppe so ansah, die da um das Ufer des Loch Ness schlich und kollektiv auf ihre Smartphones starrte, waren das alles andere als unschuldige Kinder.

Wenn sie ehrlich war, hatte sie wider Willen das Kommando über einen Haufen Halbkrimineller und frühreifer Flittchen. Einer von ihnen war sogar nur ein Jahr jünger als sie. Wie sich das mit dem britischen Schulsystem vereinbaren ließ, war ihr unbegreiflich.

Warum nur hatte dieser bemitleidenswerte Kollege ausgerechnet zwei Tage vor der Klassenfahrt mit dem Gleitschirm abstürzen müssen?

Natürlich Friede seiner Asche! … und all das!

Trotzdem war der Zeitpunkt schlecht gewählt, schließlich hätte sie nur noch zwei Wochen in ihrem öden Musik-Klassenzimmer absitzen müssen und wäre dann in die wohlverdienten Ferien geschliddert. Und in die Arbeitslosigkeit, da ihr Vertrag ablief.

Und was war nun?

Nun musste sie sich mit 22 dieser pubertierenden Zeitbomben durch das schottische Hochland schlagen. Und das Schlimme daran war, dass sie höchstens vier von ihnen entdecken konnte.

Und einen Hintern, der aus einem Busch hervorlugte.

Also viereinhalb.

„*Miss Fairchild!*"

„Ja, was ist denn, Jason?" Jason war gut zwei Meter groß und mit 23 wie bereits erwähnt ein Jahr jünger als sie. Irgendwie schaffte er es, sich in der Schule herumzudrücken und wurde dabei auch noch von seinen milliardenschweren Eltern unterstützt. Nicht zuletzt, weil er von jeder Elite-Privatschule in Europa geflogen war.

Jason stand winkend auf einem Hügel. Megan war keine Expertin, was Zeichensprache anging, aber das sollte wohl heißen, dass sie kommen sollte. Sie fasste – zum tausendsten Mal an diesem Tag – ihr Haar zurück, das der ständig wehende Wind immer wieder in ihr Gesicht zauberte und ihr damit die Sicht nahm. Dann bahnte sie sich schnaufend einen Weg über das frischgeschnittene, taufeuchte Gras und zeigte auf das Ufer, wo der Loch mit seinem bräunlichen Wasser vom Wind unbeeindruckt und ruhig dalag.

Sie hob abwehrend die Hände.

„Bitte verschone mich mit Nessi-Sichtungen! Okay, Jason? Das ist sicher für uns alle lustig und wäre auch bestimmt ein Handyfoto für die Yellow Press wert, aber solang nicht einer deiner Mitschüler gefressen wird, interessiert es mich nicht."

… *und dann eigentlich auch nicht unbedingt.*

„Seien Sie doch bitte nicht albern, Miss Fairchild", erklärte er altklug.

„Ähm …"

„Ich spreche von dem, was dort schwimmt."

Megan kniff die Augen zusammen. Der böige Wind fuhr schon wieder schadenfroh in ihre rotblonden Locken und bauschte sie so auf, dass sie kurz gar nichts mehr sah.

Doch auch, als sie ihr Haar wieder im Griff hatte, konnte sie nichts Besonderes erkennen.

„Was soll denn da sein?"

„Na dort unten. Ein Stück vom Ufer weg. Sehen Sie das nicht?"

„Das ist doch nur Treibholz, Jason."

Er gab ein ungeduldiges Geräusch von sich und zog den Reißverschluss seiner Daunenweste auf. Dort holte er etwas aus der Innentasche, das sich zu Megans ehrlichem Erstaunen als kleines Fernglas entpuppte.

„Wieso hast du denn ein Opernglas bei dir?"

„Die Schlafsäle der Mädchen sind auf der anderen Seite des Hofes."

„Jason!" Sie warf ihm einen vorwurfsvollen Blick zu. „Halt bloß die Füße still. Alles andere wäre Verführung Minderjähriger."

Nur jemand, dem das scheißegal war, konnte so breit grinsen. „Die Einzige in meinem Alter sind Sie, Miss Fairchild!"

„Jason!"

„Diese Ausrufe nutzen sich allmählich ab", kommentierte er ungerührt und hielt ihr das Fernglas hin. „Wenn ich jetzt bitten dürfte!"

Grimmig riss sie ihm das Ding aus der Hand und stellte für sich selbst fest, dass der Lehrauftrag bei manchen Schülern einfach versagen *musste.*

„Wo denn jetzt?", fragte sie dann.

„Da unten. Sehen sie Joselins Hintern?"

„Ist das der, der aus dem Busch ragt?"

„Genau. Und davon oberhalb etwa fünf Meter -"

„Warum sehe ich nur ihren Hintern?", fragte Megan stirnrunzelnd.

„Weil das andere Ende ihres Körpers anderweitig beschäftigt ist!"

„Also -"

„Das war doch nur ein Scherz, Miss Fairchild. Wahrscheinlich füttert sie Eichhörnchen oder sowas. – Können Sie jetzt bitte einmal durch das Fernglas sehen?"

Sie tat wie geheißen und schaffte es nach sekundenlangem Hin und Her endlich den von Jason angesprochenen Gegenstand zu fixieren.

Nun war sie doch verwundert.

Sowas kannte sie aus Büchern oder Piratengeschichten, aber tatsächlich selbst gefunden hatte sie noch nie eine.

Hatte sie diesmal ja, so gesehen, auch nicht …

„Das ist eine Flaschenpost, nicht wahr?" Jason klang selbst ganz aufgeregt.

Megan nahm das Fernglas herunter und nickte langsam. „Ja, allerdings."

„Ist sie verkorkt? Ich meine, … ist etwas darin? Ein Brief?"

„Ein zusammengerolltes Stück Papier. Ja, in der Tat."

„Wir müssen es rausholen."

Ja, da hatte er allerdings Recht. Eine Flaschenpost zu finden, sorgte für kindliche Aufregung und Freude, selbst bei Megan.

„Na, dann komm."

Entschlossen stampfte sie den Hügel hinunter und steuerte auf das steinige Ufer des Loch Ness zu.

Die Flasche tanzte im Wind auf den Wellen und machte augenscheinlich keine Anstalten, sich dem Ufer weiter zu nähern.

„Möchtest du sie holen?", fragte Megan an Jason

gewandt.

„Nicht wirklich."

„Warum nicht? Es ist Hochsommer. Ein paar Züge und du hast das Ding."

„Ich habe gelesen, dass der Loch Ness sehr tief sein soll. Teilweise fällt der Grund schon nach wenigen Schritten steil bis auf über 50 Meter ab."

„Sagt wer?"

„Die Tourismus-Information." Er hob eine halbzerknüllte Broschüre in die Höhe.

„Was wissen die schon", murmelte Megan und hob dann Kopf und Arme. „Könnt ihr bitte alle einmal hierherkommen, Kinder?"

Fragende Blicke trafen sie. Bis ihre Schüler angeschlichen kamen, vergingen einige Minuten.

Sie zeigte auf die bräunlichen Wogen.

„Euer Mitschüler Jason hat eine interessante Entdeckung gemacht. Offenbar gibt es unweit des Ufers eine Flaschenpost."

„Krass, Alter! Wie bei *Message in a Bottle*."

„Äh, ja. Danke, Julia. – Jedenfalls müsste die Flasche herausgeholt werden."

Kollektives Schweigen.

Megan blinzelte ungläubig. Wo es sonst unmöglich war, diesen vorlauten Haufen zum Verstummen zu bringen, befanden sich nun offenbar alle in Schockstarre bei dem Gedanken, die Flasche aus dem Wasser zu holen.

„Es sind doch nur ein paar Züge!", beschwerte sie sich.

„Das ist *Loch Ness*, Miss Fairchild", erklärte ihre untersetzte Schülerin Emmy dank Zungenpiercing lispelnd.

Dem Tonfall nach hätte man *Loch Ness* jederzeit durch

glühende Lava ersetzen können.

„Es ist nur ein See. Und es ist Hochsommer. Und ich kann ja wohl davon ausgehen, dass niemand von euch ernsthaft an ein Seeungeheuer glaubt. - Vor diesem Hintergrund kann ich nicht verstehen, warum nicht einer von euch die Flasche aus dem Wasser holen will."

Ein intellektuelles Räuspern aus der hinteren Reihe kündigte an, dass die selbsternannte Intelligenzbestie der Klasse, Steven Hall, ebenfalls etwas zum Besten geben wollte.

„Ja, Steven?"

„Wenn es so ein Spaziergang ist, Miss Fairchild, warum tun Sie es dann nicht selbst?"

Zustimmendes Gemurmel, während sich Megans Züge verdüsterten. Ziemlich dämlich, wenn man von seinen eigenen Argumenten schachmatt gesetzt wurde.

„Das könnte ich natürlich", erklärte sie erhobenen Hauptes.

„Aber?", fragte Jason neben ihr grinsend.

„War das nicht eigentlich deine Entdeckung?"

„Wenn Sie dafür rausschwimmen, gehört sie Ihnen."

Megan warf einen grimmigen Blick in die Runde. Sie konnte ja schwerlich den Schwanz einziehen vor diesen Halbstarken. Immerhin war sie eine Respektsperson. Oder sollte es zumindest sein.

Ohne noch länger darüber nachzudenken, presste sie die Lippen zusammen und trat sich die Schuhe ab, stopfte ihre Socken hinein und legte ihre Uhr dazu.

„Da ihr es ja so wollt, werde ich euch gerne zeigen, dass es nichts Lächerlicheres gibt, als vor einem nicht existierenden Seeungeheuer Angst zu haben."

Als sie ihre Jeans aufknöpfte, ertönten ein paar auffordernde Pfiffe. Sie hob den Blick.

„Sollte ich einen von euch dabei erwischen, wie er ein Handyvideo dreht, kann sich derjenige das Ding bei Nessie wieder abholen. Verstehen wir uns?“

Gemurmeltes „Ja, Miss Fairchild“ bestärkte sie in ihrem Vorhaben, weiterzumachen.

Sie zog sich die Jeans aus und ging mit Slip und Shirt bekleidet ins Wasser. Als es ihr bis zu den Knöcheln reichte, drehte sie sich noch einmal um.

„Jason, besorg mir ein Handtuch!“

„Wo denn?“

„Im Bus müssten welche sein.“

Mit einem Nicken spurtete er den Hügel hinauf.

Es war ihm unschwer anzusehen, dass er trotz aller angestrebter Coolness verdammt neugierig auf den Inhalt der Flasche war.

Megans Neugierde jedoch bekam einen deutlichen Dämpfer, als sie bemerkte, wie eiskalt das Wasser war und dass es tatsächlich so steil bergab ging, dass sie bereits zwei Meter nach dem Ufer den Grund unter den Füßen verlor.

Innerhalb von Sekunden spürte sie ihre Zehen nicht mehr. Sie mochte wetten, dass ihre Lippen blau wurden und was mit ihren Brustwarzen im circa 18 Grad kalten Wasser geschah, war zweifellos nicht für die Augen ihrer Schüler bestimmt.

Doch als sie die auf dem Wasser tanzende Flasche wieder fixierte, kümmerte sie das nicht weiter. Denn darin war sorgfältig zusammengefaltet ein Brief, dessen Schrift sich bereits auf der unbeschriebenen Rückseite abzeichnete.

Mit einem letzten Zug schob sich Megan nach vorne

und griff sich das Objekt der Begierde. Als sie sich im Wasser herumdrehte und die Flasche in die Luft hob, wurde gejubelt und applaudiert, als hätte sie den Heiligen Gral gefunden.

Mit großen Zügen schwamm sie zurück ans Ufer, wo Jason mit einem weißen Badetuch Gewehr bei Fuß stand.

Das Wasser tropfte ihr aus den Haaren und von der Nasenspitze.

Jason nahm ihr die Flasche ab und reichte ihr das Tuch mit einem anerkennenden Nicken.

„Bei einem *Wet-T-Shirt*-Wettbewerb hätten Sie gute Karten, Miss Fairchild."

„Klappe halten! – Apropos. Martin?"

„Ja, Miss Fairchild?"

Er kam ahnungslos auf sie zu. Als er nah genug war, riss sie ihm das Telefon aus der Hand und warf es ins Wasser, woraufhin er wie ein fünfjähriges Mädchen aufkreischte.

„Ich habe euch gewarnt: keine Videos!"

Während Martin beinahe schluchzend auf das Ufer starrte, wandte sich Megan wieder Jason zu, der die Flasche forschend in alle Richtungen drehte.

„Sollen wir sie öffnen?"

„Ja, klar", bestätigte sie. „Zieh den Korken raus."

Jason packte die Flasche und brauchte mehrere Anläufe. Doch dann fluppte der Korken.

Megan drückte sich das Wasser aus dem Haar und band es sich achtlos zusammen.

Das Papier in der Flasche war gefaltet, so dass es zwar durch den Flaschenhals hineingeschoben werden konnte, heraus bekam man es aber leider nicht mehr.

„Wir müssen sie zerschlagen", befand sie. „Sonst

bekommen wir den Brief nie heraus.

„Und wie?"

Ihr Blick fiel auf das zweite Handtuch, das Jason mitgebracht hatte. Sie hob es auf, wickelte die Flasche darin ein und ging zum Ufer. Dort knallte sie die in das Tuch eingeschlagene Flasche auf einen der großen Steine.

Das Glas zersprang mit einem gedämpften Knirschen. Sie wickelte das Tuch vorsichtig auseinander und nahm mit zwei Fingern den Brief, der inmitten von Scherben lag.

Als sie sich umdrehte, schien ihre Klasse mittlerweile komplett versammelt zu sein. Offenbar war dieses Großereignis Anlass genug, um ihr Aufmerksamkeit zu schenken.

Sie zog die Nase hoch und schlang das Handtuch eng um ihren Oberkörper. Das nasse Shirt, das sie darunter trug, saugte den letzten Rest Wärme aus ihrem Körper.

Als sie mit zitternden Fingern das Papier auseinanderfaltete, so vorsichtig, als wäre es Jahrhunderte altes Pergament, war sie plötzlich umringt von neugierigen Teenagern, die ihr über Arme und Schultern blickten und offenbar genauso sehr erfahren wollten wie sie selbst, was für einen Fund sie hier gemacht hatten.

Sie kniff die Augen zusammen. Die Schrift war schwarz, und auch wenn offensichtlich kein Wasser in die Flasche eingedrungen war, so hatte sich die Tinte doch an den Rändern der Buchstaben verflüssigt und teilweise unleserlich gemacht. Außerdem war sie verblichen, an manchen Stellen so sehr, dass aus dem offenbar ehemaligen Schwarz ein helles Ocker geworden war.

„Nun", sagte sie und kniff angestrengt die Augen zusammen. Dann wollen wir mal sehen:

Der Herr vergebe mir, denn das Wissen um eine Todsünde lastet auf meinen Schultern. Und obwohl ich weiß, dass eine Unschuldige dafür büßt, kann ich ihr nicht helfen.
Laura Satins Mörder kenne ich und weiß,
dass mich ebenfalls der Tod ereilen würde,
wenn ich dieses Wissen jemals preisgäbe.
Doch auch zu schweigen vermag ich nicht,
so dass ich diese Zeilen verfasse in der Hoffnung,
dass ein anderer in der Lage sein wird das zu tun,
worin ich versagen muss.
Abby, du hast diesen Mord nicht begangen.
Vergib mir mein Schweigen.
Vergebt mir alle!

Als Megan den Blick hob, betrachteten sie ihre Schüler schweigend. Einige waren sogar ein wenig blass um die Nase.

„Das ist kein Fake, oder?“, fragte Martin, der ohne sein Handy seltsam nackt wirkte.

„Kann ich mir nicht vorstellen, nein.“

Dafür waren die Worte zu dringlich; zu verzweifelt.

„Und wer ist dann Laura Satin?“, fragte eine Schülerin, deren Name Megan gerade entfallen war.

„Keine Ahnung.“

„Das haben wir gleich“, stellte Steven fest und zog ein Tablet aus dem Rucksack. Das brachte sogar einige der Mitschüler zum Staunen.

Seine Finger flogen über das Display, während er zu Megan hervortrat, die langsam unter dem verdammten Handtuch erfror, vor allem, da ihr alter Freund, der Wind, wieder auffrischte.

Steven räusperte sich. Ein untrügliches Zeichen, dass er etwas herausgefunden hatte.

„*Am Morgen des 15.06.2009 erschütterte die Nachricht vom Tode der jungen Laura Satin Fort Augustus. Die Schülerin war während der gemeinsamen Abschlussfeier ihres Jahrgangs im Loch Ness ertränkt aufgefunden worden. Dringend tatverdächtig ist die ebenfalls 19-jährige Abigail Bold, die von ihren Mitschülern die Leiche umklammernd im Wasser entdeckt wurde.* – Der Rest ist Blabla."

Megan kaute nachdenklich auf ihrer Unterlippe und studierte dabei das Blatt Papier in ihren Händen.

„Aber wenn die Mörderin noch am selben Tag gefasst wurde, was hat dann dieser Brief zu bedeuten?", fragte Martin.

„Entweder es ist ein Fake …", hob Jason an, doch Steven schüttelte den Kopf.

„Ich habe mich ein bisschen mit Graphologie beschäftigt", erklärte er allwissend. „Das hier ist weder die Schrift eines Kindes, noch die eines Mannes. Es ist eine Frauenhandschrift. Sehen Sie, wie das Schriftbild am Ende der Zeile immer abfällt? – Ein untrügliches Zeichen, dass die Verfasserin traurig oder bedrückt war."

„Das wäre ich auch, wenn ich wüsste, dass jemand für einen Mord büßen muss, den er nicht begangen hat."

Er sah Megan an.

„Was denken Sie, Miss Fairchild?"

Alle Schüleraugen lagen auf ihr, als sie langsam den Kopf schüttelte.

„So grotesk diese Idee mit der Flaschenpost auch sein mag, so ungewöhnlich die Umstände des Auffindens … ich halte diesen Brief nicht für eine Fälschung. Ich denke, da hat sich jemand etwas von der Seele geschrieben und dem Meer anvertraut, das er sonst niemandem erzählen konnte."

„Das ist ein See, Miss Fairchild", korrigierte Steven.

„Von mir aus!"

„Und was machen wir jetzt damit?"

„Wir müssen es der Polizei übergeben. Wenn der Brief echt ist, dann fristet die arme Frau, die für den Mord verurteilt wurde, seit sechs Jahren unschuldig ihr Dasein in einer Zelle."

Kollektives Nicken.

„Wenn Miss Bristol den Bus und euch in die Herberge begleitet, dann -"

„Miss Bristol liegt mit einem Waschlappen auf der Stirn in der hintersten Sitzreihe."

Es war beinahe beeindruckend, wie die junge Emmy es schaffte, gleichzeitig Kaugummi zu kauen und an ihrem Zungenpiercing herumzuspielen.

Megan rollte mit den Augen.

Diese Kollegin war eine wandelnde Krankenstation.

„Nun", erklärte sie seufzend. „Dann hilft es nichts. Wir fahren mit dem Bus zur Polizeistation."

„Denken Sie wirklich, dass sich die Polizei für eine Flaschenpost interessiert, die wir nach all den Jahren im Loch Ness finden?", erkundigte sich Jason zweiflerisch.

„Nun, das muss sie doch eigentlich. Immerhin ist es die Polizei. Und wenn neue Hinweise auftauchen, müssen sie sich damit beschäftigen."

„Dieses Kaff Fort Augustus hat gut 500 Einwohner. Ich bezweifle, dass es überhaupt ein Polizeirevier gibt."

„Gibt es", schaltete sich Steven ein und tippte auf sein Display. „Evington Road 11. Der diensthabende Inspektor hier ist Finley Grant."

Megan nickte entschlossen. „Dann wollen wir dem guten Mann einmal einen Besuch abstatten."

II

Als Douglas, der ältliche Busfahrer, dem permanent der Geruch von Zigarrenqualm anhaftete, sein ausladendes Vehikel in eine viel zu kurze, viel zu schmale Haltebucht quetschte, zog Megan ungläubig die Stirn kraus.

„Das muss die falsche Adresse sein. – Steven?“

„Die Adresse stimmt, Miss Fairchild“, bestätigte er.

„Aber das ist ein Postamt!“

„Und eine Bäckerei.“

„*Was?*“

„Offenbar versucht die Region Gelder einzusparen“, erklärte er achselzuckend, woraufhin Megan zweiflerisch auf die rot gestrichene Holztür starrte, die nun keine fünf Meter mehr entfernt war. Ihr Haar war noch immer etwas feucht, doch da sie nun ihre Jeans wieder an und sich von einer ihrer Schülerinnen eine Bluse geborgt – unglaublich, was diese Mädchen in ihren Riesentaschen mit sich herumschleppten! – war sie einigermaßen gesellschaftsfähig.

„Ihr wartet hier!“, erklärte sie unnötigerweise und stieg aus dem Bus.

Die Straßen von Fort Augustus waren schmal und verwinkelt. Die Häuser bunt gestrichen und die Leute, die auf den Bürgersteigen entlanggingen, freundlich und nicht in Eile. Hier stand so ziemlich alles im krassen Gegensatz zu den Londoner Verhältnissen.

… *wenn man von der Kriminalität mal absah.*

Vor der roten Tür angekommen, atmete sie einmal tief durch, nahm dann die drei schmalen Steinstufen und betrat den Raum, der dahinterlag.

Das Scheppern einer ältlichen Glocke kündigte Megans Eintreffen an. Die dunklen Holzdielen knarzten unter ihren Füßen, während sie sich verwundert umsah.

Neben einer verglasten Auslage, hinter der Brotlaibe und Brötchen zu finden waren, stand ein Tresen mit der Aufschrift *Royal Mail.*

Bäckerei und Postamt stimmten also schon mal. War nur die Frage, ob es hier auch einen Polizisten gab.

„Bin sofort bei Ihnen!"

Eine kräftige, tiefe Männerstimme, die offenbar aus einem Hinterzimmer kam, ließ sie beinahe zusammenzucken. Sie fasste sich kurz in die Gesäßtasche, wo sie den Brief verstaut hatte, und verschränkte dann mit gestrafften Schultern die Hände vor dem Schoß.

Sekunden später waren entschlossene Schritte zu hören. Dann plötzlich füllte sich der Türrahmen mit einer dunkel gekleideten Gestalt. Groß gewachsen, mit braunem Haar und einem Lächeln, das in dem kantigen Gesicht beinah deplatziert wirkte.

Auch Megans Gegenüber stockte kurz, fragte dann aber: „Wie kann ich Ihnen helfen?"

„Sind Sie Mister Grant? Der Polizist?"

Er umrundete langsam den Posttresen, legte einen Lappen darauf, an dem er sich offenbar gerade die Hände saubergemacht hatte. Zu Megans ehrlicher Verblüffung stieg ein kleines Mehlwölkchen auf.

„Beides ist zutreffend, Miss …" Er wirkte ein wenig einschüchternd, als er näherkam. Was nicht allein seiner imposanten Gestalt oder seinen dunklen Kleidern geschuldet war, sondern vor allem seinem souveränen Gesichtsausdruck.

Megan schluckte kurz.

„Fairchild", antwortete sie mit fester Stimme und gestrafften Schultern. „Megan Fairchild. Ich müsste Sie in einer polizeilichen Angelegenheit sprechen, Inspektor."

Nun zuckten sogar frecherweise seine Mundwinkel.

„Eine polizeiliche Angelegenheit?", echote er.

„Allerdings."

„Und dürfte ich erfahren, worin besagte Angelegenheit besteht?" Er sprach mit dem rauen *R* der Schotten, die es sich außerdem angewöhnt hatten, jeden Vokal wie ein trockenes Würgen klingen zu lassen. Meist war das amüsant. Bei diesem Mann wirkte es allerdings anders. Er machte seltsam Eindruck auf Megan, was sie außerordentlich verärgerte.

„Es geht um einen Mord, wenn Sie es genau wissen wollen!", erklärte sie schnippisch.

„Einen Mord?"

„So ist es!"

„Und wer wurde ermordet?"

„Laura Satin."

Er zog die Stirn kraus und kam noch ein wenig näher; was völlig unnötig war.

„Das ist bereits einige Jahre her, Miss Fairchild."

„Ich weiß. Es geht auch nicht um den Mord an sich. Vielmehr sind mir … Hinweise in die Hände gefallen, die vermuten lassen, dass die falsche Mörderin hinter Gittern sitzt."

Ein Hauch von Überraschung in seinem überheblichen, zugegebenermaßen relativ attraktiven Gesicht.

„Tatsächlich?"

„In der Tat."

Er machte einen Schritt zur Seite und deutete auf eine verschlossene Tür.

„Bitte folgen Sie mir."

Inspektor Grant ging voraus und öffnete die Tür, die offenbar sein Miniatur-Polizeirevier verbarg. Und tatsächlich befanden sich dahinter ein ausladender Eckschreibtisch, eine Regalwand und nicht zuletzt etwas, das guten Gewissens als Gefängniszelle bezeichnet werden konnte.

„Zur Ausnüchterung", erklärte er, als er Megans verwunderten Blick bemerkte, woraufhin sie geistesabwesend nickte.

„Bitte nehmen Sie Platz." Er zeigte auf einen Stuhl, der vor seinem Schreibtisch stand, während er sich selbst in seinen abgewetzten Ledersessel warf.

Megan setzte sich mit im Schoß verschränkten Fingern und ignorierte die Wassertropfen, die noch vereinzelt aus ihren Locken perlten.

„Regnet es?", fragte ihr Gegenüber.

„Keineswegs. – Um zu meinem eigentlichen Anliegen zu kommen, Inspektor …"

„Natürlich."

„Mir ist ein Brief in die Hände gefallen. Kurzum, die Verfasserin erklärt darin, dass nicht etwa Abigail Bold für den Mord an Laura Satin verantwortlich ist, sondern eine ganz andere Person."

„Und wer sollte das wohl sein?"

Sie schluckte. „Das … wird leider nicht erwähnt."

„Und von wem haben Sie den Brief?"

Jetzt wurde es langsam unangenehm. „Ich habe ihn gefunden", erklärte Megan vage.

Schon wieder schlich sich dieses ärgerliche Lächeln auf das Gesicht ihres Gegenübers.

„Gefunden?"

Sie nickte.

„Und wo?“

„Loch Ness.“

„Am Loch Ness?“, fragte er verwundert.

„Genauer gesagt … *im* Loch Ness.“

„Dann muss der Brief ja in einem außerordentlich schlechten Zustand sein.“

„Keineswegs. Er war nämlich in einer … Flasche.“

Er stutzte kurz. „Eine … eine Flaschenpost?“

Dann lachte er. Tief und herzhaft. Und reichlich unangebracht, wenn man die Situation bedachte.

„Sie scheinen es außerordentlich amüsant zu finden, wenn eine Unschuldige hinter Gittern sitzt.“

Zu allem Übel winkte er nun auch noch ab, während seine breiten Schultern noch immer unter seinem Lachen bebten.

„Bitte … verzeihen Sie mir, Miss Fairchild“, sagte er, ohne dabei auch nur ansatzweise entschuldigend zu klingen. „Aber wir leben hier auf dem Lande.“

„Was Sie nicht sagen!“

„Als Laura Satin vor ein paar Jahren ermordet wurde, war das bei aller Schrecklichkeit eine Sensation. Es gingen fast 800 Hinweise auf den möglichen Täter ein, was bei einer Einwohnerzahl von gut 500 wirklich erstaunlich ist. Außerdem haben vier Personen den Mord gestanden, ohne ihn begangen zu haben, einfach weil sie gerne einmal in der Zeitung stehen wollten. – Was auch immer Sie da gefunden haben, ist nur eine weitere Blüte, die dieser ganze Wahnsinn damals getrieben hat.“

„Aber -“

„Händigen Sie mir den Brief einfach aus, so dass ich ihn zu den entsprechenden Akten legen kann.“

Sie schüttelte ungläubig den Kopf. „Wollen Sie denn der Verurteilten nicht wenigstens die Möglichkeit geben, sich dazu zu äußern?“

„Davon abgesehen, dass ein derartiges Gespräch einer Genehmigung bedürfte, … nein, will ich nicht.“

Als er die Hand ausstreckte, starrte Megan ungläubig darauf.

„Den Brief, Miss Fairchild.“

Sie öffnete gerade den Mund, um etwas zu sagen, da kündigte die Glocke einen Kunden an.

„*Finn? – Finn, bist du hier?*“

„Ich bin im Revier, Harry.“

Großer Gott, wie lächerlich!

Ein ältlicher Mann mit einer viel zu kleinen Mütze, auf der *Royal Mail* stand, klopfte gegen den Türrahmen.

Seine Lippen waren inmitten des wildwuchernden rotgrauen Bartes nur zu erahnen. Den Augen unter seinen buschigen Brauen ging es nicht besser.

„Finn, ich wollte die Post abladen. Aber da steht ein Bus vor dem Amt.“

Megan sank innerlich in sich zusammen. Heute blieb ihr aber auch nichts erspart.

„Ein Bus?“, fragte der ahnungslose Inspektor Grant.

„Aye, ein Reisebus. Der Fahrer meinte, seine Chefin wäre hier drin.“

Als sie plötzlich zwei dunkle, männliche Augenpaare trafen, gönnte sich Megan eine zarte Röte auf ihren Ohrspitzen.

Dann räusperte sie sich.

„Das ist richtig.“

„Warum fahren Sie denn mit einem Reisebus?“

„Da sitzt eine Schulklasse drin“, erläuterte Harry.

„Ich bin Lehrerin“, stellte Megan fest, bevor noch mehr dumme Fragen gestellt werden konnten. „Wir haben nur kurz hier Halt gemacht, damit ich Ihnen von meinem Fund berichten konnte.“

„Welcher Fund?“, fragte Harry.

Die neuerlich scheppernde Türglocke bewahrte sie vor einer Antwort.

„*Miss Fairchild?*“

Sie atmete innerlich auf.

„Ich bin hier, Jason.“

Ihr Schüler bog um die Ecke und sorgte wenigstens ansatzweise für einen Kräfteausgleich.

„Wir müssen los, Miss Fairchild.“

„Aber der Inspektor hat noch gar nicht -“

„Jetzt sofort“, setzte er nach.

Megan stutzte und als er sie sogar am Ellbogen nahm, gewann die Verblüffung endgültig die Oberhand.

„Die Herren entschuldigen uns“, nickte er altklug und beförderte Megan ohne eine Antwort abzuwarten aus dem *Revier*.

Und der Bäckerei.

Und dem Postamt.

Am Fuße der Stufen angekommen, entwand sich Megan seinem Griff und starrte wütend zu ihm empor.

„Was soll denn das?“ Sie zeigte auf die Tür. „Dieser Mensch ist so restlos überzeugt, dass dieser Brief nichts zu bedeuten hat, dass es mich noch Stunden kosten wird, um ihn eines Besseren zu belehren.“

„Sinnlos, Miss Fairchild.“

„Ich gebe *nicht* auf!“

„Das sollen Sie auch nicht.“

Sie blinzelte irritiert. „Soll ich nicht?“

„Nein."

„Sondern?"

„Ich habe etwas organisiert. Für Sie."

Mit einem Kopfschütteln ging sie ein Stück von der Tür weg.

„Was hast du denn organisiert?"

„Ich hatte ja geahnt, dass dieser … Postbeamte nicht mehr als ein müdes Lächeln für Sie übrighaben würde."

„Das ist noch untertrieben", bestätigte sie bitter.

„Aber Sie wollen dem Brief doch nachgehen, nicht wahr? Ich meine, Sie sind keine Polizistin, aber … auf diese Miss-Marple-Nummer haben Sie doch Lust. Richtig?"

„Miss Marple?"

„Sie sehen natürlich deutlich besser aus, als das Original. Und sind etwa 200 Jahre jünger. – Aber der Sache auf den Grund gehen wollen Sie doch?"

Megan überlegte einen Augenblick. Eigentlich hatte sie da in ihrer Hosentasche nur einen Wisch, den sie zusammen mit ihren Schülern in einem schottischen Tümpel gefunden hatte. Andererseits gab es jemanden, der diesen Brief verfasst hatte. Und wenn sie ihr Gefühl nicht völlig täuschte und derjenige tatsächlich die Wahrheit aufgeschrieben hatte, dann saß ein völlig unschuldiger Mensch hinter Gittern. Und was noch viel schlimmer war: Ein Mörder lief frei herum!

Megan nickte. „Ja, ich will der Sache auf jeden Fall nachgehen."

„Astrein." Jason grinste. „Ich habe nämlich ein Treffen mit der angeblichen Täterin für Sie in die Wege geleitet."

„Du?"

Er nickte und wippte stolz auf den Ballen. „Allerdings."

„Aber, wie …? - Der Inspektor meinte, es bedürfte für so ein Gespräch einer amtlichen Genehmigung."

„Ich habe meinen Vater angerufen. Er hat veranlasst, dass sie schon heute Nachmittag mit Abigail Bold sprechen können."

Megan war ehrlich verblüfft. Sie wusste zwar, dass Jason aus einer reichen Familie stammte, aber …

„Was macht dein Vater noch gleich beruflich?"

„Sitzt in ein paar Aufsichtsräten und so. Jedenfalls spielt er mit dem Justizminister Golf. Jeden Mittwoch. Ich habe meinen Vater angerufen. Mein Vater den Minister. Der Minister das Gefängnis … et voila: Gesprächstermin."

Ihr klappte der Unterkiefer nach unten. „Ich … weiß gar nicht, was ich sagen soll."

„Danke reicht völlig."

„Ja, äh … danke."

„Und es ist ziemlich heiß." Er hob den Blick in den strahlend blauen Mittagshimmel. „Ein Eis wäre jetzt genau das Richtige."

Da sie mittlerweile am Bus angekommen waren, drückte Megan den Türöffner. „Douglas, bitte steuern Sie die nächste Eisdiele an. Ich schmeiße eine Runde."

Unter allgemeinem Applaus stieg sie in den Bus.

*

In der brütenden Hitze des frühen Nachmittags stieg Megan aus dem Linienbus und hob den Blick empor an der grauen Mauer des Edinburgher Gefängnisses.

Ein mulmiges Gefühl hatte sie ja schon, zumal sie die ganze Fahrt über fieberhaft nachgedacht hatte, was genau sie die Frau fragen sollte.

Sie wollte auf jeden Fall aus ihrem eigenen Munde hören, wie sie den Mord leugnete. Sie hielt sich für eine ziemlich gute Menschenkennerin und meinte, daran einiges ablesen zu können.

Dann würde sie sich nach dem damaligen Hergang des Verfahrens erkundigen und sie am Ende mit dem Brief konfrontieren, der in der Flaschenpost gesteckt hatte.

Vielleicht kannte sie ja die Handschrift oder die Worte machten für sie in einem übergeordneten Zusammenhang Sinn. Immerhin musste es jemand aus ihrem unmittelbaren Umfeld sein, der die Zeilen verfasst hatte.

Sie atmete tief durch und straffte die Schultern, dann machte sie sich auf den Weg zum Eingang.

Neben dem Tor stand ein Mann in einer antik wirkenden Uniform, der erst zum Leben erwachte, als Megan einen ihr unbekannten Sicherheitsabstand unterschritt.

Da er sie dabei anblickte, schien dies wohl der Moment zu sein, wo sie den Mund aufmachen sollte.

„Ich … ich möchte zu Abigail Bold", erklärte sie und blieb abwartend stehen. Der Mann nickte und sagte etwas in ein Funkgerät, das an seinem Kragen hing.

„Einen Moment, Miss."

Megan nickte wiederum und wartete ab. Nur wenige Augenblicke später war ein lautes Surren zu hören. Dann öffnete sich eine normalgroße Tür, die in das riesige Stahltor eingelassen war.

Ein uniformierter Polizist kam heraus und nickte Megan verhalten freundlich zu.

„Sie haben einen Termin?"

„Ja, ich bin Megan Fairchild. Ich habe einen Termin mit Miss Bold."

Er nickte wiederum. „Bitte folgen Sie mir."

Da Megan keine Ahnung hatte, wie es hinter einer Gefängnismauer aussah, saugte sie den Anblick mit mindestens genau so viel Neugierde wie Abscheu in sich auf.

Alles war trist und die graue Farbe setzte sich in allem fort, was sie zu sehen bekam. Die Wände, die Gitter, die Böden, sogar die Türen. Alles war farblos und düster, als hätte der blühende schottische Sommer vor den Gefängnismauern einfach aufgehört zu existieren.

Sie versuchte die Gänsehaut zu ignorieren, die sich über ihren Nacken zog, als sie dem Polizisten durch eine weitere Tür ins Innere des Gebäudes folgte.

Als er ihr ein Plastikschälchen hinhielt, starrte sie ihn verständnislos an.

„Alle Metallgegenstände dort hinein, bitte", erläuterte er. „Und dann einmal durch den Detektor."

Achso! - Sie verstand!

Wie in den Gefängnisfilmen … oder US-amerikanischen Schulen.

Hastig zog sie Handy, Geldbörse und Kleinkram aus der Tasche. Auch ihre Uhr legte sie ab.

Dann nickte sie und trat durch den Metalldetektor, der sie mit einem schrillen Pfeifton willkommen hieß.

„Haben Sie noch irgendwelchen Körperschmuck? – Arm- oder Fußkettchen? Piercings?"

„Nein!", erklärte Megan nachdrücklich. „Ich habe Ihnen alles gegeben.

Daraufhin holte er einen kleinen Metalldetektor, der wie ein Tennisschläger geformt war. „Wünschen Sie, dass ich eine weibliche Kollegin rufe?"

Sie zog die Stirn kraus. „Kommt darauf an, was Sie mit dem Ding vorhaben."

„Ich folge damit nur der Kontur Ihres Körpers in etwa zehn Zentimeter Abstand."

Na dann! „Das ist in Ordnung."

„Gut. Breiten Sie bitte die Arme aus und spreizen Sie die Beine ein wenig."

Megan schluckte. Das war ja nun gar nichts für sie. Dennoch gehorchte sie widerwillig und ließ zu, dass der Gefängniswärter ihre Arme und Beine nachfuhr, dann den Rücken, Brust und Seiten.

Das Gerät verhielt sich unauffällig, bis es ihren Nacken erreichte. An ihrem Hinterkopf wurde es endgültig hysterisch.

„Achso!" Sie hob die Arme. „Das muss meine Haarspange sein."

Schnell wand sie sich den Störenfried aus den Locken, und während diese etwas wirr über ihre Schultern herabfielen, legte sie stolz die Haarspange in die Plastikschachtel.

„Bitte noch einmal durch den Metalldetektor."

Sie gehorchte und lächelte erleichtert, als diesmal alles ruhig blieb.

„Bitte folgen Sie mir."

Megan atmete etwas zittrig aus, als sie diese erste Hürde offenbar ohne Zwischenfälle genommen hatte. Sie folgte dem Beamten in einen kleinen Büroraum, in dem ein schlichter, quadratischer Tisch stand. Als sie sah, wer es sich dahinter gemütlich gemacht hatte, traf sie schier der Schlag.

„Sie?", keifte sie, verschluckte sich dabei beinahe an ihrem eigenen Atem. „Was wollen Sie denn hier?"

Inspektor Grant stand mit einem siegessicheren Lächeln aus seinem Stuhl auf und durchquerte den Raum mit wenigen Schritten. Er trug eine dunkelblaue Jeans über schwarzen Lederschuhen zu einem weißen Hemd, dessen Ärmel er über die Ellbogen hochgekrempelt hatte.

Das dunkle Haar hatte er sich mit den Fingern zurückgekämmt.

Megan kniff die Augen zusammen. Der Kerl hielt sich offenbar für verdammt unwiderstehlich.

„Sie halten sich wohl für verdammt clever, was?“ Sie starrte wutschnaubend zu ihm empor. „Woher wissen Sie, dass ich hierherkomme? Sie haben mich doch nicht etwa belauscht?“

„Das war nicht nötig. Als der junge Mann hereinkam und sie so unbedingt mit nach draußen nehmen wollte, konnte ich mir denken, dass er irgendetwas im Schilde führte. Und für den Fall, dass es etwas mit dem Satin-Mord zu tun hatte, war die Anzahl der möglichen Anlaufstellen außerordentlich begrenzt.“ Er legte mit einem spöttischen Lächeln den Kopf schräg.

„Glauben Sie ja nicht, dass Sie mich davon abhalten können, Miss Bold zu sprechen. – Immerhin hat der Justizminister den Termin für mich vereinbart“, spielte sie lächelnd ihren größten und vermutlich einzigen Trumpf aus.

„Oh, nichts läge mir ferner“, antwortete er. „Allerdings muss ich darauf bestehen, Sie zu begleiten.“

„Das können Sie nicht!“

„Durchaus.“ Er zeigte auf eine Regalwand hinter sich. „Sie können in der entsprechenden Gesetzesliteratur nachlesen, dass polizeilicher Schutz während Gesprächen mit verurteilten Kapitalverbrechern, insbesondere Mördern, angeordnet werden kann.“

„Von wem angeordnet?“

„Von mir, zum Beispiel.“ Er hob beide Arme. „Sie können es sich aussuchen. Wir sprechen zusammen mit Miss Bold, oder Sie verziehen sich wieder!“

„Sie elender -“

„Zügeln Sie Ihre Zunge, Miss Fairchild. Für Beleidigungen kann ich Sie belangen.“

Während sie grimmig die Lippen zusammenkniff, bedachte sie ihn im Geiste mit einer erlesenen Auswahl von Schimpfwörtern. Dann nickte sie.

„Schön, also gut.“ Sie strich sich das Haar aus dem Gesicht und wünschte sich ihre Haarspange zurück. Keine Ahnung, wo die abgeblieben war. „Dann wollen wir mal.“

„Gut.“ Er hob die Hand, woraufhin die Tür wieder aufging. Diesmal war es eine weibliche Vollzugsbeamtin, die den Kopf hereinstreckte. „Wir sind soweit.“

„Dann kommen Sie.“

Megan versuchte, sich nicht anmerken zu lassen, wie sehr sie diese eiskalte und stahlgraue Umgebung einschüchterte, und ging stattdessen möglichst ruhig hinter der Gefängniswärterin her. Grant ging schweigend an ihrer Seite, und obwohl sie es nicht wollte, gab ihr seine Gegenwart ein wenig Sicherheit.

„Bitte warten Sie hier drin“, wies die Frau Megan und Inspektor Grant an, indem sie eine schmale Tür öffnete, hinter der ein kleiner Raum mit nur einem Tisch und vier Stühlen stand.

„Danke.“ Grants Stimme wurde unnatürlich hohl von den nackten Wänden zurückgeworfen, während sich die Tür hinter den beiden wieder schloss.

Megan drehte sich um die eigene Achse.

„Was denken Sie?“, fragte er.

Als sie zu ihm aufsah, war klar, worauf sich seine Frage bezog.

„Ich finde es bedrückend und einschüchternd“, erklärte sie ohne Umschweife und sah ihm fest in die dunklen Augen. „Niemand sollte hier schuldlos sein Dasein fristen müssen, oder was denken Sie, Inspektor?“

Bevor Grant zu einer Antwort kam, ging die Tür von neuem auf. Die Gefängniswärterin war zurück und dabei in Begleitung einer Frau, bei deren Anblick sich eine eiserne Klaue um Megans Magen schloss.

Diese Frau trug keine der fröhlich orangefarbenen Overalls, die sie aus einschlägigen US-Serien kannte. Sie war gekleidet in einen weißen Zweiteiler mit dem geschmacklos kleinteiligen Muster eines OP-Nachthemds. Ihre Füße steckten in ebenfalls hellen Filzschlappen. Doch das wirklich schockierende waren die zahllosen Wunden und Pflaster, die Gesicht, Hals, Arme … praktisch jede sichtbare Körperstelle bedeckten. Ihr Gang war schlurfend, als sie zum Tisch geführt wurde, der Blick leer. Sie wirkte völlig weggetreten.

Als sich Megan ganz zweifellos leichenblass zu Grant umdrehte, wandte sich dieser an die Wärterin.

„Was ist denn geschehen?“

Die Beamtin verzog das Gesicht. Es sollte bedauernd wirken, doch augenscheinlich war ihr scheißegal, dass Miss Bold aussah, wie nach einem Boxkampf über volle zwölf Runden.

„Ist von den anderen in die Mangel genommen worden“, kommentierte sie knapp. Sie wollte die Kette der Handschellen durch eine Öse am Tisch führen, doch Grant hob die Hand.

„Das ist nicht nötig", erklärte er. „Wir rufen Sie, wenn wir etwas brauchen."

Entweder Megan bildete es sich ein, oder Grant reagierte auf das gleichgültige Verhalten der Gefängnisangestellten ebenfalls gereizt. Falls ja, sammelte er damit seinen ersten Pluspunkt.

Die Wärterin schlich sich mit unverständlichem Gemurmel aus dem Raum und ließ eine völlig apathisch wirkende Abigail Bold auf der anderen Seite des Tisches zurück.

Megan warf Grant einen kurzen Blick zu. Er nickte stumm, woraufhin sie sich räusperte.

„Miss Bold", setzte sie an und drosselte ihre Stimme noch einmal, als sie hörte, wie verzerrt sie von den Wänden zurückgeworfen wurden. „Miss Bold, ich bin Megan Fairchild. Und das hier ist Mister Grant." Sie nahm bewusst keinen polizeilichen Dienstgrad in den Mund, um diese arme Frau nicht noch mehr zu verunsichern. „Wir sind hier, weil wir mit Ihnen noch einmal – natürlich nur, wenn Sie sich in der Lage dazu fühlen – über Laura Satin sprechen wollten."

Plötzlich erwachte die lethargische Abigail Bold zum Leben. Sie hob den Blick, auch wenn sie eher durch Megan hindurchbickte, als dass sie sie ansah.

„Laura", hauchte sie.

Sie war heiser. Unweigerlich lief ein Film vor Megans Augen ab: wie Miss Bold von Mitinsassinnen zu Bode geprügelt wurde und verzweifelt so lange um Hilfe rief, bis ihre Stimme versagte. Dass die Hilfe nicht schnell gekommen war, davon zeugten all ihre Verletzungen.

„Ja, genau." Megan versuchte sich zusammenzureißen und lächelte aufmunternd.

Trotzdem bekam sie keine einzige ihrer so sorgfältig erdachten Fragen mehr zusammen.

„Wissen Sie noch, dass Sie wegen Mordes an ihr verurteilt wurden?“, fragte sie vorsichtig.

Abigail Bolds Hände zitterten. Ihre Fingerkuppen waren aufgeschürft, ihre Nägel ausgefranst.

„Ich weiß“, erklärte sie und schluchzte unvermittelt auf. „Oh, Laura.“

Das Mitleid packte so heftig nach Megan, dass sie die Frage nicht stellen konnte, die ihr auf der Zunge lag, wenn sie nicht augenblicklich in Tränen ausbrechen wollte. Sie hatte noch nie einen so hoffnungslos gequälten Menschen gesehen.

„Im Verlauf der Verhandlung haben Sie sich nicht verteidigt“, kam ihr Grant mit erstaunlichem Feingefühl zur Hilfe.

Miss Bold nickte geistesabwesend und starrte auf die weiße Tischplatte.

„Und wurden verurteilt“, hakte er weiter nach.

„Weil ich schuldig bin …“ Sie krallte ihre Finger ineinander und fing an ein wenig im Sitz vor und zurück zu schaukeln, wobei ihre Ketten rasselten. „Schuld an Lauras Tod.“

„Sie haben Sie ertränkt?“, fragte Megan verwundert.

Nun fixierte sie Abigail Bold das erste Mal mit ihren grauen Augen, die gezeichnet waren von einem Martyrium aus Qual, Angst und Traurigkeit. „Nein!“ Sie schüttelte vehement den Kopf, ohne das Schaukeln zu unterbrechen. „Oh Gott, nein! Niemals.“

„Aber -“

„Ich habe sie gefunden. Ihre Augen waren offen, aber sie hat nicht geatmet. Nicht mehr geatmet. Nicht geantwortet.

– Ich wollte sie herausholen, aber sie war so schwer, so schrecklich schwer wie ein Mann. Wie ein großer Mann. Und …" Sie schluchzte wieder, ihr Oberkörper ging vor und zurück, so weit es Stuhl und Tisch zuließen. „Sie war tot. Sie war *tot! Tot!*", rief sie hysterisch. Ihre Stimme überschlug sich, als sie das Wort *tot* wiederholte. Immer wieder, bis Megan mitleidig die Hand nach ihr ausstreckte.

„Miss -"

In dem Augenblick, da sie die Finger ihres Gegenübers berührten, fuhr Abigail Bold schreiend von ihrem Stuhl auf; mit einem panischen, wahnsinnigen Ausdruck in ihren Augen und packte mit beiden Händen nach Megan.

Diese konnte nicht so schnell reagieren, wie sie von Grant auf die Beine gezerrt und aus Miss Bolds Reichweite geschafft wurde.

Während Megan das Blut in den Ohren rauschte, als sie der Inspektor mit unnachgiebigem Griff hinter sich hielt, verfiel Abigail Bold von neuem in ihr Schaukeln. Sie summte sogar. Irgendein Kinderlied, was die ganze Szene noch unheimlicher, noch schockierender machte.

„Ist alles in Ordnung?" Grants dunkler Blick traf sie mit einer gehörigen Portion Sorge.

Sie nickte schnell. „Ja, alles … alles Okay."

Megan ließ seinen Ärmel los, in den sie sich gekrallt hatte, und trat vorsichtig einen halben Schritt zur Seite, um Miss Bold wiederum anzusehen. Ein niederschmetternder Anblick, verstörend und beängstigend zugleich.

„Ich denke, wir sind hier fertig", sagte Grant leise, in dem er sich ein wenig zu Megan herunterbeugte. Diese beobachtete noch immer ihr Gegenüber. Sie wirkte nicht, als würde sie in nächster Zeit noch einmal etwas von Sinn und Verstand von sich geben. Dennoch …

„Können wir irgendetwas für Sie tun, Miss Bold?“

Erwartungsgemäß bekam sie keine Antwort und ließ sich schweren Herzens von Grant zur Tür dirigieren.

„Buch.“

Megan fuhr herum, als sie Abigail Bolds schwache Stimme hörte. „Ein Buch? Was für ein Buch? Möchten Sie etwas lesen?“

Obwohl sie Megan nicht in die Augen sah, nickte sie heftig.

Megan wiederum sah zu Grant auf.

„Wir kümmern uns darum“, erklärte er leise und schob Megan aus der Tür.

Sie hatte das Gefühl unter Schock zu stehen. Das Ausschleusen, die Rückgabe ihrer wenigen Habseligkeiten und die wenigen Worte, die Grant an sie richtete, liefen in einem seltsam unbedeutenden Film irgendwo im Hintergrund ab. Die Kraft sich danach umzudrehen hatte sie nicht.

Erst als die schwere Stahltür hinter ihr ins Schloss fiel und ihre Augen den ersten Flecken Grün erhaschen konnten, fing sie an sich ein wenig zu erholen.

„Sie sind ganz schön blass“, stellte der Inspektor fest.

Megan straffte die Schultern, so gut es ging, und sah zu ihm auf.

„Ich bin ein heller Hauttyp.“

„Sie brauchen mir nichts vorzumachen. Wen es kalt lässt, einen Menschen in solcher Verfassung zu sehen, der hat kein Herz.“

Verwundert blickte sie zu ihm auf. Der kantige, sarkastische Polizist war nicht zwingend der Typ Mann, von dem man erwartete, dass er über Gefühle sprach. Auch wenn er natürlich Recht hatte.

„Glauben Sie denn ernsthaft, dass diese Frau in der Lage wäre, einen Mord zu begehen?"

„Im Augenblick sicher nicht. Aber vor sechs Jahren war sie es womöglich. Außerdem stellt sich die Frage gar nicht. Sie wurde rechtskräftig verurteilt. Ende der Geschichte."

Megan funkelte ihn grimmig an. Das mit den Gefühlen nahm sie im Geiste zurück.

„Sie sind wirklich unglaublich."

„Vielen Dank."

„Das war ganz sicher kein Kompliment."

„Miss Fairchild, tun Sie das einzig Vernünftige und lassen Sie die Sache auf sich beruhen. Geben Sie mir den Brief, lassen Sie mich ihn zu den Akten legen und dann gehen Sie zurück zu ihrer Schulklasse."

„Ich denke ja nicht daran!", zischte sie.

Er lachte ungläubig. „Sie sind ein verdammt harter Brocken."

„Ich verzichte auf Ihre Meinung! - Und jetzt entschuldigen Sie mich, bitte. Ich muss meinen Bus erwischen."

Als er sie am Arm festhielt, fuhr sie wütend zu ihm herum. Er ließ sie los und hob abwehrend die Hand.

„Ich wollte Ihnen nur vorschlagen, dass ich Sie mit zurücknehme."

„Ich verzichte."

„Bedenken Sie, dass jetzt Büroschluss ist. Die ganzen Pendler sitzen im Bus. Gedränge, Platzmangel, außerdem ist Grippewelle."

Sie kniff die Augen zusammen. Sie hatte wirklich verdammt wenig Lust mit dem Bus zurück zu tuckern.

„Also schön." Sie schaffte es, es so klingen zu lassen, als würde *sie ihm* einen Gefallen tun. Und nicht umgekehrt.

Er deutete mit einem galanten Lächeln auf einen schlammbespritzten Jeep.

Als er Megan die Tür öffnete, stieg sie nickend ein und wartete, bis er auf dem Fahrersitz platzgenommen hatte.

Ab dem Moment, da er den Motor startete, schwieg sie. Es gab eine Vielzahl von Vorwürfen und bissigen Kommentaren, die sie ihm gern um das wohlgestaltete Haupt gehauen hätte. Doch was sie hinter diesen Mauern gerade erlebt hatte, war zu bedrückend und ließ sie nicht mehr los.

*

Als sie den Ortseingang von Fort Augustus passierten, stand die Sonne bereits tief. Megan fühlte sich müde und ausgelaugt und sehnte sich jetzt, wo das Adrenalin sie endgültig verlassen hatte, vor allem nach ihrem Bett.

„Sie wissen ja, wo die Herberge ist, nicht?“, fragte sie ihren Fahrer, der ruhig nickte. Trotzdem fuhr er vor dem Postamt-Revier in die Haltebucht.

Megan zog die Stirn kraus.

„Warum halten wir denn hier?“

Sie hörte ein leises, metallisches Knirschen und zog fragend die Brauen zusammen. Doch da steckte ihr Handgelenk bereits in einer Handschelle.

„*Was zum -?*“

Als sie fassungslos den Blick hob, grinste Grant triumphierend.

„Was soll denn das?“

„Ich nehme Sie in Beugehaft.“

„*Was?*“

„Beugehaft. Bis Sie mir den Brief aushändigen.“

„Darauf können Sie warten, bis Sie schwarz werden!" Megan riss an der Handschelle, die sich leider schmerzhaft in ihre Haut schnitt. „Lassen Sie mich sofort los!"

„Ich denke nicht daran! – Kommen Sie! Aussteigen!"

Anstatt ihr wie gerade eben galant die Tür zu öffnen, zerrte er so lange an ihrer Handschelle, bis Megan nichts anderes übrig blieb, als über Schalthebel und Handbremse hinweg zu klettern und auf der Fahrerseite auszusteigen.

„Diese Frechheit werden Sie mir büßen!"

Wortlos zog er sie hinter sich her zur Tür und strebte auf sein Miniaturrevier zu.

„Lassen Sie mich endlich los!"

„Wenn Sie mir den Brief geben!"

„Ich lasse nicht zu, dass Sie einen Mörder weiterhin frei herumlaufen lassen."

„Die Mörderin sitzt hinter Gittern. Wir könnten uns beide viel Zeit ersparen, wenn Sie das endlich einsehen würden."

Megans Kinnlade klappte herunter, als er die Gittertür der Ausnüchterungszelle öffnete und sie tatsächlich hindurchschob.

Wutentbrannt fuhr sie herum, doch da war die Tür schon ins Schloss gefallen.

„Brauchen Sie dafür keine richterliche Genehmigung?"

„Die kann ich nachträglich beantragen." Er ließ sich auf seinen Ledersessel fallen und grinste sie über den Schreibtisch hinweg zufrieden an. „Kann ich Ihnen einen Kaffee anbieten?"

„Sie können sich ins Knie ficken!", rief sie.

Ungerührt griff er nach einem Kugelschreiber und schlug einen Block auf, wo er etwas notierte.

„Was tun Sie da?"

„Beleidigung von Polizeibeamten ist eine Ordnungswidrigkeit und wird mit Geldstrafe geahndet. Ich stelle einen Bußgeldbescheid aus."

„Ach ja?", rief sie hysterisch vor Wut. „Dann behalten Sie das Ding mal lieber in der Hand. Es gibt da nämlich noch so einige Beleidigungen, die ich loswerden möchte, Sie …, Sie …"

„Ich warte."

„Sie …" Warum ließ sie ihre nicht existente Whitechapel-Erziehung ausgerechnet jetzt im Stich?

„Mir trocknet der Stift ein, Miss Fairchild!"

„Elender Scheißkerl!"

„Na, geht doch." Er schlug eine neue Seite auf und murmelte dabei etwas von *25 Pfund*.

Megan konnte nicht fassen, dass das wirklich geschah. Dass er es wagte! Sie würde ihm den Brief niemals geben! Nur über ihre Leiche! Spätestens morgen würde ihre Schulklasse hier auf der Matte stehen und eine Suchanzeige aufgeben. Dann würde sie diese unsägliche Behördenwillkür entlarven und dafür sorgen, dass es auf diesem Planeten keinen Platz mehr geben würde, wo dieser Idiot auch nur die Parkuhren kontrollieren dürfte.

„Ich will telefonieren!", stellte sie fest.

„Und ich will von meiner Exfrau das Haus zurück. Wir alle haben unerfüllte Wünsche."

„Es ist mein Recht!"

„Wir sind nicht in den USA, Miss Fairchild. Es gibt kein Gesetz, das mir vorschreibt, Sie noch heute telefonieren zu lassen."

„Ich muss meiner Kollegin Bescheid geben", erklärte sie nachdrücklich und versuchte ihre Wut ein wenig im Zaum zu halten. „Ich habe da draußen 22 Schüler frei herumlaufen. Und auch wenn es ein Haufen Rotzlöffel ist: Sollte einem davon irgendetwas passieren, weil Sie mich hier festhalten, dann gnade Ihnen der Herr, unser Gott!“

Er runzelte die Stirn, dann nickte er. „Ich rufe in der Herberge an und gebe Bescheid.“

„Aber -“

„Ich sage, Sie haben den Bus verpasst und übernachten in Edinburgh. In Ordnung?“

Wenigstens erfand er eine Notlüge für sie. Das besänftige sie ein wenig. Wenn natürlich auch nicht annähernd genug.

„In Ordnung.“

Er stand auf. „Brauchen Sie sonst noch etwas?“

„Wie meinen Sie das? – Wollen Sie mich etwa hier alleine lassen?“

„Ich ziehe es vor, die Nacht in meinem Bett zu verbringen.“

„Und was ist mit mir?“

„Dort hinten gibt es eine Pritsche, wie Sie sehen. Sie ist nicht gerade ausladend, aber das sind Sie ja ebenfalls nicht.“

Sie ertappte sich dabei, wie sie wutschnaubend mit dem Fuß aufstampfte, was bei ihrem Gegenüber für großes Amüsement sorgte. Dann holte er seine Wagenschlüssel aus der Schreibtischschublade und ging zur Tür.

Kurz bevor er sie erreichte, rief Megan ihn noch einmal zurück.

Als er sich umdrehte, hatte sie ihre Wut soweit zurückgedrängt, dass sie ihr nicht mehr anzusehen war.

„Wenn Sie mich schon hier festhalten, Grant, dann tun Sie mir einen Gefallen. Denken Sie über eine einzige kurze Frage nach. Heute Abend. Heute Nacht. Mir ganz egal, aber denken Sie darüber nach!“

Er lehnte sich gegen den Türrahmen und verzog ein wenig unwillig das Gesicht. „Und welche Frage wäre das?“

Sie sah ihm ruhig in die dunklen Augen. „Was ist, wenn sie unschuldig ist und wir sind die einzigen, die ihr noch helfen können?“

Megan meinte ein kurzes Zucken in seinen Zügen zu bemerken, dann hatte er sich wieder im Griff.

„War es das?“

„Ja, das war’s.“

„Na, dann! Gute Nacht, Miss Fairchild.“

„Sie mich auch!“

Als er die Tür zuzog, reckte sie den Hals. „Was denn? – Krieg ich dafür keinen Strafzettel?“

Die Tür schloss sich und kurz darauf verklangen seine Schritte. Seufzend warf Megan einen Blick auf die Miniatur-Pritsche.

Das konnte eine verdammt lange Nacht werden.

III

Als Megan am nächsten Morgen hörte, wie sich ein Schlüssel im Schloss der Eingangstür drehte und kurz danach die grässliche Glocke erklang, saß sie auf ihrer Pritsche und starrte auf die noch geschlossene Tür.

Dank der unbequemen Lagerstätte, hatte sie eine Menge Zeit zum Nachdenken gehabt. Und bei der Gelegenheit hatte sie sich einen Schlachtplan zurecht gelegt.

Anfangen würde sie damit, dass sie diesen überheblichen Mistkerl von einem Polizisten bei der zuständigen Behörde anzeigte, dann würde sie sich an seinen Vorgesetzten wenden und wenn der ihr Anliegen genauso abschmetterte, wie dieser dreiste Geselle, dann würde sie sich an die Presse wenden.

Die Tür ging auf und Megan empfing Grant mit ihrem eisigsten Gesichtsausdruck.

„Guten Morgen, Miss Fairchild“, begrüßte er sie freundlich.

„Sie holen sich besser Ihren Bußgeld-Block, bevor ich antworte.“

„Das ist nicht nötig, denke ich.“

Sie verschränkte die Arme vor der Brust. „Das sehe ich aber ganz anders.“

Er hob die Hände in denen er zwei Pappbecher hielt. „Ich möchte Sie gerne auf einen Kaffee einladen.“

„Ich scheiße auf Ihren Kaffee!“

Sie beobachtete, wie er ruhig die Gittertür aufschloss und aufschwingen ließ.

„Schenken Sie mir etwa die Freiheit?“, fragte sie ironisch.

„Mehr als das. Ich möchte Ihnen einen Vorschlag machen."

„Einen Vorschlag?"

„Ja." Er bedeutete ihr, sich zu setzen, und nahm ebenfalls Platz. Dann schob er ihr einen der Kaffeebecher hin. „Ich habe nachgedacht", fuhr er fort.

„Ist das so ungewöhnlich, dass es erwähnt werden muss?"

Seine Mundwinkel zuckten amüsiert. Eigentlich eine Frechheit, dass ihn ihre Beleidigungen auch noch belustigten.

„Ich verstehe, dass Sie nach einer zweifellos unbequemen Nacht etwas gereizt sind. Nichtsdestoweniger habe ich über Ihre Argumente nachgedacht. Möglicherweise habe ich nicht das Recht, sie so ohne weiteres abzutun."

Megan blinzelte erstaunt und griff nach ihrem Kaffeebecher. „Ich bin ganz Ohr."

„Mein Vorschlag lautet folgendermaßen: Sie sind noch sechs Tage hier, das hat mir Ihr Schüler gestern verraten. In diesen sechs Tagen gehen wir Ihren Hinweisen nach."

„Wir?"

„Allerdings."

„Und wie stellen Sie sich das vor?"

„Da der Fall abgeschlossen ist, würden wir nur wegen einer Flaschenpost niemals eine richterliche Verfügung bekommen, um irgendetwas wieder neu aufzurollen. Streng genommen dürfte ich mich nicht einmal damit beschäftigen. Dennoch möchte ich Ihnen und vor allem Miss Bold diese Chance geben. Wir ermitteln also verdeckt."

„Verdeckt? Aber ich bin doch gar keine Polizistin."

„Unser Glück. Denn Ihnen kann keiner einen Vorwurf machen, wenn Sie dumme Fragen stellen. Und es wird eine Menge dummer Fragen geben, die wir stellen müssen. Mein Angebot ist, dass ich alle Akten zum Fall offenlege, die verfügbar sind. Und Sie steuern den Brief bei und vor allem Ihr Gesicht."

„Sie meinen, wenn es darum geht, dumme Fragen zu stellen."

„Ganz genau."

Megan leckte sich die Lippen. Eine beinah kindliche Aufregung ergriff sie, die sie nur mit Mühe verbergen konnte.

„Woher weiß ich, dass Sie mich nicht nur reinlegen?"

Sein dunkler Blick lag ruhig auf ihr. „Sie haben mein Wort."

Megan lächelte. „Etwa Ihr großes Indianerehrenwort?"

„Sie haben mein schottisches Ehrenwort. Wenn ich es nicht einhalte, dürfen Sie mir nach der Tradition die Kehle durchschneiden.

Mit einem angewiderten Stirnrunzeln schüttelte sie den Kopf. „Ich habe kein Interesse daran, Miss Bolds Zellennachbarin zu werden. Aber ich glaube Ihnen."

Als er lächelte, entblößte er eine Reihe schneeweißer Zähne mit ungewöhnlich spitzen Eckzähnen.

Dann streckte er ihr über den Tisch hinweg die Hand hin.

„Also abgemacht?"

Megan zögerte nicht, ergriff seine Hand und schüttelte sie entschlossen. „Abgemacht." Dann lächelte sie. „Und wie fangen wir jetzt an?"

Die Türglocke hielt ihn von einer Antwort ab.

„Miss Fairchild?"

Verdutzt blickte sie Grant an. „Ich dachte, Sie haben meinen Leuten gesagt, dass ich in Edinburgh übernachte."

„Das habe ich auch."

„Und was will Jason dann hier?"

Schon bog er um die Ecke und lächelte strahlend, als er seine unversehrte Lehrerin entdeckte.

„Ich wusste, dass ich Sie hier finde. Sind Sie in Ordnung?"

„Ja, alles bestens, Jason. Danke."

„Ich hatte doch gesagt, dass sie den Bus verpasst hat", wunderte sich Grant, woraufhin Jason nur abwinkte.

„Wenn Sie mir so dreist ins Gesicht lügen wollen, müssen Sie schon früher aufstehen." Dann sah er wieder Megan an. „Sind sie wirklich in Ordnung?"

Mit einem Nicken schob sie sich die Locken aus der Stirn. „Ja, alles bestens, Jason."

„Heilige Scheiße!" Er zeigte auf die Handschelle, die noch immer an ihrem Handgelenk baumelte. Sein Gesicht nahm wundersamerweise einen begeisterten Ausdruck an.

„Haben Sie beide hier eine Session durchgezogen?"

„Wie bitte?", fragte Megan.

„Na, Sie wissen schon … bisschen Fesseln, bisschen Hintern versohlen."

„Jason!"

„Was denn? – Sie haben doch sogar noch die Handschelle dran."

Grant hinter seinem Schreibtisch kam aus dem Grinsen nicht mehr heraus. „Nichts dergleichen ist vorgefallen", erklärte er. „Miss Fairchild hat die Nacht hier in Beugehaft verbracht, damit sie mir den Brief aushändigt."

„Das haben Sie doch nicht getan, oder?"

Megan schüttelte den Kopf. „Der Inspektor wird mir

jetzt bis zu unserer Abreise helfen, diesem Hinweis nachzugehen. Mehr können wir wohl nicht tun."

Jason nickte nachdenklich. „Und ich dachte, Sie würden hier so eine *Shades of Grey* – Nummer abziehen. Ich meine, …" Er sah Grant an. „Sie ist doch ein heißes Gerät, oder?"

„*Jason!*"

„Zweifelsohne!"

„*Inspektor!*

Ihr Blick flirrte grimmig zwischen den beiden hin und her. Sie fühlte sich leicht in der Unterzahl, deswegen erhob sie sich. „Ich muss jetzt zur Herberge. – Wie sollen wir verfahren, Grant?"

„Was halten Sie davon, wenn wir uns heute Nachmittag hier treffen? Bis dahin habe ich alle Unterlagen, die verfügbar sind."

Sie nickte. „Heute Vormittag steht ein Besuch in *Eilean Donan Castle* an. Danach habe ich Zeit."

„Und was ist mit uns?"

„Ihr macht eine Wanderung. Mit Miss Bristol."

Jason stöhnte, während Megan ihren Plan ganz außerordentlich fantastisch fand. „Gut, dann sehen wir uns heute Nachmittag."

„Perfekt. – Ach, Miss Fairchild?", rief sie der Inspektor noch einmal zurück.

„Ja?"

„Soll ich Ihnen das nicht lieber abnehmen?"

„Hm?"

Er zeigte auf ihren Arm. „Die Handschelle."

„Oh! Natürlich."

Sie kam zum Schreibtisch zurück und lächelte etwas verlegen. „Ich hatte mich schon dran gewöhnt."

„Ich sage doch, Sie steht auf den Kram."

Megan schaffte es ausnahmsweise, Jason mit der Schärfe ihres Blickes zum Verstummen zu bringen.

Grant nahm ihr die Schelle ab, und indem sich Megan das Handgelenk rieb, in Gedanken schon bei dem, was sie am Nachmittag erwarten würde, verließ sie das Revier.

*

Als Megan am Nachmittag zurückkam und die Tür öffnete, schlug ihr der Geruch von frisch Gebackenem entgegen. Unwillkürlich sog sie den köstlichen Geruch tief in ihre Lungen und trat bis an den Tresen vor.

„Grant?" Sie lugte suchend um die Ecke, doch der Schreibtisch in seinem kleinen Polizeirevier war leer. „Grant, sind Sie hier?"

Plötzlich war ein lautes Scheppern im Hinterzimmer zu hören, als hätte jemand gerade zehn Backbleche gleichzeitig fallen lassen. Doch dessen ungeachtet bog der Inspektor wenige Sekunden später mit einem geflochtenen Körbchen und einem ziemlich einnehmenden Lächeln um die Ecke.

„Sie wissen, dass ich Finley heiße?"

Sie nickte amüsiert. „Ja, ich weiß."

Das Lächeln in seinem Gesicht nahm für einen Augenblick eine Schattierung an, die Megan nicht einordnen konnte, dann streckte er ihr den Korb entgegen.

„Croissant gefällig? – Ich habe sie gerade frisch gebacken."

„Ich kann Sie mir nur schwerlich in einer Bäckerschürze vorstellen."

„Weil ich keine trage. – Wenn Sie hohe Backkunst erwarten, lassen Sie die Croissants besser liegen. Ich schiebe nur die vorgeformten Teig-Hörnchen in den Ofen."

Megan trat vor, nahm sich eines der warmen Croissants aus dem Korb und biss eine Ecke ab.

Es schmeckte buttrig und rundherum köstlich. „Sehr lecker", bestätigte sie mit vollem Mund, den er beinahe etwas zu lange fixierte. Dann nickte er.

„Kommen Sie mit rüber. Ich habe einiges vorbereitet."

Megan folgte ihm, indem sie ein weiteres Stück ihrer Kalorienbombe verschlang, und staunte nicht schlecht, als sie die zwei offenbar bis unter den Deckel mit Unterlagen gefüllten Aktenkartons erblickte, die leicht eingestaubt auf seinem Schreibtisch standen.

„Ich bin beeindruckt", erklärte sie und biss noch einmal von ihrem Croissant ab.

„Freut mich zu hören. Ich habe mich auch beeilt." Er tippte auf einen Karton. „Darin enthalten sind alle relevanten Unterlagen, alles, was für den Bold-Fall an Aussagen, Beweisen und Zeugenaussagen vor Gericht angeführt wurde und im Zuge der Ermittlungen auftauchte."

„Wie sind Sie da drangekommen?"

„Ein Kollege schuldete mir noch einen Gefallen.

Sie schmunzelte. „Der Klassiker."

„Genau." Er stellte ihr den Korb hin und wie selbstverständlich nahm sie noch ein Croissant. „Und jetzt, wo ich meinen Teil unserer Vereinbarung eingehalten habe, würde ich mich freuen, endlich diesen mysteriösen Brief zu Gesicht zu bekommen, so er denn existiert. – Oder war das alles nur ein Vorwand, um mit mir ins

Gespräch zu kommen?“

„Sie überschätzen Ihre ach so schottisch männliche Anziehungskraft um Lichtjahre, Inspektor.“

Während sie den Reißverschluss ihrer Tasche aufzog, grinste er erfreut.

„Sie fühlen sich von mir angezogen?“

„Wie meinten Sie gestern so treffend: Wir alle haben unerfüllte Wünsche. – Hier.“

Sie hatte den Brief sorgfältig auseinandergefaltet, über Nacht in einem dicken Buch geglättet und legte ihn nun in einen Plastikumschlag gehüllt auf den Schreibtisch.

Der Inspektor nahm den Umschlag und drehte ihn hin und her, setzte sich damit an seinen Schreibtisch und hielt das ausgebleichte Papier unter seiner Schreibtischlampe.

„Es sieht in jedem Fall nicht aus, als wäre es gestern geschrieben worden.“

„Ich bin Lehrerin. Denken Sie, ich weiß nicht, wie Dinge aussehen, die vor ein paar Stunden geschrieben wurden? – Dieser Brief ist mindestens ein paar Jahre alt. Und da Laura Satin vor sechs Jahren getötet wurde, halte ich das für ein durchaus realistisches Alter.“

Grant nickte gedankenversunken. Seine dunklen Augen glitten hin und her wie der Schlitten einer alten Schreibmaschine. „Einige Buchstaben sind stark verblasst. Wohl von der Sonne.“

„Ja, das denke ich auch. Dennoch ist der Brief noch gut lesbar.“

Er räusperte sich und las ihn noch einmal laut vor:

Der Herr vergebe mir, denn das Wissen um eine Todsünde lastet auf meinen Schultern.

Und obwohl ich weiß, dass eine Unschuldige dafür büßt, kann ich

ihr nicht helfen.
Laura Satins Mörder kenne ich und weiß,
dass mich ebenfalls der Tod ereilen würde,
wenn ich dieses Wissen jemals preisgäbe.
Doch auch zu schweigen vermag ich nicht,
so dass ich diese Zeilen verfasse in der Hoffnung,
dass ein anderer in der Lage sein wird das zu tun,
worin ich versagen muss.
Abby, du hast diesen Mord nicht begangen.
Vergib mir mein Schweigen.
Vergebt mir alle!

„Eine eigenartige Art zu formulieren", stellte er nachdenklich fest.

„Ja, darüber habe ich mich zuerst auch gewundert."

Grant sah auf. „Und jetzt nicht mehr?"

„Nun …" Sie hatte den Brief schon gefühlte 1000 Mal gelesen und versucht aus den wegen Worten so viele Informationen wie nur irgend möglich herauszuziehen. „Ich glaube, die Verfasserin ist ein gläubiger Mensch."

„Wegen des Wortes *Todsünde*?"

„Ja. Genau."

„Und warum sind die Sätze so schwülstig formuliert?"

„Das war mir lange rätselhaft. Mittlerweile glaube ich, dass es etwas damit zu tun hat, wie sie diese schrecklichen Dinge sieht."

„Wie soll sie sie schon sehen?"

„Als Tragödie. Haben Sie schon einmal Shakespeare gelesen?"

„Ja, als ich in der Schule dazu gezwungen wurde", erklärte er trocken, was Megan nicht mehr entlockte, als ein ungeduldiges Zungenschnalzen.

„Shakespeare formuliert ähnlich. Natürlich auf einem ganz anderen Level, aber die Melodie ist ähnlich. Seine Tragödien enden bekanntermaßen immer mit Mord und Totschlag. Davon unabhängig sind die Dinge, die geschehen, nicht zu verhindern. Von Anfang an steuern die Figuren in einer Odyssee der Gefühle von einem Extrem ins andere, bis das Unausweichliche eintritt."

„Der Tod."

„Richtig."

„Das würde dann ja bedeuten, dass die Verfasserin nicht nur Augenzeugin war, sondern dass sie überdies die wahren Umstände der Tat gekannt hätte."

„Genau so sehe ich es auch." Megan zeigte aufgeregt auf den Brief. „Sie nennt Miss Bold Abby. Sie kennt sie. Vermutlich sogar sehr gut. Wahrscheinlich gehörte sie zum unmittelbaren Lebensumfeld der Toten und auch von Abigail Bold."

Grant trommelte mit den Fingerspitzen auf seiner Tischplatte herum. „Dann könnte es jemand aus ihrer Klasse gewesen sein, der den Brief verfasst hat. Was macht Sie so sicher, dass es eine Frau war?"

„Steven meinte -"

„Wer ist Steven?"

„Einer meiner Schüler."

Grant zog die Stirn kraus. „Ist er Graphologe?"

„Er ist vor allem ein Klugscheißer. Aber zu meiner Schande muss ich gestehen, dass er von praktisch allem, worüber er spricht Ahnung hat. Und soweit ich es im Internet recherchieren konnte, ist das tatsächlich ein weibliches Schriftbild."

„Zumindest sieht es auf den ersten Blick so aus."

„Steven meinte außerdem anhand der am Ende abfallenden Zeilen erkennen zu können, dass die Verfasserin emotional sehr angegriffen war."

„Was in dem Zusammenhang ja Sinn machen würde."

„Eben." Megan ließ sich in ihrem Stuhl zurückfallen, nicht ohne ein triumphierendes Lächeln. „Sie müssen zugeben, dass dieser Brief erst einmal nicht wirkt, wie ein geschmackloser Scherz."

„Nein, das tut er in der Tat nicht."

„Gut. Dann schlage ich vor, wir fangen jetzt an."

„Womit?"

„Nun, zuallererst kenne ich den Fall ja überhaupt nicht. Ich würde mich also für das angebliche Motiv und den ebenfalls angeblichen Tathergang interessieren."

Grant grinste.

„Haben wir etwa bei Wikipedia nach Fachbegriffen gesucht?"

Megan blinzelte ihn ungerührt an. „Das bekomme ich wohl selbst noch zusammen. Immerhin bin ich Lehrerin."

„Was unterrichten Sie eigentlich."

„Unter anderem Musik."

„Und sonst?"

Sie räusperte sich. Aufschluss auf intellektuelle Fähigkeiten gaben ihre Fächer nicht gerade.

„Sport", fügte sie tapfer hinzu.

„Sie wollten möglichst wenig Arbeit mit dem Studium haben, oder?"

„Können wir vielleicht zum Thema zurückkehren? – Motiv! Tathergang. In der Reihenfolge."

Mit einem durchaus ärgerlichen Schmunzeln zog Grant einen der Pappdeckel ab und suchte den passenden Hefter. Er schlug ihn auf.

„Das Motiv lautet kurzum Eifersucht. Abigail Bold und die Ermordete hatten offenbar ein Auge auf denselben Kerl geworfen. Miss Bold konnte es nicht ertragen, dass sich ihr Freund dem anderen Mädchen zuwandte, und hat es umgebracht."

Megan zog die Stirn kraus. „Und das klingt für Sie plausibel?"

„Natürlich."

„Nur jemand, der sich offenbar für Gottes Geschenk an die Frauenwelt betrachtet, kann dieser Theorie etwas Glaubhaftes abgewinnen. Aber nun gut. Wie geht es weiter? Wie soll es geschehen sein?"

„Der Tathergang wurde so rekonstruiert, dass auf der Abschlussfeier der Schule Abigail Bold beobachtet hat, wie ihr Freund Corbin Green sich mit Laura Satin zurückgezogen hat."

„Hat irgendwer gesehen, ob sie ernst gemacht haben?"

„Ernst gemacht?"

„Hat er sie flachgelegt?", erkundigte sie sich unverblümt, woraufhin Grant den Kopf schüttelte.

„Gesehen hat es niemand. Und es wurde auch keine DNA bei der Autopsie gefunden."

„Okay. Und wie kam man dann darauf, dass Abigail Bold sie ermordet hätte?"

„Es gab einen Streit mit Corbin Green. Die halbe Klasse hat es gehört, wie sie ihn angeschrien hat. Laut Zeugenaussagen meinte sie, dass er ihr Vertrauen missbraucht und sie hintergangen hätte. Dass er ein verdammtes Schwein wäre, und dergleichen. Und dann hat sie ihn über eine Bank gestoßen und ihm einen Krug Bier über den Kopf geschüttet."

Megan verarbeitete die Information mit gerunzelter Stirn. „Und dann?“

„Dann vergingen einige Stunden, bis Corbin Green mit Laura Satin verschwand. Offenbar in irgendeinem Schuppen auf dem Grundstück. Seine Kumpels sorgten dafür, dass er nicht gestört wurde.“

„Typisch“, kommentierte Megan. „Die Tränen der einen sind noch nicht getrocknet, da legt er schon die nächste flach.“

„Sie klingen ein kleinwenig verbittert, Miss Fairchild.“

„Mit Verlaub: Psychologe sollten Sie nicht werden. – Wie ging es weiter?“

„Die Festivitäten waren im vollen Gang. Kurz vor Morgengrauen beschloss die schwer angeheiterte Truppe einen kollektiven Schwimmgang durchzuführen, wo sie dann am Ufer des Ness Abigail Bold fanden, wie sie Laura Satins Körper unter Wasser drückte.“

„Drückte sie sie wirklich unter Wasser oder versuchte sie sie aus dem Wasser zu ziehen?“

„Das Gericht kam zu dem Schluss, nachdem es etwa zehn Zeugen gehört hatte, dass Abigail Bold schuldig im Sinne des Mordes war. Es war ein Indizienprozess.“

„Und was sagte sie selbst dazu?“

„Nichts.“

„Bitte?“

„Miss Bold schwieg für die komplette Dauer des Prozesses. Sie unternahm nicht einmal den Versuch, sich zu verteidigen.“

„Aber sie gestand auch nicht.“

„Nein. Sie … sagte einfach nichts.“

„Kommt Ihnen das nicht auch alles recht merkwürdig vor?“

„Nun, bei genauerer Betrachtung gab es zwar keine sichtbaren Fehler. Aber das ein oder andere scheint mir auch schwer nachvollziehbar."

„Waren Sie damals auch schon hier Polizist?"

„Nein, mein geschätzter Vorgänger war der erste Beamte vor Ort."

„Wie alt war ihr ach so geschätzter Vorgänger denn?"

„Sagen wir der Ruhestand lugte bereits um die Ecke. Er wurde zwei Wochen nach dem Mord pensioniert."

„Mhm." Sie biss sich auf die Unterlippe und starrte auf die beiden Stapel Kartons.

„Ein Penny für Ihre Gedanken", sagte der Inspektor leise und schob Megan das dritte und letzte Croissant hin.

Geistesabwesend griff sie nach weiteren 8000 Kalorien.

„Ich denke, wir sollten alle noch einmal sprechen, die damals mit dem Fall zu tun hatten. Im besten Falle bekommen wir von jedem Einzelnen eine Schriftprobe."

„Und mit wem wollen wir anfangen?"

„Mit dem vermutlich einzigen Menschen, der uns nicht achtkantig rauswirft, wenn er hört, weswegen wir kommen."

„Und wer soll das sein?", fragte der Inspektor zweifelnd.

„Abigail Bolds Mutter", antwortete sie und biss in ihr Croissant.

*

Megans Mut sank beträchtlich, als Grant seinen Wagen in der Auffahrt des kleinen Einfamilienhauses parkte, in dem Abigail Bolds Mutter lebte. Wie sollte sie dieser armen Frau gegenübertreten? Sie konnte sich schwer vorstellen, was sie, nachdem ihre Tochter wegen Mordes verurteilt worden war, von ihrer Umgebung hatte ertragen müssen. Und offenbar gab es keinen Mann, der sie stützte.

„Sind Sie sicher, dass Sie das durchziehen wollen?", fragte Grant. Man musste kein Psychologe sein, um ihr den Zweifel anzusehen.

„Nein", erklärte sie wahrheitsgemäß. „Aber weil ich weiß, dass es richtig ist, tue ich es trotzdem."

Zur Antwort erhielt sie ein anerkennendes Nicken.

Das Zittern in Megans Magen wurde desto quälender, je näher sie der dunklen Haustür kamen, an der ein messingfarbener Klopfring angebracht war, direkt unter dem schlichten Schild mit der Aufschrift „*Bold*".

Nach einem tiefen Atemzug, fasste sie sich ein Herz, hob die zitternden Finger und klopfte. Der irrationale Wunsch, dass niemand zu Hause war, befiel sie plötzlich. Doch noch ehe sie sich darüber ärgern konnte, hörte sie Schritte im Inneren des Hauses und dann wurde die Tür geöffnet.

Megan hielt den Atem an.

Abigail Bolds Mutter war eine kleine, ungewöhnlich schlanke Frau mit eingefallenen Zügen und tief in den Höhlen liegenden Augen, die erst kürzlich Tränen vergossen hatten. Ihr braunes Haar war von einzelnen Silberfäden durchzogen und mit einem schlichten Gummiband im Nacken zu einem Pferdeschwanz gefasst. Sie trug eine graue Bluse über einem schwarzen Rock, der ihr bis über die Knie reichte.

„Ja, bitte?" Ihre Stimme war so kraftlos und hohl, als müsste sie sich zu jedem Wort, das sie hervorbrachte, zwingen.

„Mrs. Bold, ich bin … Megan Fairchild." Sie zeigte neben sich. „Und das ist Inspektor Grant."

Mrs Bold nickte. „Ja, ich kenne den Inspektor. – Morgen, Finley."

„Morgen."

Megans Blick flirrte verwundert zwischen den beiden hin und her. Dann erinnerte sie sich wieder, wie klein der Ort war, in dem sie *ermittelte*. Und er war schließlich der Bäcker. Und der Postbeamte.

„Ist irgendetwas passiert?", hakte Mrs. Bold nach.

„Nein, nein. Wir …" Megan hoffte auf Erleuchtung und die richtigen Worte. „Mrs. Bold, um ehrlich zu sein, sind wir wegen ihrer Tochter hier."

Sofort änderte sich ihr Gesichtsausdruck. Schmerz und Abwehr gleichermaßen funkelten in ihren Augen. „Meiner Tochter?"

„Ich weiß nicht, wie ich es sagen soll …", begann Megan wahrheitsgemäß. „Ich bin Lehrerin und derzeit mit meiner Klasse in der Gegend. Und gestern haben wir etwas gefunden. Einen Brief."

„Einen Brief? Von Abby?"

„Nein, es ist vielmehr ein Brief von unbekanntem Absender, der jedoch beteuert, dass sie den Mord an Laura Satin nicht begangen hat."

In Mrs. Bolds Gesicht leuchtete nicht die freudige Hoffnung auf, die Megan sich erwartet hatte.

„Solche Briefe sind zu Dutzenden aufgetaucht, Miss. Ich danke Ihnen für Ihr Engagement, aber ich bin mit sämtlichen Briefen nur auf taube Ohren gestoßen."

„Das würden wir wohl auch. Deswegen stellen wir ohne polizeilichen Rückhalt Nachforschungen an." Megan warf Grant einen auffordernden Blick zu.

„An diesem Brief könnte tatsächlich etwas dran sein, Grace."

„Wirklich?"

Er nickte. Unpassenderweise stellte Megan im Geiste fest, dass er im Sonnenlicht sogar noch besser aussah als in seiner dunklen Backstube. Das braune Haar glänzte. Die Augenbrauen waren elegant geschwungen und bildeten einen unerwarteten Kontrast zu seinem markanten Kinn. Der kurz geschnittene Bart gab ihm etwas Verwegenes, das so gar nicht zu seinem legeren Auftreten in hellem Hemd und Jeans passen wollte.

„Nun, dann … Bitte, kommen Sie rein."

Dieser Satz unterbrach Megans gedankliche Abschweifung. Mit einem freundlichen Nicken folgte sie Abigail Bolds Mutter hinein.

Das Haus war schlicht möbliert und so bedingungslos aufgeräumt, dass es regelrecht leer wirkte. Es gab keine Blumen, keine Bilder, nichts das in irgendeiner Weise den Begriff Dekoration verdient hätte. Während Megans verwunderter Blick umherschweifte, spürte sie plötzlich, wie Grant sie am Ellbogen nahm und unauffällig weiterschob. Offenbar der dezente Hinweis, dass sie etwas zu plump herumglotzte.

„Ich hoffe, wir stören nicht, Grace. Sonst kommen wir nachher noch einmal wieder."

„Nein, nein. Ist schon gut." Sie zeigte auf eine schlichte, dunkelgrüne Cord-Couch. „Setzt euch bitte."

Grant wartete, bis Megan sich hingesetzt hatte, und nahm dann neben ihr Platz.

Mrs. Bold saß in einem ebenfalls grünen Ohrensessel, der der Couch gegenüberstand.

Sie rieb ihre schmalen Finger ineinander und sah dann auf.

„Ich war heute Morgen bei ihr“, erklärte sie, brach aber sofort mit einem Kopfschütteln ab, als Tränen in ihr aufstiegen.

Megan hatte keine Kinder, doch sie vermochte zu erahnen, was eine Mutter fühlte, die ihre Tochter in einem solchen Zustand an einem so grauenhaften Ort wusste und keine Möglichkeit hatte, sie von dort fortzuholen.

„Es tut mir sehr leid“, sagte sie leise und mit ehrlichem Mitgefühl. „Wir haben sie gestern besucht und …“

Als sie abbrach, nickte Mrs. Bold. „Sie meinen, Sie haben gesehen, wie sie aussieht; wozu sie geworden ist.“

Als Megan und Inspektor Grant schwiegen, sprach sie weiter. „Man hat mir nicht einmal gesagt, dass sie von den anderen Insassinnen angegriffen wurde; dass sie so schwer verletzt wurde. Als wäre es völlig gleichgültig. Als wäre sie … überhaupt kein Mensch mehr. – Mein Mädchen hat Laura nicht umgebracht. So etwas hätte sie niemals gekonnt.“

Zweifellos hätte das jede liebende Mutter geglaubt. Doch in diesem Fall war auch Megan davon überzeugt, dass es stimmte. Sie holte den Brief aus ihrer Jackentasche und legte ihn auf den Tisch.

„Das hier ist der Brief, von dem ich sprach“, erklärte sie dabei.

Mrs. Bold nahm ihn und begann zu lesen. Und dann las sie ihn noch einmal. Und ein drittes Mal.

Mit bebendem Kinn blickte sie auf. „Wie kann jemand um ein solches Unrecht wissen und schweigen. Ein Leben zerstören. Das Leben meiner Abby?“

„Genau das versuchen wir herauszufinden, Mrs. Bold.“

„Erkennst du vielleicht die Schrift, Grace?“

Sie schüttelte den Kopf.

„Ich kenne nicht viele Menschen hier im Dorf. Aber ich weiß, dass es weder Abbys Schrift ist noch die ihrer befreundeten Klassenkameradinnen. Ich habe den Mädchen oft bei den Hausaufgaben geholfen, auch als sie schon älter waren. Von ihnen hat das hier sicher keine geschrieben."

Grant zog Stift und einen kleinen Block aus der Tasche. „Könntest du uns die Namen der Mädchen aufschreiben? Damit wir die als Verfasserin ausschließen können?"

„Ja, natürlich."

Sie notierte drei Namen und gab dann Stift und Papier an den Inspektor zurück.

„Hatten Sie damals eine Vorstellung davon, wer für Lauras Tod verantwortlich war?"

„Nein, leider. Ich konnte es mir nicht vorstellen. Laura war so ein liebes Mädchen. Ein bisschen keck. Nicht die Konzentrierteste in der Schule und auch ein bisschen … naja …"

„Naja?"

„Sie war den Jungs sehr zugetan, wenn Sie verstehen, was ich meine."

„Auch Corbin Green?", fragte Grant.

„Das weiß ich nicht."

„Er war doch der Freund ihrer Tochter, nicht wahr?"

Mrs. Bold verzog etwas missmutig das Gesicht.

„Meine Abby war nie ein Flittchen!"

Megan und Grant wechselten einen kurzen Blick.

„Aber ein fester Freud ist doch eine … ernsthafte Sache."

„Schon. Aber meine Abby hatte keinen Freund. Sie hat sich immer gut benommen und mir nie Anlass zur Sorge gegeben."

Wenn man von der Verurteilung wegen Mordes absah, stellte Megan im Geiste fest.

„Grace, darf ich dich nach Abbys Vater fragen?"

Für einen kaum merklichen Moment wurde Mrs. Bolds Gesicht hart. Dann atmete sie ein und schüttelte den Kopf. „Sie hatte nie Kontakt zu ihm, wenn du das meinst. Ihr Vater hat uns bereits sehr früh verlassen."

„Das tut mir leid."

„Es war nicht leicht mein Mädchen ganz alleine großzuziehen."

„Zweifellos", nickte Megan und versuchte dann einen Themenwechsel einzuleiten. „Mrs. Bold, haben Sie von Abby noch Dinge hier aus der Zeit, in der Laura Satin starb?"

„Natürlich. Ihr ganzes Zimmer ist … nun, es ist wie immer."

„Sie meinen, Sie haben nichts verändert?"

Abbys Mutter schüttelte den Kopf. „Wenn sie etwas ändern möchte, dann soll sie das selbst tun. Wenn sie hoffentlich bald wieder zu mir zurückkehrt."

Wieder stiegen Tränen in ihr auf, so dass Megan Grant einen kurzen Blick zuwarf.

„Würde es dir etwas ausmachen, wenn wir uns in Abbys Zimmer ein wenig umsehen, Grace? Wir fassen natürlich nichts an."

Sie zog ein zerknittertes Stofftaschentuch aus der Tasche und wischte sich damit kurz die Nase, dann nickte sie.

„Sicher. Alles, was helfen könnte, um ihre Unschuld zu beweisen, will ich gerne erledigen."

Sie stand auf und führte Megan und den Inspektor zu einer Treppe. Im ersten Stock gab es nur zwei Schlafzimmer. Auf der linken Seite lag offenbar das von Abby.

Mrs. Bold schob die Tür auf und zeigte hinein. „Sehen Sie sich ruhig um. Mich brauchen Sie dabei nicht, oder? – Ich kann es kaum ertragen, ihre Dinge anzusehen."

„Natürlich", bestätigte Megan. „Es wird nicht lange dauern."

Sie betrat Abbys Zimmer und Grant folgte ihr. Dann schloss er die Tür.

„Oh", erklärte er nach dem ersten Rundumblick und Megan nickte.

„Man würde nicht unbedingt glauben, dass hier ein Teenager gelebt hat." Sie zeigte an die nackten Wände. „Keine Poster. Keine Pinnwand. Und weit und breit nicht ein einziges lustiges Foto mit Freunden."

„Sie hat auch offenbar keinen Computer", stellte Grant fest und musterte ihren Schreibtisch, an dem es nur Stifte, Hefte und Blöcke zu finden gab.

„Ist Ihnen aufgefallen, dass unten nirgendwo Bücher stehen?", fragte Megan und zeigte auf das große Bücherregal, das neben dem schmalen Bett stand. „Aber Abby scheint eine richtige Leseratte zu sein."

„Wollte sie nicht auch ein Buch?"

„Ja, genau." Megan ging mit schräg gehaltenem Kopf das Regal ab. „Viele Klassiker, viele unbekannte Werke. Nicht gerade Mainstream."

„Mir scheint, in diesem Haus ist nichts und niemand Mainstream", bestätigte er und versuchte den Kleiderschrank aufzuziehen. Doch die Türen bewegten sich nicht. „Verschlossen."

Megan nickte. „Sehr interessant."

Sie drehte sich einmal um die eigene Achse und versuchte sich zu erinnern, wo sie ihre extrem wichtigen Geheimnisse als Teenager verborgen hatte. Und ganz besonders, wo der Schlüssel dafür sein mochte.

Wieder kam ihr das Bücherregal in den Sinn. Mrs. Bold war keine große Frau. In der obersten Reihe wäre also sicher kein schlechtes Versteck gewesen.

Megan nahm den Schreibtischstuhl und streifte sich ihre Schuhe ab.

„Was tun Sie denn da?"

„Ich suche den Schlüssel." Sie stellte sich auf den Stuhl und betrachtete die oberste Regalreihe. Zwischen den Büchern stand eine Spardose. Sie hob sie an, drehte sie um und … voilà!

Grinsend kam sie herunter und zeigte Grant den unter das Porzellanschwein geklebten Schlüssel.

„Nicht schlecht für den ersten Versuch, Miss Fairchild."

„Danke, danke." Sie zog das Klebeband ab und gab Grant den Schlüssel, der ihn in das Schloss des Kleiderschranks steckte und herumdrehte.

Als sich die Türen dann endlich öffneten, wirkte der Inhalt wenig spektakulär. In Grau- und Erdtönen gehaltene Kleider hingen sorgfältig auf der Stange, Pullover waren darunter akkurat zusammengelegt.

Megan ging kurzerhand in die Hocke und zog eine der Schubladen auf.

„Hm."

Grant beugte sich zu ihr hinunter. „Was heißt *hm*?"

„Fällt Ihnen an der Unterwäscheschublade dieses Mädchens irgendetwas auf?"

Er runzelte die Stirn und schüttelte dann den Kopf, was Megan ein ungeduldiges Schnauben abrang.

„Dieses Mädchen hatte nie und nimmer einen Freund."

„Wie kommen Sie darauf?"

Mit zwei Fingern nahm sie eines der Wäschestücke heraus und hob es Grant vors Gesicht.

„Bei diesem ehemals wollweißen Liebestöter würden Sie also in Wallung kommen, mein lieber Inspektor?"

Er gab ein abwägendes Geräusch von sich. „Kommt auf den Hintern an, der darin steckt."

Megan nickte ironisch. Dann legte sie die Unterhose zurück. „Vor sechs Jahren war Abigail Bold ein Teenager. Die Mädchen tragen bunte Tangas, sind an unaussprechlichen Körperstellen gepierct und haben umfangreiche Möglichkeiten auf sich aufmerksam zu machen, wenn sie es möchten. – Dieses Mädchen …" Sie zeigte auf die Schublade. „… wollte auf niemanden Eindruck machen. Wenn man so etwas trägt, hat man nicht vor, einen Jungen zu verführen. Man hat überhaupt nicht vor, sich vor jemandem auszuziehen."

Grant runzelte die Stirn. Im zweiten Moment schien ihm die Argumentation offenbar sinnvoll.

„Aber wenn es so wäre und sie nicht mit Corbin Green zusammen war. Warum haben das dann alle angenommen? Und worum ging es dann in dem Streit, den die Zeugen vor dem Mord gehört haben?"

„Keine Ahnung. Aber offensichtlich nicht um eine Beziehung. Das wage ich zu behaupten."

„Und dessen sind sie sich so sicher wegen … Unterwäsche?"

„Ja, allerdings."

Während er versonnen nickte, zog Megan die andere Schublade auf.

„Was ist das?", fragte Grant.

„Ein Strickstück."

„Ein was?"

Megan hob vorsichtig das gestrickte Gewebe samt Nadeln und Garn heraus. Es war eine wunderschöne feine Arbeit, die offenbar eine Art Jacke oder Cardigan werden sollte. Darunter lag die Anleitung. Sie war mit zahllosen Ergänzungen und Notizen bis zur Unkenntlichkeit verunstaltet, so dass eines ganz offensichtlich war.

„Dieses Mädchen war keine routinierte Strickerin."

„Sie meinen wegen der ganzen Notizen?"

„Ja. Sie hat sich außerordentlich viel Mühe gemacht."

„Und sie hat es überdies eingeschlossen."

Megan nickte. „Es war ihr besonders wichtig. Vielleicht das Einzige von wahrer Bedeutung für sie, das sich in diesem Eichenfurnier-Monstrum befindet."

„Aber warum bloß? Ich meine, … es ist eine Strickjacke!"

Gedankenverloren nickte sie. „Das werden wir schon noch rausfinden." Vorsichtig faltete sie das Gestrickte so klein es ging zusammen, wickelte die Nadelseile und darum das Garn.

„Was soll denn das werden?"

„Ich nehme es mit."

„Was? Warum? – Wir haben Mrs. Bold doch gesagt, wir lassen alles unverändert."

„Tun wir ja auch. Zumindest alles, was sie kennt." Megan stopfte das sorgsam geschnürte Wollpäckchen in ihre glücklicherweise recht ausladende Tasche, so dass es anschließend keine verräterischen Ausbuchtungen gab.

„Das können Sie doch nicht machen", setzte der Inspektor noch einmal nach.

„Was wollen Sie dagegen tun? Mich verhaften? Schon wieder?"

Er kniff die Augen zusammen und kam einen Schritt näher. Megan verschränkte die Arme vor der Brust.

„Wenn Sie mir Angst machen wollen, müssen Sie früher aufstehen."

Er schnaubte. „Na, dann kommen Sie!" Ohne eine Antwort abzuwarten, schob er sie aus dem Zimmer und ging mit ihr die Treppe hinunter, wo Mrs. Bold sie erwartete.

„Konnte Ihnen irgendetwas weiterhelfen?", fragte sie.

„Im Moment leider nicht", erklärte Grant. „Aber wenn uns noch etwas einfällt …"

„Natürlich. Ihr könnt mich jederzeit fragen, wenn ich irgendwie helfen kann."

„Gut." Megan streckte ihr die Hand hin. „Vielen Dank, Mrs. Bold. Und wenn es irgendetwas Neues gibt, melden wir uns bei Ihnen."

„Dankeschön."

Die beiden waren schon beinahe an der Tür, da drehte sich Megan noch einmal herum.

„Ach, ehe ich es vergesse. Abigail bat uns um etwas zu lesen."

„Ja, darum hat sie mich auch schon einige Male gebeten. Doch ich durfte ihr nie etwas mitbringen."

„Wenn du mir ein paar Bücher für sie rübergibst, werde ich dafür sorgen, dass sie sie bekommt, Grace", erklärte Grant und weder Gesichtsausdruck noch Tonfall ließen Zweifel daran, dass es auch genau so sein würde.

Zum ersten Mal trat ein leises Lächeln auf das Gesicht von Mrs. Bold. „Das wäre großartig, Finley. Vielen Dank. Ich suche dir schnellstmöglich ein paar ihrer Lieblingsbücher heraus."

„Gut." Er hob die Hand zum Abschied. „Bis dann."

Megan verabschiedete sich ebenfalls und folgte dem Inspektor aus dem Haus.

Im Freien angekommen hatte sie endlich das Gefühl, wieder durchatmen zu können.

Auf dem Weg zum Wagen musste sie sich regelrecht ermahnen nicht zu laufen, um dieser erdrückenden Niedergeschlagenheit und Trostlosigkeit, die bei diesem Haus aus jeder Pore drängten, zu entkommen.

Hastig kletterte sie auf den Beifahrersitz und schloss für einen erlösten Augenblick die Augen, als das Haus endlich außer Sichtweite war.

Eine Zeitlang blickte Megan schweigend aus dem Wagen und ließ die idyllische Landschaft und die beinahe kitschig hübschen Cottages und Steinhäuser an sich vorbeifliegen, während offenbar auch der Inspektor seinen eigenen Gedanken nachhing.

Dann wandte sie sich zu ihm um: „Wissen Sie, was ich mir als Nächstes durchlesen möchte? – Die Aussage des angeblichen Freundes Corbin Green.“

Grant nickte ernst. „Da sind wir schon zu zweit.“

IV

„Ist das hier irgendwie sortiert?“ Megan stand über den beiden Pappkartons, in denen sich muffige Ordner und vergilbtes Papier stapelten.

Grant bog mit zwei Tassen Kaffee um die Ecke, von denen er eine an sie weitergab. Gleichzeitig schüttelte er den Kopf.

„Das Ablagesystem scheint zu sein, dass es kein System gibt.“

„Okay.“ Sie wühlte sich durch Ordner, stapelte sie auf dem Schreibtisch, bis ihr ein blassblauer Hefter mit der Aufschrift *Zeugenaussagen* in die Hände fiel. „Dann wollen wir mal sehen.“

Die Aussage von Corbin Green lag ganz oben. Megan schlug sie auf und fing an zu lesen.

„Was spricht der Gute denn?“

„Da sind mehrere Aussagen. Aber diese hier zum Tathergang ist schon einmal sehr interessant, zumindest seine Antwort auf die Frage, woran er sich an dem fraglichen Abend erinnert.“

„Sagen Sie nicht, er hat Gedächtnislücken.“

„Nein, keineswegs. Er erinnert sich nämlich sehr genau an einen Streit, den er mit Abigail Bold hatte. Laut seiner Aussage war sie krankhaft eifersüchtig, kontrollierte ihn und warf ihm am Tag der Abschlussfeier Untreue vor. Daraufhin machte er Schluss. Und kurze Zeit später hätte er sie mit der toten Laura Satin im See gefunden.“

Inspektor Grant strich sich gedankenverloren mit dem Zeigefinger über das Kinn.

„Wenn Ihre Unterwäsche-Theorie stimmt, dann lügt er.

Weil er demnach nie eine Beziehung mit Abigail Bold gehabt hätte."

„Ja, genau."

„Ich halte diese Theorie immer noch für reichlich gewagt."

„Stellen Sie sich vor, Sie wollen eine Frau abschleppen. Eine richtig heiße, Sie wissen schon. Gehen Sie dann zum alles entscheidenden Date mit langen Feinrippunterhosen, wenn Sie im Hinterkopf haben, dass sie Sie noch auf einen Kaffee in ihre Wohnung einladen könnte?"

Er lachte. „Sie meinen, ob ich mir die Unterwäsche meines Großvaters borgen würde, wenn ich vorhätte, mit einer Frau zu schlafen?"

Während sie nickte, wurde ihr gleichzeitig seltsam heiß. Wilde Bilder seines nackten Körpers, der sich über ihrem bewegte, tanzten durch ihren Kopf.

„Ja, äh … genau."

„Nein, das würde ich vermutlich nicht. – Also nehmen wir mal weiterhin an, Sie haben Recht. Warum lügt er also?"

Megan nahm ihre Kaffeetasse und schlug die Beine übereinander.

„Die naheliegendste Erklärung wäre, dass er lügt, weil er Laura Satin selbst umgebracht hat."

„Hat er aber nicht."

Megan zog die Stirn kraus. „Woher wollen Sie das wissen?"

„Ich erinnere mich daran, dass er von einigen Mitschülern entlastet wurde, die beschworen, dass er den ganzen Abend mit ihnen zusammen gefeiert hat."

„Vielleicht lügen die."

„Warum sollten sie das tun?"

Megan verzog missmutig das Gesicht. „Keine Ahnung. – Trotzdem muss es einen Grund dafür geben, dass er lügt." Als sie vielsagend den Blick hob, schüttelte Grant den Kopf.

„Vergessen Sie es!"

„Ich habe doch gar nix gesagt!"

„Ich weiß genau, was Sie vorhaben. Sie denken sich, wir spazieren einfach bei den Greens vorbei und stellen ein paar harmlose Fragen."

„Zum Beispiel."

„Die Greens sind die älteste und nebenbei auch reichste Familie in der Gegend. Es heißt, sie hätten Fort Augustus gegründet."

Megan war wenig beeindruckt. „Wir wissen beide, dass das aus rein historischer Sicht gar nicht möglich ist. – Sie lassen sich doch wohl nicht von ein wenig Geld einschüchtern."

„Ich sage nur, dass wir nicht einfach dort hereinschneien können."

„Wir müssen mit diesem Kerlchen aber unbedingt sprechen."

„Da widerspreche ich ja auch nicht. Wir müssen uns nur sehr genau überlegen, wie wir das anstellen."

Megan wollte gerade zu einer Antwort ansetzen, da wurde sie vom Schrillen ihres Handys unterbrochen.

Sie kramte in ihrer Tasche, zog es heraus, wunderte sich kurz über die fremde Nummer und nahm dann ab.

„Hallo?"

„Miss Fairchild, ich bin es."

„Jason?" Megan warf Grant einen kurzen Blick zu. „Was ist? Ist etwas -"

„Julia ist im Krankenhaus."

„Was? Wie ist das passiert? Ist sie … , was …?“

„Sie hatte den ganzen Tag und gestern Abend auch schon so ein Ziehen im Magen und Bauchschmerzen und die wurden vorhin so arg, dass wir sie hierher gefahren haben. Die Ärzte meinen, das wäre der Blinddarm. Sie wird gerade notoperiert.“

„Großer Gott.“ Während Grant fragend gestikulierte, hob sie die Hand und fragte ins Telefon: „Ist Miss Bristol bei euch?“

„Nein, die liegt von einer Familienpackung Schmerztabletten ausgeknockt in ihrem Zimmer und faselte nur etwas vom Sommer 69‘, als ich sie angesprochen habe. Douglas hat Julia mit dem Bus hergebracht.“

„Okay, alles klar. Ich … ich bin sofort bei euch, Jason. Ja?“

„Bis gleich.“

Er legte auf und Megan sprang regelrecht von ihrem Stuhl, weil das Adrenalin in ihren Adern explodierte und sich mit einer riesigen Portion Schuldgefühl vermischte.

„Was ist denn los?“

„Eines meiner Mädchen wird gerade am Blinddarm operiert. Sie …, verdammt, die Ärzte meinten, es wäre kurz vor dem Durchbruch gewesen, wenn ich das richtig verstanden habe.“

Er legte seine Hand auf ihren Arm, um sie zu beruhigen. „Regen Sie sich nicht auf. Es ist nur ein Blinddarm. Eine Routineoperation.“

„Ja, aber das ist meine Klasse. Ich habe die Verantwortung. Ich trage die Schuld, wenn irgendetwas geschieht. So wie jetzt.“

„Haben Sie denn keine Kollegin, die mitgereist ist?“

Megan winkte ab. „Die können sie vergessen! – Ich …, tut mir leid, ich muss sofort ins Krankenhaus.“

„Ich fahre Sie."

„Nein, das -"

„Keine Widerrede." Er nahm seine Wagenschlüssel und schob Megan aus dem Raum.

*

Die Fahrt nach Inverness kam Megan wie eine gefühlte Ewigkeit vor. Und obwohl Grant vom Gaspedal seines Jeeps üppigen Gebrauch machte, ging es ihr nicht schnell genug.

Als die gläsernen Türen des Krankenhauses vor ihr aufgingen, hob sie suchend den Blick.

„Wo ist denn die Notaufnahme?"

„Wir müssen nicht in die Notaufnahme. Sie wird doch schon operiert." Er schob sie zur Information, wo eine freundliche Blondine sie mit einem Lächeln begrüßte.

„Ich bin Megan Fairchild", erklärte sie atemlos. „Eine meiner Schülerinnen wurde vorhin mit einem akuten Blinddarm eingeliefert. Sie wird wohl momentan operiert. Ihr Name ist Julia Moore."

Die Dame tippte auf ihrer Tastatur herum und nickte dann.

„Die junge Miss Moore ist bereits im Aufwachraum."

„Wann kann ich sie besuchen?"

„In etwa einer Stunde wird sie auf Station C12 verlegt."

„Wissen Sie, ob alles gut verlaufen ist?"

„Natürlich kann Ihnen nur der Arzt die entsprechenden Informationen geben. Doch da sie im Aufwachraum ist und nicht intensiv betreut wird, sieht alles nach einem Routineeingriff aus."

„Gott sei Dank." Megan lächelte und kämpfte plötzlich

gegen die Tränen der Erleichterung an. Grant schob sie zur Seite und drehte sie zu sich herum. Als er sie an beiden Schultern nahm und sich eine Träne aus ihrem Augenwinkel löste, gab sie ein unzufriedenes Geräusch von sich.

„Ich bin offenbar undicht“, brachte sie mühsam hervor und zog die Nase hoch.

„Es ist alles in Ordnung, okay? Dem Mädchen geht es gut.“

Sie nickte hastig.

„Beruhigen Sie sich ein bisschen. Trinken Sie einen Kaffee, bis Sie zu ihr können.“

„Nein, ich muss ihre Eltern anrufen. Und Jason, wo -“

„*Miss Fairchild!*“

Wenn man vom Teufel sprach! – Nur dass sich dieser Junge immer mehr vom Teufel hin zum rettenden Engel entwickelte. Megan fuhr herum und hob zum Gruß die Hand.

„Jason! Da bist du ja!“ Sie strich sich in einer aufgebrachten Geste das Haar aus dem Gesicht. „Sie ist im Aufwachraum“, sagte sie, als er nah genug war, um nicht schreien zu müssen. „Es scheint alles gut gegangen zu sein.“

„Gott sei Dank.“

„Ich kann dir gar nicht genug danken. Wer weiß, was geschehen wäre, wenn du nicht so schnell reagiert hättest.“ Sie gab ein resigniertes Kopfschütteln von sich. „Es ist alles meine Schuld. Wer weiß, was dem Mädchen hätte passieren können.“

„Machen Sie sich keine Sorgen, Miss Fairchild. Es ist ja alles in Ordnung.“

Der Gedanke, was hätte passieren können, drehte ihr den Magen um.

„Sie sieht plötzlich so blass aus."

„Hm?"

„Miss Fairchild? – Miss Fair -"

Plötzlich hing sie schlaff in jemandes Armen. Nicht bewusstlos, aber seltsam weggetreten und offenbar nicht in der Lage ihren Beinen irgendwelche Befehle zu geben.

„Hierhin."

Ein Stuhl wurde verrückt und sie wurde hochgehoben. Dann plötzlich spürte sie etwas Weiches unter ihrem Hintern, als sie abgesetzt wurde.

„Können Sie ihr einen Schluck Wasser besorgen?" Das war Jasons Stimme und Grant murmelte etwas Unverständliches.

Megan versuchte durch Blinzeln ihren Blick zu schärfen, doch es gelang ihr nur mäßig.

„Atmen Sie tief durch. Ein … und aus. Ein. Aus. – So ist es gut."

„Nichts ist gut", hörte sie sich sagen. „Als Lehrerin … bin ich eine Vollkatastrophe."

„Das sind Sie nicht. Weder als Lehrerin noch als irgendetwas anderes."

Megan tätschelte seine Hand. „Du bist so ein guter Junge, Jason. So ein guter …"

„Hier ist das Wasser." Plötzlich schob sich Grants Gesicht vor ihres, zusammen mit einem Becher Wasser.

Scham flutete tiefrot ihre Wangen. „Das ist so unendlich peinlich. Erst versage ich und dann kippe ich auch noch um."

„Sie sind überhaupt nicht umgekippt. Sie wurden aufgefangen", stellte Jason fest. „Oder was meinen Sie?"

„Ich sehe es genauso", bestätigte Grant. „Nur eine kurze Schwächephase. Nichts weiter. – Hier."

Er schob ihr den Pappbecher an die Lippen und zwängte den Rand dazwischen, so dass sie notgedrungen die Hand hob und ihm den Becher abnahm. Dann nahm sie einen Schluck. Und noch einen.

Mehr und mehr kehrten ihre Lebensgeister zurück. Als sie endlich wieder klar sehen konnte, fiel ihr Blick auf Jason und den Inspektor, die beide nebeneinander vor ihr hockten und sie sorgenvoll anblickten.

Es war beinahe rührend.

Ach, was heißt hier *beinahe*? – Es *war* rührend!

„Geht es wieder besser?“, fragte Grant und erhob sich als Erster.

Megan nickte. „Ja, viel besser. Tut mir leid. Sowas ist mir noch nie passiert.“

„Wir erzählen es nicht weiter“, erklärte Jason und stand ebenfalls auf.

Megan hob den Blick. „Ich habe dich noch nicht einmal gefragt, wo der Rest der Klasse ist.“

„Im Bus.“

„Wirklich?“

„Ja, wo sonst hätte ich die Truppe unter Kontrolle? Und da Miss Bristol bis morgen früh offenbar im Koma liegt, habe ich die Aufgabe übernommen, diesen Sauhaufen beieinander zu halten.“

„Das ist klasse, Jason. Vielen, vielen Dank.“

„Kein Problem. Sie wollen ja immerhin einen Mörder entlarven, der frei herumläuft, da kann ich Sie doch ruhig ein wenig unterstützen.“

Megan schüttelte resigniert den Kopf. „Ich weiß nicht, ob ich das noch kann. Beinah wäre einer meiner Schülerinnen etwas passiert, weil ich nicht vor Ort war.“

„Ist doch Blödsinn“, erwiderte er entschieden. „Was hätten Sie denn anders gemacht? Denken Sie, Sermie können das Telefon besser bedienen als ich? Mehr gab es nämlich nicht zu tun.“

„Ja, aber -“

„Vielleicht wäre das ja eine Idee“, ging Grant dazwischen.

Megan und Jason blickten ihn fragend an. „Was denn?“

„Na, es wäre doch vielleicht möglich, dass Sie in Ihrer Abwesenheit Jason als Lehrervertreter einsetzen. Er kann doch gut mit seinen Mitschülern umgehen. Und sie respektieren ihn, nicht wahr?“

„Allerdings.“ Jason straffte unwillkürlich die Schultern. „Die Idee ist klasse. Und es wäre nur für ein paar Tage. So lange, bis wir abreisen oder Sie Ihre Ermittlungen abschließen. Je nachdem, was zuerst geschieht.“

„Ganz genau.“ Grant nahm Megan den leeren Becher ab. „Was sagen Sie dazu?“

„Ich weiß nicht …“

„Aber wir wissen.“ Jason und Grant nickten einvernehmlich und verschworen sich offenbar gerade auf irgendeine männlich ehrenhafte Art.

„Sehr gut. Wo wir das geklärt haben, fahre ich nun nach Hause. Jason bleibt bei Ihnen, bis Sie wieder auf dem Damm sind. Dann sprechen Sie mit dem Mädchen und rufen die Eltern an. Und danach können Sie mit dem Bus zurück in die Herberge fahren und geben bei Ihrer Klasse Entwarnung. – Und bis morgen überlege ich mir, wie wir an Corbin Green herankommen können. Einverstanden?“

Megan nickte. Sie war eigentlich nicht unbedingt ein Teamplayer, aber dennoch war es schön so viel Unterstützung zu bekommen. „Einverstanden.“

„Prima. Dann bis Morgen."

Grant hob zum Abschied die Hand und verschwand dann aus dem Krankenhaus. Megan spürte, wie sich ihr Körper mehr und mehr erholte.

„Wer ist Corbin Green?", fragte Jason.

„Angeblich der damalige Freund der Verurteilten."

„Angeblich?"

„Ich glaube nicht, dass sie mit ihm zusammen war."

„Und warum nicht?"

Megan hob den Blick. Eine Information bekam man doch am besten aus erster Hand.

„Wenn ein Mädchen mit dir schlafen wollte, hat es sich doch sicher etwas anderes als einen Baumwoll-Liebestöter im XXL-Format angezogen, oder?"

Jason blinzelte einen Augenblick lang über die offenbar gänzlich unerwartete Frage. Dann nickte er wie in Zeitlupe.

„Sie meinen, Abigail Bold hatte … weiße Liebestöter?"

„Und zwar ausschließlich."

Er lachte kurz. Dann schüttelte er den Kopf. „Die wollte ganz sicher nichts mit einem Typen anfangen."

Megan nickte erleichtert. „Gut."

„Warum ist das gut?"

„Weil sich darauf meine Theorie stützt." Sie schluckte und startete einen Versuch aufzustehen, was ihr sogar wider Erwarten gelang. „Komm!", sagte sie zu dem noch immer etwas verwirrt wirkenden Jason. „Wir gehen hoch auf die Station und warten auf Julia."

*

Nach einer unruhigen Nacht, endlosen Vorwürfen, Gedanken und Zweifeln, hatte Megan schon früh morgens mit dem Krankenhaus telefoniert und sich sagen lassen, dass Julia die Nacht bestens überstanden hatte und bereits auf dem Wege der Besserung war.

Da ihnen wohl die Decke auf den Kopf fiel, hatte Megan Jason erlaubt, mit ein paar von Julias Freundinnen einen Krankenbesuch zu machen. Und so war es nun beim Frühstück in der Herberge angenehm still.

Megan schlürfte an ihrem Milchkaffee und strich sich Zitronenmarmelade auf ein Brötchen, als plötzlich eine ihrer Schülerinnen mit geröteten Wangen in den Speisesaal eilte.

„Miss Fairchild!"

„Ja, Bernice?"

„Da ist ein Typ unten für Sie."

„Ein Typ?"

Sie nickte heftig. „Ein total heißer Typ. Sieht aus wie Henry Cavill. Sie wissen schon: *Men of Steel.*"

Megan blinzelte ahnungslos. Manchmal hatte sie das Gefühl, dass diese Kids von einem anderen Planeten kamen, wollte sich das aber nicht zu deutlich anmerken lassen.

„Hat er gesagt, wie er heißt?"

„Ja, aber ich hab's vergessen."

Megan rollte mit den Augen.

„Aber er hat gesagt, er wäre von der Polizei."

Aha!

„Kannst du ihm sagen, dass ich gleich runterkomme?"

„Ja, klar! – Ist er Ihr Freund?"

Sie verschluckte sich beinahe an ihrem letzten Bissen. „Nein", erklärte sie entschieden.

„Cool! Dann gebe ich ihm meine Telefonnummer." Mit einem völlig deplatzierten Zwinkern tänzelte sie aus dem Speisesaal. Megan starrte ihr kurz hinterher und schüttelte sich dann vor Verwunderung.

Mit einem großen Schluck leerte sie ihren Kaffeebecher, ging noch einmal auf ihr Zimmer und packte ihre Tasche, zog ihre Schuhe an und lief hinab.

Grant stand am Treppenabsatz und hörte sie nicht kommen.

Er trug eine dunkle Jeans über ledernen Wanderschuhen. Das Hemd hatte er wie immer über die muskulösen Unterarme bis zum Ellbogen hinaufgekrempelt.

Als er das Knarzen der obersten Treppenstufen hörte, fuhr er herum.

„Gott sei Dank, Sie sind es."

Megan lachte auf. „Sie klingen erleichtert."

„Das bin ich auch. – Ein kleines Mädchen kam hier gerade an. Sie hat mir ihre Telefonnummer gegeben." Er hielt das Stück Papier zwischen zwei Fingern, als könnte es ihn jeden Moment bei lebendigem Leibe auffressen.

„Ich weiß."

„Sie wissen?", fragte er fassungslos.

Megan nickte und wippte lächelnd auf den Fußballen, während sie zu ihm hinaufsah.

„Sie meinte, Sie wären heiß!"

„Heiß?"

„Und Sie würden aussehen wie Henry Cavill."

Er schüttelte den Kopf. „Wer soll das sein?"

„Keine Ahnung. - Wollen wir los?"

„Dieses Mädchen könnte meine Tochter sein."

„Wohl kaum. Sie ist 18."

„Ich bin 34."

„Tatsächlich?“ Megan zog die Stirn kraus, woraufhin Grant ihre Mimik imitierte und nachdenklich den Kopf schräglegte, wie jemand der überlegte, ob er gerade einen Fehler gemacht hatte.

„Wie alt sind Sie denn?“

Sie reckte das Kinn. „Das fragt man eine Dame nicht.“

„Ich kann Ihre Akte anfordern.“

„24.“

„Oh.“

„Was heißt *oh*?“

„Ich dachte …“

„Sie dachten ja wohl nicht, dass ich älter wäre, oder?“ Ihre Stimme wurde ungewollt etwas schrill.

„Gott behüte.“ Er legte seine Hand in ihren Rücken und schob sie zügig Richtung Tür. „Lassen Sie uns nach draußen gehen. Ich habe Neuigkeiten.“

Das klang interessant. Schnell schloss Megan die Tür der Herberge und sah zu ihm auf.

„Schießen Sie los!“

„Was halten Sie davon, mich heute auf einen Empfang zu begleiten?“

Megan hatte mit vielem gerechnet, aber damit …

„Ein Empfang?“

„Auf dem Anwesen der Greens.“

Ihre Augenbrauen schossen in die Höhe. „Tatsächlich?“

Er nickte. „Es ist eine Wohltätigkeits-Veranstaltung. Deswegen gibt es keine Gästeliste. Jeder, der Geld mitbringt, ist willkommen.“

„Ich habe leider kein Geld, das ich mitbringen könnte.“

„Ich auch nicht, aber wir sollten wenigstens so aussehen.“

„Ich soll ein Kleid anziehen?“

„Sie klingen, als würde ich Sie um eine Niere bitten."

„Ehrlich gesagt, bin ich eher ein Typ für Hosen. Und Turnschuhe."

„Wollen Sie Corbin Green treffen, oder nicht?"

„Schon."

„Es wird Sie wohl nicht umbringen, ein Kleid anzuziehen."

„Und was ist mit Ihnen?"

Er gab ein abwägendes Geräusch von sich. „Kleider stehen mir nicht so gut. Ich bleibe beim Anzug."

Unweigerlich musste sie lachen. Dann nickte sie einsichtig. Diese Wohltätigkeitsveranstaltung war wohl eine ziemlich einmalige Gelegenheit diesen Green zu sprechen, vor allem, wenn man ihr knappes Zeitfenster bedachte.

„Gut, also schön. Ich will sehen, was ich auftreiben kann. – Und was machen wir bis heute Abend?"

Er drehte sich um und zeigte wortlos auf seinen Wagen, woraufhin sie die Stirn krauszog.

„Wir … fahren Auto?"

„Nicht ganz. Im Kofferraum habe ich die beiden Kartons. Ich habe alles soweit durchgearbeitet und finde nichts Auffälliges, das mich dazu veranlassen würde, nochmals nachzuhaken. Allerdings habe ich auch nicht dieses feine weibliche Gespür, wie Sie. Die zugegebenermaßen wenig aufreizende Unterwäsche von Abigail Bold wäre bei mir gänzlich unbemerkt geblieben."

Sie lächelte etwas schief. „Soll heißen, ich darf mir die ganzen Unterlagen auch nochmals durchlesen."

„Das wollten Sie doch sowieso."

„Zugegeben." Allerdings war das nicht unbedingt die Art von aufregendem Detektivspiel, das ihr so vorschwebte.

Grant machte den Kofferraum auf und nahm den ersten Karton.

„Ich weiß, dass es interessantere Dinge gibt, als einen Haufen vergilbtes Papier durchzuackern. Aber wenn Ihnen bei der Gelegenheit etwas Entscheidendes auffällt, wüssten wir das schon, bevor wir heute Abend auf dem Empfang sind, und könnten diesen Green sogar darauf ansprechen."

„Da haben Sie wohl leider Recht", stellte sie fest, als er den zweiten Karton vor ihren Füßen platzierte. Sie bemerkte, dass sie enttäuscht war; unter anderem, weil sie den heutigen Tag nicht mit Grant verbringen würde.

Das war ganz schön schräg. Und kindisch.

„Wie geht es Julia?"

Megan hob den Kopf. „Wem?"

„Julia. Ihrer Schülerin mit dem Blinddarm. Beziehungsweise ohne."

„Oh, Julia! Der geht es gut. Der Gang ist zwar noch wie bei Quasimodo, aber das soll wohl normal sein bei einer Blinddarm-OP."

„Haben Sie Ihren noch?"

Megan nickte stolz. „Ich bin noch komplett."

Grant lachte und trat zurück. „Dann hole ich Sie heute um 18 Uhr ab."

„Ich werde bereit sein."

Während der Inspektor ins Auto stieg, warf Megan einen wenig begeisterten Blick auf die Kartons. Das würde ein langer und öder Tag werden.

Als sie sich umdrehte und die Tür aufschob, taumelte ein halbes Dutzend ihrer Schülerinnen mit einem breiten Grinsen zurück.

„Was treibt ihr denn hier?"

„Sie haben ein Date, Miss Fairchild", stellte ihre Schülerin Anne fest.

„Das ist kein Date."

„Aber Sie gehen doch zusammen auf einen Empfang."

„Das ist nur, weil wir der Spur nach Laura Satins Mörder nachgehen wollen. Das habe ich euch doch erklärt."

„Bei dem Typen würde ich etwas ganz anderem nachgehen wollen", kam es aus der zweiten Reihe.

„Habt ihr denn überhaupt nichts anderes im Kopf?", beschwerte sich Megan.

Anne schüttelte entschlossen den Kopf. „Bei diesem Typen? – Ganz sicher nicht!"

„Da fällt mir ein", bemerkte Megan, vermutlich war es der perfekte Augenblick. „Ich habe kein Kleid. Vielleicht - "

Mehrere Hände packten nach ihren Oberarmen. Begeistertes Lachen und Kreischen. Offenbar hatte sie etwas ganz außerordentlich Fantastisches gesagt, auch wenn ihr nicht ganz klar war, was das gewesen sein könnte.

„Wir verpassen Ihnen das perfekte Outfit, Miss Fairchild."

„Aber nichts zu Aufreiz -"

„Ich hab die passenden Schuhe", ging Bernice dazwischen. „Sie können doch auf Absätzen gehen, oder?"

„Eigentlich -"

„Sie haben so tolle Beine. Das wird genial."

„Hey, Anne. Hast du das dunkelrote Kleid mit dem Ausschnitt dabei?", fragte das Mädchen, während Megan von einem ganzen Pulk zur Treppe geschoben wurde.

„Kein Ausschnitt", protestierte sie dabei.

„Klar", antwortete Anne. „Das wird soooo geil."

„Es soll aber nicht geil werden", startete Megan einen

weiteren Versuch, doch sie erntete nur kollektives Kopfschütteln.

„Bei diesem Typen? – Sorry, Miss Fairchild, aber Sie sind ja nicht bei Verstand. – Ich hole das Make-up."

*

Megan war ja bewusst gewesen, dass sie ihre Schüler nie wirklich im Griff gehabt hatte. Aber am heutigen Tag hatte sie endgültig die Kontrolle über alles und jeden verloren.

So gesehen war das nicht tragisch, weil sie nach den letzten vier Tagen, die ihnen noch blieben, sowieso die Schule verlassen würde. Und auch wenn sie sich anfangs mit Händen und Füßen gegen die Stylingversuche ihrer mannstollen Schülerinnen gewehrt hatte, so musste sie am Ende doch zugeben, dass sie nicht ganz ohne Erfolg geblieben waren.

„Sie sehen *so* heiß aus, Miss Fairchild."

Anne stand mit einem Lidschattenpinsel vor ihr und betrachtete zusammen mit Bernice ihr Werk, die fassungslos nickte.

„Abgefahren", stellte sie dabei geistreich fest.

Megan selbst fühlte sich ein wenig unwohl, verkleidet und angemalt, was sie so gesehen ja auch war.

„Der Typ wird ausrasten, wenn er Sie sieht, echt!"

„Das ist aber gar nicht Sinn der Übung", hielt Megan noch immer dagegen, auch wenn ihr der Gedanke, dass sie Grant gefiel, durchaus nicht unangenehm war.

„Wenn es da einen Kerl auf der Party gibt, mit dem Sie reden wollen, und sehen dabei *so* aus: Der wird von gar keiner Anderen mehr etwas wissen wollen."

„Nun hör aber auf Bernice." Megan stand auf und

versuchte sich an die ungesunde Yogaübung zu gewöhnen, die ihre bemitleidenswerten Füße in diesen Schuhen vollführen mussten.

Plötzlich wurde die Tür aufgeworfen und knallte so heftig gegen die Wand, dass der Putz abplatzte.

„Er ist da!“ Kate stand atemlos im Türrahmen und nickte mit geröteten Wangen, bevor sie nochmals wiederholte: „Er ist da.“

„Grant?“

Wieder heftiges Nicken.

Tatsächlich wallte nun auch in Megan ein wenig Nervosität auf. „Sag ihm, dass ich gleich unten bin.“

„Geht klar.“

Während Kate nach unten verschwand, sammelte Megan Handy und Geldbörse ein und packte beides in ihr lächerlich kleines Handtäschchen. Unweigerlich musste sie noch einmal in den Spiegel sehen.

Das dunkelrote Kleid war gelinde gesagt, als gewagt zu bezeichnen. Der Ausschnitt war mit einem übergroßen Reißverschluss zu regulieren und an den Beinen gab es zu wenig Stoff, um irgendetwas auch nur in die Nähe der Knie zu zupfen.

Sie musste daran denken, dass sie sich damit nicht bückte. Auf gar keinen Fall!

BH hatte sie unter dieses Kleid keinen anziehen dürfen, weil der dämlichste Abdrücke hinterlassen hätte. Aber ihr – leider auch etwas knappes – Höschen hatte sie sich redlich erkämpft.

Der Durchgang zum Flur wurde von den beiden grinsenden Mädchen flankiert.

„Viel Spaß, Miss Fairchild“, erklärten diese in zweideutigem Ton. Megan nickte ebenfalls lächelnd.

Sie balancierte relativ komplikationslos die Treppe hinunter und ging zur Tür. Grant wartete offenbar draußen.

Als sie sie aufzog, fuhr er zu ihr herum.

Er trug einen dunkelblauen Anzug und braune Lederschuhe. Das weiße Hemd stand am Hals ein wenig offen. Es wirkte leger und gleichzeitig, als würde es die Betrachterin zu irgendetwas einladen wollen.

„Miss Fairchild?" Seine Frage klang ein wenig, als wollte er sich versichern, dass Megan auch wirklich sie selbst wäre.

„Mister Grant", antwortete sie mit einem leisen Lächeln, während er näherkam.

Sein fassungsloser, fast schockierter Blick war außerordentlich schmeichelhaft, wie Megan feststellte. Und dass er es nicht verhindern konnte, sie von oben bis unten und wieder zurück zu mustern – und zwar mehrfach! – war ein Kompliment, das die Bemühungen ihrer Schüler rechtfertigte.

Er griff in einer galanten Geste nach ihrer Hand, hob sie in die Höhe und drehte Megan einmal wie im Tanz um die eigene Achse.

„Sie sehen atemberaubend aus, Miss Fairchild. Absolut atemberaubend."

Sie gab ein abwägendes Geräusch von sich. „Meinen Sie nicht, es ist ein bisschen arg wenig … Kleid?"

„Nicht für den geneigten Betrachter."

Unweigerlich musste sie lachen. „Ich schwöre, dass das noch das Jugendfreiste ist, was mir meine Schülerinnen gezeigt haben."

„Das zu glauben fällt schwer."

„Also doch zu wenig Stoff?"

„Keineswegs.“ Er legte seine Hand in Megans Rücken und sie wollte doch einen Besen fressen, wenn hinter der verschlossenen Tür nicht gerade lautstarkes Gegacker aufbrandete. „Mister Corbin Green wird es kaum erwarten können, Ihnen zu begegnen.“

Megan setzte sich etwas umständlich auf den Beifahrersitz – zumal ihr Kleid nur allzu willig aufschlussreiche Blicke zuließ – und schnallte sich dann an.

Grant startete den Wagen und fuhr mit einem letzten dezenten Blick auf Megans nackte Knie los.

Minutenlang schwiegen sie. Sie bemerkte, dass ihre Nervosität ständig anwuchs, was nicht zuletzt auch damit zu tun hatte, dass sie demjenigen begegnen und auch nach Möglichkeit befragen würde, den sie nach ihrem aufschlussreichen Lesenachmittag für den Hauptverdächtigen hielt.

„Sie halten ihn für den Mörder, nicht wahr?“

Grants Worte ließen sie verblüfft aufsehen. „Wen?“

„Green.“ Er bedachte sie mit einem verschmitzten Lächeln. „Habe ich Recht?“

„Nun, nachdem ich mir diese Berge von Akten durchgelesen habe, bin ich zumindest ein wenig misstrauisch.“

„Und warum sind Sie das?“

„Erstens natürlich, weil er ganz offensichtlich gelogen hat, was seine Beziehung zu Abigail Bold angeht. Dann natürlich, weil er sich mit ihr eingelassen hat, unmittelbar bevor sie starb. Und natürlich wegen des Streits mit Abigail. Ich habe das Protokoll noch einmal gelesen, keiner der Zeugen kann anhand dessen, was gesagt wurde, hundertprozentig feststellen, dass es um ein Beziehungsproblem ging. Aber ganz klar ist, dass Abigail offenbar außer sich war, sie schrie ihn an, dass er ihr Vertrauen missbraucht hätte und wie er das nur jemals hätte tun können."

„Also hatten sie vielleicht keine sexuelle Beziehung, doch offenbar ein Vertrauensverhältnis, sonst hätte sie ihm ja kaum etwas anvertraut, das ihr so wichtig war."

„Womöglich hat sie ihm gar nichts anvertraut. Vielleicht wurde sie von jemand anderem verraten, der etwas Persönliches von Abigail wusste."

Grant nickte versonnen und bog von der Hauptstraße auf eine schmale Landstraße ab. Die Dämmerung senkte sich über die sanften Hügel der Highlands und trieb einen dünnen Nebelschleier vor sich her.

„Geht aus den Protokollen hervor, wer das gewesen sein könnte?"

Megan schüttelte den Kopf. „Im Gegenteil. Wenn man die Aussagen der Mitschüler, und auch der Lehrer liest, wird vielmehr klar, dass Abigail eine sehr zurückgezogene Schülerin war. Sie hatte kaum Freunde. Jedenfalls keine engen. – Und das bringt mich zurück zu Corbin Green. Er ist der einzige, der in so unmittelbarer Zeit vor dem Mord mit Abigail und Laura interagiert hat."

„Mit der einen hat er gestritten und mit der anderen geschlafen", sagte Grant und Megan nickte.

„Ganz genau. Der Bursche hat zwar ein Alibi von fünf Klassenkameraden, doch was ich so herausfinden konnte, ist seine Familie unmoralisch reich. Es wäre sicher kein Problem sich das Schweigen einer Horde Teenager zu erkaufen."

„Nein, vermutlich nicht."

„Und deswegen will ich diesen Knaben ganz genau unter die Lupe nehmen."

Grant lenkte den Wagen in eine Einfahrt, die auf ein Anwesen zuführte, das wie ein Palast wirkte. Der große U-förmige Bau war dreistöckig, pompös mit Säulen und Erkern, mit kleinen Türmen und Spitzbogenfenstern ausgestattet und beleuchtet wie das Rathaus irgendeiner Großstadt. Die Zufahrt war mit lodernden Fackeln erleuchtet.

„Heilige Scheiße", erklärte sie tonlos. „Ist das protzig."

„Das ist noch recht untertrieben. – Hören Sie, Miss Fairchild, gleich wird mir so ein Pinguin die Autoschlüssel abnehmen und uns in den festlich geschmückten Park des Anwesens lotsen. Meine Version der Geschichte ist, dass sie eine Freundin aus London sind."

Sie zog lächelnd die Braue in die Stirn. „Was denn für eine Freundin?"

„Wir haben ein ungezwungenes Verhältnis, wenn wir uns sehen, schlafen wir miteinander."

„Klingt ein bisschen arg ungezwungen."

„Ich kann Sie ja schlecht als meine Verlobte vorstellen. Aber meine Version der Geschichte gewährleistet, dass wir nicht übermäßig getrennt werden, ich jederzeit Zugriff auf Sie habe und absolut Grund genug, Sie auf diesen Empfang mitzubringen. Zumal Sie reich sind."

„*Was?*"

„Steinreich, um genau zu sein. Ihren Eltern gehört eine Mineralwasserquelle."

Megan blinzelte irritiert. „Sind Sie verrückt?"

„Keineswegs. Ich habe mir das wunderbar zurechtgelegt. Ich allein habe auf einem Wohltätigkeitsempfang nichts zu suchen. Ich bin arm, wie eine Kirchenmaus."

„Aber -"

Megans Satz wurde unterbrochen, als ihr ein extrem

freundlich lächelnder Herr im Frack die Tür öffnete.

„Guten Abend, Miss“, sagte er dabei und klang ein wenig, als müssten ihm zeitnah die Polypen entfernt werden. „Darf ich bitten?“

Es dauerte einige Sekunden, doch dann begriff Megan, dass sie die Hand, die ihr entgegengestreckt wurde, zum Aussteigen ergreifen sollte.

„Vielen Dank“, erklärte sie schnell und setzte ihr hirnlosestes Grinsen auf. Hirnlos passte ganz ausgezeichnet zu diesem Kleid.

Als sie ausgestiegen war, kam Grant bereits um den Wagen herum, griff nach ihrer Hand. Dann brachte er seine Lippen an ihr Ohr.

„Sie müssen einfach so tun, als könnten Sie kaum die Finger von mir lassen. Ich für meinen Teil werde mit dieser Aufgabe keine allzu großen Schwierigkeiten haben.“

Unweigerlich überschlug sich ihr Puls.

Gänsehaut breitete sich über ihren Nacken und ihre Kehle, als er seine Finger in den ihren verschränkte und sie zur breiten Steintreppe führte.

Sie kamen nicht weit, da trat eine lächelnde Kellnerin vor sie und bot ihnen auf einem runden Silbertablett ein Gläschen *Taittinger* an.

Da Megan Alkohol genau das Richtige zur nervlichen Beruhigung zu sein schien, griff sie dankbar danach und nahm einen Schluck.

„Nicht übertreiben“, murmelte Grant und schob sie Richtung Garten. Sie musste dem Drang widerstehen das Kleid nach unten zu ziehen, aber da die Mädchen ihr den Hintern und die Oberschenkel mit Haarspray eingesprüht hatten, bewegte sich der Stoff glücklicherweise keinen Millimeter.

Als wieder ein Kellner mit einem Tablett vor sie trat, nahm sich auch Grant ein Glas und wandte sich mit einem Lächeln, das plötzlich ungemein verführerisch wirkte zu Megan herum. Entweder Grant war ein wirklich außergewöhnlicher Schauspieler, oder –

„Auf meine reizende Begleitung“, erklärte er, indem er das Glas erhob und Megan beim Anstoßen nicht aus den Augen ließ. Sie lächelte und nahm einen weiteren Schluck.

„Kennst du hier irgendjemanden?“

Kurz flackerte eine Frage in seinem Blick auf, als sie ihn duzte. Doch dann begriff er, dass sie sich lediglich an ihre Rolle akklimatisierte.

„Ja, ich kenne viele.“

„Und Corbin Green?“

„Höre ich hier meinen Namen?“

Megan wirbelte zu der tiefen Männerstimme herum.

Vor ihr stand ein großgewachsener blonder Mann in etwa ihrem Alter. Er hatte ein breites, charmantes Lächeln, stahlblaue Augen und das Dinnerjacket, das er trug, war ganz offenbar maßgeschneidert. Für den objektiven Betrachter zweifellos ein attraktiver Mann, doch bei seinem überheblichen Gesichtsausdruck fühlte sich Megan nur in ihrem Verdacht bestätigt.

Sie setzte ihr falschestes Lächeln auf und streckte die Hand vor.

„Entschuldigen Sie, Mister Green, dass ich mich so plump nach Ihnen erkundigt habe“, erklärte sie und ließ zu, dass er ihre Hand ergriff und einen angedeuteten Kuss auf ihre Fingerknöchel hauchte.

„Wenn eine so wunderschöne Frau nach mir fragt, kann ich mich schlimmstenfalls geschmeichelt fühlen.“

Am liebsten hätte Megan bei dieser Schleimerei mit den

Augen gerollt und ein Würgen imitiert. Stattdessen lächelte sie noch breiter.

„Das ist sehr charmant von Ihnen, Mister Green. Nachdem ich Finley berichtet hatte, was meine Schüler mir erzählt hatten, beschlossen wir sehr gerne Ihr wunderschönes Anwesen zu besuchen und Ihre lobenswerte Stiftung zu unterstützen."

Green deutete ein schräges Nicken an und lächelte, doch Megan merkte, dass er angebissen hatte.

„Ihre Schüler?", fragte er noch einmal.

„Oh, verzeihen Sie." Sie lachte. „Ich plappere manchmal einfach so vor mich hin."

„Oh, nicht doch."

„Ich unterrichte in London und bin mit einer Schulklasse in der Gegend. Nun, weitestgehend trete ich die Beaufsichtigung an meine geschätzte Kollegin ab und verbringe die meiste Zeit mit Finley." Sie griff noch einmal nach seiner Hand und drückte sie, während sie zu ihm emporstrahlte. Dabei selig zu wirken, fiel ihr überhaupt nicht schwer, auch nicht, als er sich über sie beugte und einen Kuss auf ihre Wange hauchte.

Die Berührung setzte sie für einen Augenblick außer Gefecht. Sein Geruch, die Gegenwart seines Körpers, der sanfte und doch deutliche Druck seiner Hand und nicht zuletzt der Kontrast zwischen der Weichheit seiner Lippen und dem seltsamen Kratzen seines Bartes.

„Jedenfalls …", versuchte sie sich zu sammeln. „… erzählten mir meine Schüler bei einem Ausflug zum Loch Ness von diesem schrecklichen Mord, den wohl Ihre Ex-Freundin an Ihrer Freundin begangen hatte." Sie legte ihre Hand auf das luftige Dekolletee. „Tut mir leid, wie geschmacklos von mir. Wir kommen hier als Gäste zu

Ihnen, und ich belaste Sie mit diesen schrecklichen Erinnerungen."

Corbin Green schüttelte den Kopf mit einem bedauernden Gesichtsausdruck. Auch in seinen Augen stand etwas, das Megan durchaus als glaubhafte Trauer erschien.

„Machen Sie sich keine Gedanken. Ich weiß ja, dass dieser schreckliche Tag mich immer wieder einholen wird." Er schüttelte den Kopf. „Es ist sechs Jahre her, und obwohl in der Zwischenzeit so viel geschehen ist, ist meine Erinnerung daran dennoch so stark, als wäre es gerade gestern passiert."

„Es muss schrecklich sein, die Frau zu verlieren, die man liebt. Ich bitte um Verzeihung, dass ich Sie daran erinnern musste."

„Wie ich schon sagte, machen Sie sich keine Sorgen. Sie sind hier, um die Stiftung meiner Eltern zu unterstützen und das verdient meinen größten Dank."

Megan nickte, da sie keine Ahnung hatte, was genau diese Stiftung nun eigentlich unterstützte. „Eine so lobenswerte Einrichtung rechtfertigt jede Mithilfe."

„Das freut mich, zu hören. Wären Sie denn eventuell bereit an der heutigen Versteigerung teilzunehmen?"

„Ver -?" Unweigerlich flirrte ihr Blick zu Grant, der ebenfalls die Stirn krauszog, woraufhin Green die Arme hob.

„Keine Sorge. Es geht nur darum, ein Abendessen mit einigen schönen Frauen zu verlosen. Die Erlöse fließen zu 100 Prozent in die Green-Stiftung."

„Nun, ich weiß nicht -"

„Ich kann mit Fug und Recht behaupten, dass Sie das strahlende Glanzlicht der Veranstaltung wären."

Megan lächelte. „Nun, es ist ja für einen guten Zweck,

also können Sie mit mir rechnen", hörte sie sich sagen, etwa eine Sekunde, bevor sie begriff, auf welche billigen Schmeicheleien sie hereingefallen war.

„Großartig", freute sich Corbin Green und schüttelte noch einmal ihre Hand. „Dann sehen wir uns in einer Stunde. – Vergessen Sie es nicht. Und jetzt entschuldigen Sie mich bitte, ich möchte noch ein paar Gäste begrüßen. – Ich komme sofort, Sean."

Aus dem Augenwinkel sah Megan einen jungen Mann, der mit gerecktem Hals zu ihnen herüberwinkte.

„Natürlich."

Während Megan stirnrunzelnd ihrem Hauptverdächtigen nachblickte, spürte sie Grants Griff an ihrem Oberarm.

„Was ist denn nur los mit Ihnen?", zischte er. „Wir sind hier, um zu ermitteln. Und kaum schlägt dieser überkandidelte Milchbart hier auf, lassen Sie sich von ein paar lahmen Schmeicheleien schachmatt setzten!"

Megan kniff die Augen zusammen. Am ärgerlichsten war, dass er Recht hatte.

„Keine Ahnung, wie das passieren konnte."

„Glauben Sie ja nicht, dass ich auf Sie biete", erklärte er nachdrücklich. „Es gibt sicherlich eine Reihe alternder Millionäre, die es gar nicht erwarten können, Sie in die Finger zu kriegen."

„Ich glaube, mir wird schlecht."

„Das ist auch das Mindeste", murrte er. „Und jetzt kommen Sie, wir haben nicht mehr allzu viel Zeit, um was auch immer herauszufinden."

Er zog Megan zu einer etwas ruhigeren Stelle des Parks und stellte sich mit ihr an einen der mit weißen Orchideen dekorierten Stehtische, von dem aus sie einen recht guten Überblick über den Park und seine Besucher hatten.

„Corbin Green ist ja mittlerweile bekannt“, bemerkte er noch immer vorwurfsvoll. „Ansonsten stehen dort oben seine Eltern und seine beiden Schwestern. Sandra und Corinne.“

Megan schloss die Eltern als Täter aus, weswegen sie die jungen Frauen genauer unter die Lupe nahm.

Corinne war eine etwas pummelige Brünette, die aber ihr üppiges Dekolletee und die Massen glänzender Haare sehr gelungen in Szene setzte. Sandra war das genaue Gegenteil. Sie wirkte mager, blass, kränklich und ein wenig verkniffen.

Gemeinsam war ihnen nur der teilnahmslose Blick, der klarstellte, dass sie sich für alles Mögliche interessierten, aber sicher nicht für diese Veranstaltung.

„Okay, und sonst?“

„Als ortseigener Bäcker und Postamt-Betreiber kenne ich etwa die Hälfte der Anwesenden. Im Zusammenhang mit dem Mord an Laura Satin ist allerdings höchstens noch der Gentleman interessant, mit dem sich Corbin gerade unterhält. Es ist Sean McGowan, einer seiner Freunde seit Jugendtagen.“

„Er hat auch eine Zeugenaussage abgegeben.“

„Allerdings. Laut seiner Aussage war Corbin zum Zeitpunkt des Mordes bei ihm und vier weiteren Freunden.“

Megan musterte den jungen Mann. „Er sieht nicht wie der typische Besucher einer Wohltätigkeitsveranstaltung aus“, befand sie.

„Das liegt daran, dass er wohl nicht besonders vermögend ist. Er hat eine Autowerkstatt etwas außerhalb des Ortes in nördlicher Richtung.“

„Sieht also nicht aus, als wäre sein Schweigen mit Massen von Geld erkauft worden."

Grant schüttelte den Kopf. „Nicht wirklich. – Und ansonsten ist niemand von Interesse hier, wobei ja noch Gäste eintreffen."

„Hm." Megan zog nachdenklich die Lippe zwischen die Zähne und nahm dann noch einen Schluck Champagner. Dann fasste sie einen Entschluss.

„Gut", stellte sie fest. „Dann lassen Sie uns nach drinnen gehen."

Das überraschte ihn sichtlich. „Nach drinnen?"

„Natürlich. Ich habe im Internet gelesen, dass er als Vermögensberater arbeitet und hier einen eigenen Flügel hat. Er wohnt also noch hier. Und er arbeitet hier. Ich will mir seine Räume ansehen."

Grant gab ein ungläubiges Geräusch von sich. „Wie stellen Sie sich das vor? – Wir können doch nicht als Gäste des Empfangs ins Haus spazieren und die Privaträume von Corbin Green filzen."

„Das wäre auch reichlich plump."

„Und was ist dann Ihr Plan, geschätzte Miss Fairchild?"

„Kein Grund sarkastisch zu werden. – Mein Plan ist, dass ich mich auf die Toilette entschuldige und Sie mich dann suchen kommen."

„Auf der *Toilette*?"

„Natürlich nicht direkt. Gott, sind Sie denn überhaupt nicht kreativ?"

Er war tatsächlich kurz sprachlos. Ein kleiner Augenblick süßen Triumphs.

„Also, passen Sie auf. Ich gehe nach drinnen auf die Toilette. Dort bleibe ich für einige Minuten. Dann kommen Sie mir nach und erkundigen sich nach mir, sagen, Sie hätten ein wichtiges Telefonat für mich oder irgendwas in der Art. Dann werden Sie durchgewinkt, ich erwarte Sie und wir schleichen uns zu den Privaträumen."

Er nickte langsam. „Ganz schön kreativ."

„Vielen Dank."

„Und was tun wir, wenn uns jemand erwischt?"

„Keine Ahnung. Vielleicht fällt Ihnen ja dann mal was Kreatives ein." Sie stellte ihr Glas auf den Tisch und nickte. „Kommen Sie mich in drei Minuten suchen, ja?"

„Sehr wohl, Miss Fairchild."

Megan drehte sich lächelnd herum und kämpfte sich möglichst elegant mit ihren hochhackigen Schuhen über den frisch geschnittenen Rasen. Je näher ihr das respekteinflößende Gebäude kam, desto nervöser wurde sie.

Hoffentlich geht das gut!

V

Megan befürchtete schon, dass sich dieses künstliche Lächeln in ihr Gesicht eingebrannt haben würde, wenn sie es zu lange trug. Umso erleichterter war sie, als sie die Toilettentür hinter sich abschließen und endlich ihr Gesicht entspannen konnte.

Der Blick auf ihre Armbanduhr verriet, dass sie nur eine Minute bis zur Toilette gebraucht hatte. Sie würde sich in diesem marmornen Luxustempel also kurz erholen und dann wieder hinaus auf den Gang schleichen, wo ihr hoffentlich Inspektor Grant in die Arme lief.

Hastig stöckelte sie zu dem gigantischen Spiegel, betrachtete ihr Erscheinungsbild, das sie zugegebenermaßen zufriedenstellte, und schob langsam die Tür auf.

Als just ihr Handgelenk gepackt und sie nach draußen gezogen wurde, stieg ein Schrei in ihrer Kehle auf, den sie jedoch im allerletzten Augenblick unterdrückte.

„Verdammt nochmal, Grant“, zischte sie. „Beinah hätte ich den Laden hier zusammengeschrien.“

„Kommen Sie!“, flüsterte er und zog sie hinter sich her den Gang hinab.

Nach wenigen Metern gabelten sich die breiten Gänge. „Wir müssen da lang!“ Megan zeigte nach rechts.

„Woher wollen Sie das wissen?“

„Ich habe ein Youtube-Video über das Anwesen gesehen. So eine Art *Tag der offenen Tür.*“

„Also schön.“ Er zog sie einige Meter mit sich, dann blieb er stehen.

„Was ist denn?“

„Ziehen Sie die Schuhe aus?“

„Wie bitte?"

Er zeigte auf ihre hochhackigen Zehenquäler. „Runter damit! Mit den Dingern sind Sie so laut wie eine ganze Armee."

Als Megan nicht sofort reagierte, duckte er sich drohend, als wollte er ihre Füße gleich selbst befreien.

„Okay, okay", erklärte sie schnell, zog sich die Schuhe aus und setzte ihren Weg auf leisen Sohlen fort. „Da hinten sind seine Räume." Sie zeigte auf eine zweiflüglige Eichentür.

Grant sah sich um, klopfte vorsichtig und wartete ab, ob auch sicher keine Antwort kam. Dann drückte er die Klinke herunter. „Sie ist verschlossen."

„Dann brechen Sie sie auf!"

„*Was?* – Ich bin Polizist."

„Und wir ermitteln hier!"

„Wir schnüffeln! Und wenn ich jetzt auch noch dieses Schloss knacke, dann brechen wir streng genommen sogar ein."

Sie grinste triumphierend. „Also *können* Sie es."

Er öffnete den Mund, schloss ihn wieder, murrte etwas Unverständliches, das sehr schottisch klang, und zog etwas aus der Tasche, das wie eine kleine Pistole aussah.

Megan hatte so etwas schon einmal gesehen. Im Fernsehen. Es war ein professionelles Einbruchswerkzeug. Sie gab ein missbilligendes Geräusch von sich.

„Erst so scheinheilig und dann den Panzerknacker raushängen lassen."

„Ich bin lediglich auf jede mögliche Anforderung vorbereitet." Die Tür sprang mit einem leisen Klicken auf und nach einem weiteren Kontrollblick huschte Grant durch den Spalt und zog die überraschte Megan mit sich.

Während er die Tür hinter ihnen schloss, sah sie sich in dem großen Raum um, der im Halbdunkel der Parkbeleuchtung lag. Immerhin, denn Licht durften sie aus verständlichen Gründen keines machen.

„So", erklärte Grant hinter ihr. „Jetzt sind wir hier. Und wie geht es nun weiter, liebe Miss Fairchild?"

Sie straffte die Schultern. „Wir sehen uns um."

„Soll ich sein Unterwäschefach suchen gehen?", fragte Grant mit einem ironischen Lächeln.

„Das ist nicht nötig. Mister Corbin Green ist ganz sicher kein unbeschriebenes Blatt. Mal ganz davon abgesehen, dass er mein Hauptverdächtiger ist."

Grant lachte. „Ihr Hauptverdächtiger?"

„Ganz genau." Megan ging an einer Regalwand vorbei, die hoffnungslos mit Büchern vollgestopft war, die dieser Kerl niemals gelesen hatte.

„In diesem Raum muss es auch geschäftliche Unterlagen geben", erklärte sie und umrundete die weiße Ledercouch.

„Wie kommen Sie darauf?"

„Diese erlesene Auswahl der bekanntesten und langweiligsten Werke der Literaturgeschichte stellt man sich nur ins Regal, wenn man möchte, dass sie jemand sieht."

„Vielleicht ist Mister Green einfach ein sehr belesener Mann."

„Das glaube ich kaum. Ich glaube vielmehr, dass dieser Raum genutzt wird, um Eindruck zu machen."

„Ich dachte, wir sind in seinem Privatflügel."

Megans Blick schweifte über den leeren Couchtisch, die sauberen Böden und den Kamin.

„Das dachte ich bis gerade eben auch. Doch alles hier drin ist so unbeleckt, ja regelrecht steril, dass ich mir das nicht mehr vorstellen kann. Mister Green ist unordentlich und gleichgültig. Er wohnt hier nicht."

„Sondern?"

„Keine Ahnung. Aber wir werden es rausfinden." Sie blieb vor einem schlichten weißen Sekretär stehen und drehte sich zu Grant herum. „Könnten Sie noch einmal Ihr kleines Spielzeug zum Einsatz bringen?"

Grant sparte sich die Frage, die ihm offenbar auf der Zunge lag, und öffnete mit wenigen Handgriffen den kleinen Sekretär.

„Aha."

„Aha?"

Megan nickte. „Aha. Das sind Kontoauszüge."

„Ganz sicher nicht alle. Sehen Sie die Jahreszahlen? Mister Green dürfte weitaus mehr Platz für seine Geldbewegungen brauchen."

„Das ist ja das Interessante." Zielsicher griff Megan nach dem Ordner von 2009. Dem Mordjahr. „Dieses Konto scheint er offenbar nicht mit seinen anderen zusammen abzulegen." Sie blickte lächelnd zum Inspektor auf, während sie den kleinformatigen Ordner aufschlug. „Ich wette, sein Steuerberater hat diese Auszüge noch nie gesehen. – Wann genau ist der Mord geschehen?"

„Am 16. Juni 2009."

Schnell blätterte sie durch die Auszüge, bis sie das Datum fand, und nahm einen großzügigen Stapel der darauf folgenden Unterlagen heraus.

„Was tun Sie denn da?"

„Ich kopiere."

„Was?"

„Da hinten steht ein Kopierer."

Ohne auf seine Einwände zu hören, stand sie schnell auf, flitzte barfuß ans andere Ende des Raumes und legte die

Unterlagen in den Einzug.

„Das wird viel zu lange dauern!“

„Das geht ratzfatz. Laserdrucker. Wir haben den gleichen in der Schule.“ Sie drückte auf die Starttaste und die Blätter schossen durch den Kopierer. Als alle hindurch waren, nahm Megan den Stapel und heftete ihn wieder ein, stellte den Ordner in den Sekretär und schloss ihn sorgfältig.

Derweil bewachte Grant den Drucker, bis endlich das letzte Blatt Papier bedruckt war. Er sammelte alles ein, faltete es energisch und verstaute es in der Innentasche seines Jacketts, das eine wenig elegante Beule davontrug.

„Sind Sie soweit?“

Megan sah sich zweiflerisch um. Wenn sie nur lange genug suchten, gab es sicherlich noch den ein oder anderen interessanten Hinweis. „Eigentlich wollte ich -“

Sein harter Griff an ihrem Handgelenk hielt sie von einer Antwort ab.

„Das war eine rhetorische Frage“, erklärte er knapp und zog sie zur Tür. Dabei drückte er ihr die Stöckelschuhe in die Hand.

Sein Blick huschte nach links und rechts, dann verließen sie Corbin Greens Räume und machten sich an den Rückzug.

Megan wollte gerade sagen, wie leicht das gewesen war, da hörte sie Schritte im Gang. Dank ihres Youtube-Videos wusste sie, dass Corbin Greens Flügel eine Sackgasse war.

„Verdammt“, zischte sie. „Wir sind aufgeflogen.“

„Noch nicht ganz.“ Grant zog sie zu einem Beistelltisch, von dem er leise die dekorative Blumenvase mit dem Orchideenast abräumte.

„Sondern?“

„Ich sollte doch kreativ werden.“

„Und was kommt nun dabei raus?“

Sie wurde langsam hysterisch. Jeden Augenblick würde irgendjemand um die Ecke biegen und sie als die Schnüfflerin entlarven, die sie streng genommen ja auch war.

Plötzlich packte sie Grant und baute sich vor ihr auf, kam ihr so nah, dass sie den Kopf weit in den Nacken legen musste, um ihn anzusehen.

„Was … was soll denn das werden?“

Unweigerlich fixierte sie seine Lippen, während er sie rückwärts gegen das Tischchen schob.

„Das Wichtigste ist, dass Sie ganz natürlich wirken“, raunte er dabei.

„Was?“

Als er plötzlich mit beiden Händen unter ihren Hintern packte, wollte ihr ein erschrockener Schrei entfahren. Doch das in ihrer Kehle aufsteigende Geräusch erstickte er mit seinen Lippen, indem er ihren Mund mit seinem verschloss.

Sie wusste nicht, wie ihr geschah, spürte, dass sie irgendwo abgesetzt wurde, wie sich ein harter Männerkörper zwischen ihre nur allzu leicht zugänglichen Schenkel schob und sich der Kuss, der wohl als Alibi gedacht war, auf köstlichste Art verselbständigte.

Ein wohliges Seufzen entfuhr ihr, als Grant sich weiter über sie beugte, eine seiner Hände besitzergreifend über ihre Hüfte strich, hinauf über ihren Rücken und ihren Nacken umfasste. Seine Zunge drang zwischen ihre widerstandslosen Lippen, nahm sie in Besitz auf eine verboten mitreißende Art und brachte ihren ganzen Körper zum Summen.

Sie wusste nicht, inwieweit Grant in der Lage war zu schauspielern, doch absolut nichts von dem, was sie spürte, fühlte sich gespielt an.

Vielmehr fühlte er sich hungrig an, gierig regelrecht und durchaus wie ein Mann, der es schätzte sich zu nehmen, was er wollte; und dabei vermutlich selten auf Widerstand stieß.

„Ich bitte um Verzeihung!"

Die Männerstimme am Ende des Ganges ließ die beiden auseinanderfahren. Es bedurfte keines schauspielerischen Talentes, peinlich berührt zu wirken, als sich Megan das Kleid wieder hinabzog und auf den Boden hüpfte. Sie hatte nämlich absolut kein Interesse daran Corbin Green ihren nackten Hintern zu zeigen.

„Oh, es … es tut uns leid." Megan warf einen schnellen Blick zu Grant hinauf, der sich bis auf eine leicht beschleunigte Atmung gut im Griff hatte. „Wir … wir waren auf der Suche -"

„Nach einem ungestörten Ort, wie mir scheinen will", erklärte Corbin Green im Näherkommen und wirkte dabei alles andere als gestört, bestenfalls amüsiert.

„So ist es wohl." Megan nickte und lächelte etwas beschämt. Was sie streng genommen auch war. „Es ist ein riesiges Haus und … nunja, hier war es still und … Es tut mir leid. Das ist mir schrecklich peinlich."

Grant neben ihr schwieg. Er hätte sie ruhig unterstützen können, wie sie fand. Schließlich war das seine Idee gewesen.

Doch er tat nichts dergleichen.

Corbin Green winkte ab. „Machen Sie sich keine Gedanken. Ich wundere mich nur, dass die Tür vorne gar nicht verschlossen war."

„Sie sollten sie besser abschließen“, befand nun der Inspektor, der offenbar sein Sprechorgan wiederentdeckt hatte. „Nicht dass sich noch mehr Paare hierher verirren.“

„Das wäre nicht allzu tragisch. – Dennoch bin ich froh Sie zu finden“, meinte er mit einem Blick auf Megan. „Die Versteigerung beginnt gleich.“

Sie schüttelte den Kopf. Ihr Denkvermögen hatte sich noch immer nicht ganz von Grants Übergriff erholt. „Die Versteigerung?“

„Fürs Abendessen. Sie hatten doch zugesagt, unsere Stiftung zu unterstützen. Erinnern Sie sich nicht?“

„Doch, natürlich …“ Sie lächelte zögerlich, überlegte fieberhaft, welche Ausflüchte für ihren Zweck dienlich sein könnten, doch Green war zu schnell.

„Erlauben Sie, dass ich Ihre reizende Begleitung kurz entführe? Für den guten Zweck?“, fragte er Grant.

„Ich entbehre sie nur ungern.“

Green lachte eloquent. „Das kann ich mir lebhaft vorstellen.“

Während sich Megan noch ärgerte, dass über sie wie auf dem türkischen Bazar gefeilscht wurde, spürte sie plötzlich eine Hand an ihrem Arm. Noch schockierender war, dass es Greens Hand war, der sie höflich, aber dennoch unnachgiebig mit sich zog.

Megan warf einen hilfesuchenden Blick über die Schulter, wo ihr Grant mit einem breiten Grinsen und ihren Stöckelschuhen in der Hand nachwinkte.

*

Als eine ältliche Dame in einer halben Tonne rosa Seidenchiffon sie die Stufen der üppig geschmückten kleinen Bühne hinaufschob, fiel Megan spontan wieder ihr viel zu knappes Kleid ein. Und natürlich, dass sie keine Schuhe trug. Sie wollte sich noch den Reißverschluss am Ausschnitt hochziehen, doch da traf sie bereits ein Spot und machte sie für Sekunden blind.

„Als Nächstes möchten wir ganz herzlich dieser bezaubernden jungen Dame danken, die sich für den edlen Zweck der Green-Stiftung für ein Abendessen versteigern lässt. – Das Startgebot liegt bei 1.000 Pfund."

Megan verschluckte sich beinahe an ihrem eigenen Atem.

1.000 Pfund?

Das war fast eines ihrer Monatsgehälter. Bei einem solchen Startgebot würde sich ganz sicher kein Bieter finden und die Sache wäre angenehm schnell erledigt.

„5.000 Pfund."

Der Ruf aus der hinteren Reihe ließ sie regelrecht zusammenzucken. Als der Spot den Bieter traf, schätzte Megan sein Alter auf etwa 120. Das galt auch für sein Gewicht.

„5.500", rief ein jüngerer Mann aus der ersten Reihe. Er hatte ein schmales Gesicht und wirkte, als würde er bequem noch einmal in seinen Anzug passen.

„6.000."

„6.500."

„7.500."

Allmählich wurde ihr schwindelig. Sie hatte den Anfang der Versteigerung verpasst und keine Ahnung gehabt, dass die Gäste des Empfangs betucht genug waren, um mit solchen Beträgen um sich zu werfen.

Dennoch verlangsamten sich die Gebote immer mehr und bei 12.000 waren es nur noch zwei Bieter, die offenbar reges Interesse an ihr hatten. Unweigerlich fragte sie sich, ob den Herrschaften klar war, dass es tatsächlich nur um ein Essen mit ihr ging.

Sie überlegte grade, ob es ihr lieber wäre, dass der haarlose Mittfünfziger mit der protzigen goldenen Uhr mit ihr essen ging, oder doch lieber der schmale Kerl aus der ersten Reihe, der nicht wirkte, als hätte er schon einmal eine Freundin gehabt, da brachte das Bieterduell ein neues Gebot zum Verstummen.

Denn das Gebot lautete auf „25.000 Pfund."

Und Megan wollte doch verdammt sein, wenn ihr diese Stimme nicht allzu bekannt war.

„Was für ein großzügiges Gebot von Mister Corbin Green", rief die Chiffon-Dame entzückt in ihr Mikrofon, was begeisterten Applaus hervorrief. „Nun, Gentlemen? Gibt es weitere Gebote?"

Die gab es natürlich nicht.

Und während der Hammer mit einem lauten Knall auf die Holzplatte des Auktionators niedersauste, flog Megans Blick suchend über die Menschenmenge bei dem Versuch Green auszumachen.

Sekunden später entdeckte sie ihn am Fuße der Treppe. Offenbar wollte er keine Zeit verschwenden.

Megan wurde von der rosa Chiffonwolke zu ihm gewinkt, so dass sie sich wohl oder übel in Bewegung setzen musste.

Corbin Greens Lächeln war mindestens genauso charmant wie linkisch. Er streckte Megan eine Hand entgegen, die sie aufgrund des Publikumsdrucks widerwillig ergriff. Zu ihrer großen Erleichterung trat gerade Inspektor Grant in ihr Blickfeld, als Corbin Green sie wegführen wollte.

„Deine Schuhe“, sagte er und stellte die hochhakigen Monster vor ihren nackten Füßen ab.

„Danke.“ Sie lächelte etwas hilflos und sah Grant an, der wiederum Green anblickte.

„Sie wissen ja, dass Sie sich nur ein Abendessen ersteigert haben, nicht wahr?“

Er lachte eloquent. „Oh, bitte seien Sie unbesorgt“, erklärte er. „Ich möchte dieses reizende Wesen nur zum Dinner begleiten und den Rest des Abends ihre charmante Gesellschaft genießen.“

Grant nickte widerwillig. „Dafür haben Sie nicht gerade wenig investiert.“

„Ein geringer Preis in diesem Fall. Sie sind ein Glückspilz, Inspektor.“

„In der Tat.“ Grant beugte sich über Megan, die regungslos verharrte. Seine Hand legte sich in einer besitzergreifenden Geste um ihren Nacken und der Kuss auf ihre Wange war weniger eine liebevolle Geste, als vielmehr das für Corbin Green unübersehbare Markieren seines Reviers. „Ich fahre dann nach Hause.“

„Ich werde Miss Fairchild nach dem Essen ein Taxi rufen.“

Grant nickte und verabschiedete sich mit einem eindringlichen Blick, der mindestens zur Hälfte eine Warnung war. Dann ging er davon.

„Den wären wir los.“

Megan hob erschrocken den Blick. Doch Corbin Green winkte lächelnd ab. „Das war doch nur ein Scherz, Miss Fairchild. Sie werden sehen, ich bin der perfekte Gentleman. Und nun kommen Sie, unser Koch hat etwas ganz außergewöhnlich Köstliches vorbereitet.“

Als er sie Richtung Haus führte, stemmte sie die Beine in den Boden, wie ein Hund, der bei Regen nicht vor die Tür wollte.

„Essen wir denn nicht mit den anderen Gästen?"

„Oh, nein, nein. Dieser ganze Trubel …, das ist doch nichts. Wir suchen uns eine etwas ruhigere Ecke."

Hilflos ließ sich Megan zum Haus führen. Gleichzeitig überlegte sie, was sie in ihrem lächerlichen Handtäschchen notfalls als Waffe benutzen könnte. Leider fiel ihr nichts dergleichen ein.

*

Corbin Green brachte sie zu einem zugegebenermaßen bezaubernden Ort.

Ein kleiner Balkon, auf dem nur ein runder Tisch und zwei Stühle standen. Eine Masse Blüten legte sich als duftendes, schneeweißes Dach über diesen besonderen Ort, der gleichzeitig einen Blick über den weitläufigen Park ermöglichte.

„Gefällt es Ihnen?", erkundigte sich ihr Gastgeber.

Megan konnte nicht anders als zu nicken. „Es ist wunderschön." Sie zeigte auf den Park. „Alles wirkt so … winzig von hier oben. So …"

„Bedeutungslos?", komplettierte er ihren Satz.

„Ja, irgendwie schon."

Er zog ihr den Stuhl zurück und sie setzte sich. Gleichzeitig näherte sich ein lautloser Kellner, der ein kunstvolles, buntes Gebilde auf einem großen, weißen Teller servierte, das demnach wohl essbar sein musste.

„Wein?", fragte Green und hob eine Flache in die Luft.

Megan nickte vielleicht eine Spur zu hastig. Ihr wurde eingegossen, während der Kellner ihrem Gegenüber Wasser eingoss.

„Trinken Sie keinen Wein?"

„Nein. Ich verschmähe Alkohol. Seit jeher."

Megan blinzelte irritiert. Sie hatte Green für einen Mann gehalten, der keine feuchtfröhliche Party ausließ.

„Nicht einmal in der Jugend haben Sie Alkohol getrunken?"

„Ich habe es versucht. Aber der Alkohol beeinflusst Körper und Geist. Das hat mir nicht gepasst." Er nahm Messer und Gabel in die Hand und Megan imitierte die Bewegung. „Ich bin lieber Herr meiner Sinne", setzte er nach und stach in seine Vorspeise.

„Sehr löblich. Ich wünschte, meine Schüler würden diese Ansicht wenigstens manchmal teilen."

Sie stach sich etwas von ihrem ersten Gang ab, steckte es in den Mund und konnte ein genüssliches Seufzen nicht unterdrücken. Es war einfach nur köstlich, schmeckte nach Pilz und Roter Beete, nach Gewürzen und Kräutern, die sie nicht benennen konnte.

„Sie sind Lehrerin? – Ach ja, genau. Das sagten Sie ja vorhin. Meine Schwester Sandra ist ebenfalls Lehrerin. Ein wunderbarer Beruf mit viel Verantwortung."

Obwohl sie es nicht wollte, fühlte sie sich ein wenig geschmeichelt. Sie nickte dankbar und nahm noch eine weitere Gabel von ihrem Teller, der damit bedauerlicherweise geleert war.

„Welche Fächer unterrichten Sie?"

Die leidliche Frage, die sie stets als intellektuellen Tiefflieger entlarvte.

„Musik und Sport", antwortete sie wahrheitsgemäß und

erntete zu ihrer Überraschung ein anerkennendes Nicken.

„Großartig. Diese Fächer hätte ich mir auch ausgesucht. Ich liebe Musik. Haben Sie einen Lieblingskomponisten? Einen klassischen, meine ich."

Megan war gelinde gesagt fassungslos, wohin das Gespräch ging.

Mit vorsichtiger Begeisterung sagte sie: „Brahms."

„Brahms ist großartig. Ich bewundere seine Ungarischen Tänze. Welcher ist Ihr liebster?"

„Der 4."

Green nickte und hob sein Glas. „Ganz ausgezeichnete Wahl", befand er und stieß mit Megan an.

Sie konnte nicht begreifen, wie es dazu hatte kommen können, doch sie erinnerte sich nicht, wann sie das letzte Mal einen Abend mit einem so angenehmen Gesprächspartner verbracht hatte.

Nachdem der Kellner den fünften Gang abgeräumt und Megan ein goldenes Tässchen Espresso hingestellt hatte, verriet der Blick hinab in den Park, dass es bereits sehr spät war.

„Möchten Sie nach Hause?"

Er war sogar aufmerksam genug, um ihr das anzusehen. Sie lächelte.

„Wenn es Ihnen nichts ausmacht, dann würde ich mir ein Taxi rufen."

„Bemühen Sie sich nicht", erklärte er und stand auf. „Ich fahre Sie."

„Aber -"

„Ich bestehe darauf. – Kommen Sie."

Vor wenigen Stunden hätte Megan noch nachhaltig abgelehnt, doch mittlerweile zog sie eine kurze Autofahrt mit

Corbin Green jedem Taxi vor.

Er führte sie durch das Haus hinaus auf den Parkplatz, wo er auf einen Wagen zusteuerte, der durchaus auch ein Raumschiff hätte sein können.

„Was ist das denn, um alles in der Welt?“

Stolz öffnete er die Fahrertür, die sich nicht nach vorne, sondern nach oben öffnete. „Mein Wagen. Er ist noch ein Prototyp. Fährt sich großartig.“ Er ließ die zweite Tür aufgehen, so dass es aussah, als hätte der Wagen Flügel. „Steigen Sie ein.“

Und das tat sie.

Corbin Green ließ den Motor aufheulen und schoss rückwärts aus dem Parkplatz.

„Ich sollte mich wohl anschnallen“, bemerkte Megan mit einem nervösen Lächeln.

„Sicherheit geht vor.“

Als der Wagen auf die Straße kam und beschleunigte, wurde sie so unerbittlich in den Sitz gepresst, dass sie nicht einmal den Arm hätte vorstrecken können.

„Ich würde übrigens gerne noch ein wenig länger leben“, bemerkte sie nachdrücklich, woraufhin Corbin Green noch etwas mehr beschleunigte.

„Ich dachte, Sie würden die Gefahr lieben.“

„Wie kommen Sie darauf?“

Mit einem Formel-1-reifen Manöver driftete er um eine Kurve und beschleunigte weiter. Megan wurde das Gefühl nicht los, dass er das nicht nur tat, weil er gerne schnell fuhr.

„Das war so mein Eindruck, nachdem sie mich auf den Mord an Laura angesprochen hatten.“

Plötzlich verkrampfte sich ihr Magen.

Als sie den Blick hob, war in Greens Gesicht nichts

mehr von dem charmanten Musikliebhaber zu sehen. Vielmehr wirkte es wütend, regelrecht zornig.

„Ich habe mich doch wohl hinlänglich entschuldigt, für diese unpassende Frage."

„Warum haben Sie sie überhaupt gestellt?"

„Ich sage doch, dass es dafür keinen bestimmten Grund gab."

Als er scharf bremste, abbog und wieder beschleunigte, krallte sie sich in den Türgriff. „Was soll das nun überhaupt?"

„Wissen Sie, Miss Fairchild, ich musste mir viele Fragen und schiefe Blicke gefallen lassen, nachdem das mit Laura passiert war." Er schaltete runter und überholte just vor einem Hügel einen LKW, ohne auch nur erahnen zu können, ob es Gegenverkehr gab. „Mittlerweile erkenne ich sehr deutlich, ob mich jemand mit Skepsis anblickt, ob er mich womöglich sogar für dazu in der Lage hält, eine so schreckliche Tat zu begehen. Und bei Ihnen habe ich genau diesen Blick gesehen."

Megans Gesichtsfarbe hatte sich bereits verabschiedet. „Sie haben eine rege Fantasie."

„Leider nicht. Und ich möchte nicht wieder so angesehen werden. Von niemandem." Er blickte sie unmittelbar an, fixierte ihr angespanntes Gesicht, ohne auf die Straße zu achten. Sekundenlang. „Und ich werde zu verhindern wissen, dass ich wieder so angesehen werde."

Sie schluckte trocken. „Ich verstehe nicht, dass Sie mir plötzlich drohen, Mister Green."

Er bremste so abrupt, dass sie unvermittelt aufschrie. Als sie mit pochendem Herzen und schwer atmend zu ihm hinüberblickte, war das Lächeln in seinem Gesicht zurück.

„Wir sind da, Miss Fairchild." Fassungslos bemerkte sie

den Stimmungswechsel. Sie war sogar zu platt, um ihm ihre Hand zu entziehen, als er einen Kuss auf ihre Fingerknöchel hauchte. „Ich danke Ihnen für den wundervollen Abend."

Kurz verharrte sie noch in ihrer Schockstarre, dann stieg sie schnell aus und warf die Autotür zu.

Corbin Green brauste davon und ließ sie atem- und fassungslos zurück. Es dauerte Sekunden, bis sich Megan ein wenig gefangen hatte, auch wenn sie nicht einmal ansatzweise begriff, was da gerade in diesem Wagen mit ihrem selbstmörderischen Fahrer vorgefallen war.

Und vor allem hatte sie keine Ahnung, wo sie war. Sie drehte sich um die eigene Achse und versuchte sich zu orientieren. Sie stand vor einem kleinen Cottage, in dem kein Licht brannte. Als sie das Handy aus ihrem lächerlichen Täschchen zog, war zu allem Unglück auch noch der Akku leer.

„War ja klar", murmelte sie und blickte seufzend auf das Cottage, dessen bedauernswerte Bewohner sie wohl wecken musste, um einmal zu telefonieren.

Während sie sich inständig wünschte, dass dieser grauenvolle Tag endlich zu Ende ging, griff sie nach dem Türklopfer und ließ ihn zweimal kräftig gegen die Eichentür herabsausen. Es dauerte lange, bis sie endlich Schritte hörte. Doch als es endlich soweit war, atmete sie erleichtert aus. Ihr kuscheliges Bett kam immer näher.

Die Tür ging auf und sie räusperte sich. Doch was auch immer sie hatte sagen wollen, blieb ihr im Halse stecken.

„Miss Fairchild?"

Vor ihr stand Inspektor Grant, gekleidet in eine karierte Pyjamahose, die ihm tief auf den Hüften saß. Sie starrte auf seinen beeindruckenden nackten Oberkörper und schüttelte dabei fassungslos den Kopf.

„*Sie?*"

„Kommen Sie doch herein."

Das ließ sie sich in der Eiseskälte der schottischen Nacht nicht zweimal sagen. Sie trat über die Stufe und stand in einem gemütlichen kleinen Wohnraum, in dessen Kamin das Feuer gerade verglomm.

„Miss Fairchild, was ich getan habe, war rein beruflich -"

„Er hat mich bedroht!", platzte sie atemlos heraus.

Grant stockte. „Wer? Green?"

Sie nickte hastig. Das Adrenalin, das in ihren Adern kochte, machte es ihr nicht möglich, stillzustehen. Sie trat sich die Schuhe von den Füßen und ging im Raum hin und her.

„Er … er ist total durchgedreht. Erst hat er mich zum Essen eingeladen und war der vollendete Gentleman und Gastgeber und dann auf der Heimfahrt ist er plötzlich total ausgerastet, hat uns beinah umgebracht mit seinem Fahrstil und mir dabei gesagt, dass er es nicht mag, wenn er angeschaut wird, wie ein Mörder. Dabei habe ich gar nichts -"

Grants Hände an ihren Schultern unterbrachen ihren Redeschwall.

„Erstens: Beruhigen Sie sich! Zweitens: Sie sollten einen Schluck trinken."

Sie versuchte tief durchzuatmen und nickte zittrig. „Und drittens?"

„Warum drittens?"

„Es gibt doch immer ein drittens?"

Er ließ sie los und gab ein abwägendes Geräusch von sich. „Tatsächlich wäre es drittens vielleicht nicht verkehrt, wenn sie dieses Kleid gegen etwas Bequemeres austauschen. Mit etwas mehr Stoff in alle Richtungen.“

Das war eine verdammt gute Idee.

„Und was hätten Sie da im Sinn?“

„Die Klamotten meiner Exfrau habe ich alle verbrannt, aber zu dieser Hose gibt es noch ein Oberteil.“

Unweigerlich folgte Megans Blick seiner Geste und verfing sich an Grants Hüftknochen.

„Ähm …“ *Jetzt bloß nicht zu lange stottern.* „Ja, das wäre … klasse.“

Als sie sich zwang den Blick zu heben, lächelte Grant ein wenig zu siegessicher. Megan straffte die Schultern.

„Ganz ehrlich“, sagte sie. „Das war grade richtig beschissen mit diesem Green. Ich dachte, mein letztes Stündlein hat geschlagen.“

Grants Lächeln verschwand. „Ich gebe Ihnen das Hemd und dann reden wir.“

„Wie spät ist es überhaupt?“

„Halb ein Uhr morgens.“ Er schob sie durch eine schmale Tür, hinter der ein ebenfalls schmaler Flur lag. Links und rechts hingen Bilder an den Wänden, doch Grant ging zu schnell, als dass Megan etwas darauf hätte erkennen können.

„Sie können hier übernachten“, erklärte er und führte sie in sein Schlafzimmer. Genau wie der Rest des Hauses war es gemütlich und ordentlich.

„Das ist sehr nett von Ihnen.“ Das Bett war breit und wirkte weich und einladend. Am liebsten hätte sich Megan hineingeworfen und zwanzig Stunden durchgeschlafen.

„Sie sehen hundemüde aus“, bemerkte Grant.

Megan unterdrückte ein Gähnen. „Das bin ich auch. Aber gleichzeitig bin ich so aufgedreht und seltsam zittrig.“

„Das ist die Aufregung. Das legt sich bald. Alkohol soll

da helfen, außerdem Kleidung bei der nicht wahlweise bei jeder Bewegung Brust oder Hintern herauszufallen drohen, und natürlich meine angenehme Gesellschaft. – Hier.“ Er reichte ihr ein Pyjamahemd aus weichem Flanell, das tatsächlich wie seine Hose gemustert war.

„Vielen Dank.“

Megan knöpfte das gebügelte und ordentlich gefaltete Kleidungsstück auf, während sich Grant ein weißes Shirt aus dem Schrank holte und überzog. Dann drehte er sich zu ihr um.

„Ich warte drüben im Wohnzimmer“, sagte er mit einem aufmunternden Nicken und ließ Megan allein.

Gerade als sich die Tür hinter ihm schloss, sackten ohne Vorwarnung ihre Knie weg und sie plumpste wenig elegant auf Grants Bett. Sie fühlte sich seltsam schwindelig. Für einen Moment brach ihr der kalte Schweiß aus.

Sie wollte nicht zugeben, wie sehr sie Greens Sinneswandel verstört hatte, aber das hatte er zweifelsohne.

Einige Minuten blieb sie auf dem Bett sitzen, bis sie ihre Beine wieder für einsatzfähig hielt. Dann stand sie auf, entledigte sich dieser Lächerlichkeit von einem Kleid und zog Grants Pyjamaoberteil über. Es war weich und flauschig auf ihrer Haut und reichte ihr bis fast zu den Knien.

Megan atmete tief durch, verließ das Schlafzimmer und ging zurück ins Wohnzimmer, wo Grant mit einem prüfenden Blick und zwei Gläsern Whiskey auf sie wartete.

„Geht es schon etwas besser?“

„Ich fühle mich dank Ihres Hemds zumindest nicht mehr wie eine Professionelle.“

Er lachte und bot ihr Platz an. „Na, das ist doch ein Anfang. – Und jetzt erzählen Sie!“

Megan nahm ihm das Glas ab und drehte es zwischen ihren Fingern.

„Es war völlig irreal“, erinnerte sie sich und starrte dabei auf die hölzerne Tischplatte, ohne wirklich etwas darauf zu sehen. „Er hat mich zum Essen auf dem Anwesen auf einen Balkon geführt. Es gab fünf Gänge und ich habe mich gut mit ihm unterhalten. Er hat ein wirklich breites Wissen, was klassische Musik angeht. Keine Sekunde gab er mir ein ungutes Gefühl oder stellte eine eigenartige Frage oder irgendetwas.“ Sie schüttelte den Kopf. „Und dann als ich mir ein Taxi rufen wollte, bestand er darauf mich nach Hause zu fahren. Erst dachte ich, er würde mit seinem protzigen Sportwagen nur eine Schau abziehen wollen, als er aufs Gas drückte. Doch sein Fahrstil war nicht kühn, sondern selbstmörderisch. Es gab mindestens drei Situationen, wo es einfach nur Glück war, dass wir sie überlebten. Und gleichzeitig kippte seine Stimmung. Er meinte, er hätte mir bei meiner Nachfrage nach Laura Satin angesehen, dass ich ihn für einen Mörder halten würde und dass er diese Art Blicke damals lange genug ertragen hätte.“ Sie sah auf und fixierte Grants dunklen Blick. „Zum Schluss sagte er, dass er es zu verhindern wüsste, solchen Blicken von neuem ausgesetzt zu sein.“ Sie schüttelte sich innerlich bei der Erinnerung an seinen Gesichtsausdruck.

„Und was ist dann passiert?“

„Dann war es … einfach vorbei. Er hat hier angehalten, gelächelt, sich für den schönen Abend bedankt und fuhr davon.“

Grant deutete ein Kopfschütteln an.

„Ich hatte ja überhaupt keine Ahnung, wo er mich

aussetzt; dass er mich zu Ihnen gebracht hat. Ich habe geklopft, weil mein Handy leer war und ich mir ein Taxi rufen wollte. Und ehrlich gesagt war es mir scheißegal, wo ich war: Hauptsache weg von diesem Irren."

Als sie wieder aufsah, war in Grants Gesichtsausdruck eine gehörige Portion Wut zu erkennen.

„Trinken Sie einen Schluck."

Es war keine Frage. Aber das musste es auch nicht sein, denn sie hoffte, dass sie der Alkohol wieder ein wenig wachrüttelte.

Sie leerte ihr Glas mit einem Zug und schüttelte sich dann, als die köstliche Schärfe ihren Weg Richtung Magen fand.

Grant nahm ebenfalls einen Schluck. „Es versteht sich von selbst, dass ich mir den Knaben morgen vorknöpfe", sagte er dann.

Megan deutete ein Kopfschütteln an. „Ich weiß nicht, aber … er wirkte wirklich, wie innerlich zerrissen. Keines der beiden gegensätzlichen Gesichter, die er mir gezeigt hat, kam mir geschauspielert vor."

„Sie meinen, er hat einen an der Waffel?"

„Vielleicht hat er ja eine Krankenakte, wo sich so etwas nachprüfen ließe. Das würde noch einmal ein ganz neues Licht auf den Mord werfen."

Grant goss ihr nach. „Sie halten ihn also immer noch für den Mörder?"

„Dankeschön. – Ja, in jedem Fall."

Mit einem zweiflerischen Gesichtsausdruck ging Grant zu einer Ablage. Neben dem unvollendeten Strickpullover von Abigail Bold lag ein Stapel zerknickter Papiere.

Es dauerte einen Augenblick, bis Megan begriff, dass es sich dabei um die Kontoauszüge handelte.

Sie riss die Augen auf. „Haben Sie sie durchgesehen?"

„Ja."

Schnell stellte sie das Glas weg und beugte sich über die Papiere, die er auf den Tisch legte. Dann setzte er sich neben sie.

„Und? Sind dort verdächtige Zahlungen?"

„Nicht so, wie Sie vielleicht denken."

Bevor sie noch nachfragen konnte, blätterte er die entsprechende Seite auf und zeigte auf eine mit Bleistift markierte Zahlung.

„200.000 Pfund?", keuchte Megan. „Das ist mehr als ich in den nächsten dreißig Jahren verdienen werde."

„Ja, aber sehen Sie?" Er tippte auf das Papier. „Er hat es nicht bezahlt. Er hat es bekommen."

Megan runzelte verständnislos die Stirn. „Aber von wem?"

„Ist nicht ersichtlich. Ein Nummernkonto. Ich will morgen versuchen festzustellen, wem es gehört. Trotzdem passt es nicht in Ihre Mordtheorie. Zumindest nicht, wenn Corbin Green der Mörder sein soll."

Ja, das passte zugegebenermaßen wirklich schlecht zusammen.

„Aber Sie glauben doch nicht, dass es ein Zufall ist, dass er zwei Tage nach dem Mord so eine Summe auf sein Konto überwiesen bekommt, nachdem dort vorher kaum 1.000 Pfund Guthaben waren."

„Nein, ich sehe es wie Sie. Mittlerweile halte ich Abigail Bold für einen tragischen Sündenbock, der nicht mehr in der Lage ist, sich zu wehren; es vielleicht nie war."

Megan nickte gedankenverloren. „Im Prinzip ist sie das zweite Opfer. Auch wenn sie eigentlich noch lebt. So wird dieses Leben doch nie so werden können, wie es ohne diese schreckliche Geschichte möglich gewesen wäre."

„Was aber noch immer nicht klärt, wie diese Zahlung mit Ihrem Hauptverdächtigen zusammenpasst."

„Vielleicht war es ein Auftragsmord", mutmaßte Megan.

„Möglich. Aber wenn er so labil ist, wie Sie sagen, eher unwahrscheinlich."

„Wir brauchen mehr Schriftproben", erklärte Megan. „Es gibt eine Frau, die den Mörder kennt. Und wenn wir sie erst gefunden haben, können wir die Wahrheit vielleicht aus ihr herausquetschen."

Grant stand wieder auf und ging an das Regal. Mit einigen Zetteln kam er zurück.

„Das konnte ich beim Empfang noch abstauben, während Sie mit Dr. Jakyll Kaffee getrunken haben. – Hier ist die Unterschrift von Corbins Vater. Und von seiner Mutter eine handschriftliche Einladung, die abgedruckt wurde. Außerdem habe ich Corbins Freund wegen meines angeblich defekten Wagens angesprochen und mir Adresse und Telefonnummer aufschreiben lassen. Ich bin kein Graphologe und Sie können natürlich noch gerne nachsehen, aber für mein Dafürhalten ist der Verfasser des Briefes nicht dabei."

Megan musterte ihn erstaunt. „Sie waren wirklich fleißig."

„Naja, es ist ja immer noch mein Job. Auch wenn ich zugebe, dass wir etwas subtil vorgehen müssen. Denn wenn ich Green eine wie auch immer geartete Anzeige um die Ohren haue, ohne stichhaltige Beweise, dann sind wir nächste Woche arbeitslos."

„Da ich nächste Woche sowieso arbeitslos bin, wäre das für mich kein Hinderungsgrund."

„Sie sind arbeitslos?", fragte er erstaunt. „Aber Sie haben

doch Ihre Klasse."

„Ja, bis Ende der Woche. Dann sind Ferien. Stellen im Lehramt werden meist nur mit befristeten Verträgen vergeben. Und mein Vertrag wurde nicht verlängert. Naja …" Sie gab ein Achselzucken von sich. „… wenn ich daran denke, dass Corbin Green mich beinahe ins Jenseits befördert hätte, kommt mir dieses Problem mit einem Mal recht lächerlich vor."

„Verständlicherweise. Ich werde morgen versuchen herauszufinden, wer ihm so viel Geld überwiesen hat nach dem Mord. Vielleicht haben wir dann etwas gegen ihn in der Hand. Und bis dahin …" Er stand auf, so dass sich Megan automatisch ebenfalls erhob. „… sollten wir vielleicht noch ein wenig schlafen."

„Eine sehr gute Idee." Megan lächelte und nickte dankbar. „Die Couch sieht sehr bequem aus."

Grant schüttelte den Kopf. „Das Haus ist klein, aber ich habe ein Gästezimmer. – Nun, eigentlich ist es ein Büro, aber es steht ein sauberes, frisch bezogenes Bett darin."

Megan folgte ihm aus dem Wohnzimmer und ließ sich zu einem kleinen Raum mit Erker führen, in dem neben einem unordentlichen Schreibtisch ein sehr ordentliches Bett stand.

„Links von hier ist das Badezimmer und in der Küche steht eine Kaffeemaschine, für den Fall, dass Sie Frühaufsteherin sind."

Megan lächelte. „Vielen Dank. Für alles."

Grant nickte. „Schlafen Sie gut, Miss Fairchild."

„Gleichfalls."

Sie drehte sich zu dem schmalen Bett um, das sie um mittlerweile zwei Uhr nachts anzog wie ein Magnet.

„Ach, Miss Fairchild?"

Sie wirbelte herum und traf auf Grants verschmitztes Lächeln.

„Bei Ihrem Hintern wär es übrigens völlig gleichgültig, ob er in einem unförmigen Liebestöter steckt."

Unweigerlich musste sie lachen, was ihr auf wundersame Weise einigen Ballast von den Schultern spülte.

„Das ist das ausgefallenste Kompliment, das ich jemals bekommen habe", erklärte sie grinsend, woraufhin Grant nickte.

„Dann habe ich ja alles richtig gemacht. – Wünsche wohl zu ruhen!" Mit diesen Worten schloss er die Tür.

Megan lauschte seinen Schritten, die sich langsam entfernten, und ließ sich dann auf das Bett nieder. Sie gähnte so herzhaft, dass sie schon eine Kiefersperre befürchtete.

Sie kam nicht einmal mehr dazu die Decke zurückzuschlagen, da war sie bereits eingeschlafen.

VI

„Miss Fairchild? – Hey, Miss Fairchild."

Megan drehte sich im Halbschlaf auf den Bauch und umarmte das Kopfkissen, an das sie sich schmiegte.

„Geht schon mal runter zum Bus. Ich komme gleich", nuschelte sie in den weichen Stoff.

„Miss Fairchild, wenn Sie wenigstens mal die Augen öffnen könnten …"

Als sie eine Berührung an der Schulter spürte, wedelte sie mit der Hand hin und her. „Nicht den Lehrkörper anfassen", murmelte sie dabei.

Anstatt in Ruhe gelassen zu werden, wurde sie jäh so nachdrücklich bei den Schultern gepackt und geschüttelt, dass sie vor Schreck aufschrie. Zwangsläufig schlug sie dabei die Augen auf und blickte direkt in Grants Gesicht.

Eine Sekunde später tropfte ihr von seiner Haarsträhne ein Tropfen ins Auge.

„Sagen Sie nicht, Sie sind zu so unchristlicher Zeit schon aufgestanden und geduscht."

Er ließ sie los und trat einen Schritt zurück. „Es ist halb Neun und ich muss die Brötchen aufbacken. Soll ich Sie mit in den Ort nehmen?"

Megan schwang die Beine aus dem Bett und schob sich das lockige Haar aus dem Gesicht. Sie fühlte sich katastrophal und sah vermutlich auch so aus.

„Ja, das wäre nett", erklärte sie etwas heiser und stand auf.

Als sie sich streckte, zeigte Grant auf den Schreibtisch.

„Was ist das denn?"

Megans Blick folgte seiner Geste. „Das ist ein fast fertig gestrickter Pulli."

„Soll das etwa heißen, Sie haben heute Nacht … gestrickt?"

Megan ging zum Schreibtisch und nahm die Strickanleitung in die Hand. „Nachdem ich zwei Stunden geschlafen hatte wie ein Murmeltier, war ich hellwach. Also habe ich mir den Pullover vorgenommen."

Grant folgte dem filigranen Zopfmuster mit den Händen. „Ich hätte nicht gedacht, dass Sie stricken können."

Megan verschränkte die Arme vor der Brust. „Ich bin eine Frau zahlloser Talente."

„So scheint es."

„Außerdem ist etwas eigenartig an dem Pullover. Ich meine, nicht am Pullover selbst, vielmehr daran, dass Abigail ihn so gehütet und versteckt hat. Ich wollte sehen, ob ich darauf komme, was an dem Ding so besonders ist, wenn ich ein wenig daran stricke." Sie wedelte mit der Anleitung. „Das Muster ist recht anspruchsvoll. Sehen Sie die ganzen Anmerkungen? – Sie hat ewig daran herumprobiert und sicherlich viele Meter rückwärts gestrickt, um Fehler auszubügeln."

„Und sind Sie darauf gekommen? – Warum ihr der Pullover so wichtig war, meine ich."

„Nein. – Aber ich hatte heute Morgen auch noch keinen Kaffee."

Er lachte und trat nickend zurück. „In der Küche wartet ein dampfender Becher auf Sie."

„Perfekt." Sie schlug das feine Garnknäuel in den Pullover, faltete die Nadeln, so dass die Maschen nicht herunterrutschten, und ging damit in Grants Küche.

Er hatte nicht zu viel versprochen. Ein herrlicher Duft

nach frisch aufgebrühtem Kaffee empfing sie und ließ sie genüsslich aufseufzen. Sie legte den Pullover auf den Küchentisch und nahm dankend den angesprochenen Trinkbecher entgegen.

„Ich habe meinen Schrank durchwühlt und eine Jeans gefunden, die Ihnen passen müsste. Sie gehört meiner Schwester, die allerdings ein Stück größer und ein Stück korpulenter ist als Sie."

„Vielen Dank. Das ist nett von Ihnen." Sie blies in ihren Kaffee. „Das würde sicher keinen guten Eindruck machen, wenn ich mit dem roten Kleid und den Schuhen in der Hand erst am nächsten Morgen zurückkäme."

Sie lachte und Grant lächelte auf eine Weise, die sie augenblicklich nervös machte.

„Können Sie in fünf Minuten abfahrbereit sein?"

„Klar. – Haben Sie eine Tüte für den Pullover?"

Er zeigte auf ein Schubfach. „Suchen Sie sich eine aus." Dann verschwand er nach draußen.

Eine viertel Stunde später kam Megan aus dem Cottage gelaufen und sprang zu einem durchaus genervten Inspektor Grant in den Wagen.

„Mussten Sie warten?", fragte sie atemlos.

Er rollte mit den Augen und startete den Jeep, während Megan die Tasche mit dem Pullover und eine zweite Tasche mit Kleid und Schuhen auf der Rückbank verstaute.

Der morgendliche Nebel, der in den Highlands offenbar täglich zu Gast war, löste sich gerade auf und erlaubte es den ersten milden Sonnenstrahlen Megans Gesicht zu wärmen, als sie die Autoscheibe herunterließ.

Die Luft trug den Geruch frisch gemähten Grases mit

sich, den sie tief in ihre Lungen sog, während Grant den Wagen durch die schmalen Serpentinen lenkte, die von seinem Cottage hinunter in den Ort führten.

„Es ist wirklich schön hier draußen“, sagte sie dann und warf ihm einen kurzen Blick zu. „Hier in den Highlands, meine ich.“

„Ja, da haben Sie Recht. Waren Sie denn noch nie hier?“

„Ich bin bisher wenig aus London rausgekommen.“

„London hat sicher auch schöne Ecken.“

Megan lachte kurz und war selbst ein wenig überrascht, wie verbittert es klang. „Ich kenne eher die anderen Ecken.“

„Das klingt traurig.“

„Nicht traurig, nein. Aber vielleicht etwas bedauernd. Wenn ich auch in einer so wunderschönen Landschaft mit Natur und Schafen und Brot backenden Nachbarn aufgewachsen wäre, dann hätte mein Leben sicher ein paar andere Wendungen genommen.“

„Aber Sie sind doch Lehrerin geworden. Das ist doch ein sehr ehrenwerter Beruf.“

Megan lächelte etwas freudlos. „Ich hätte gerne etwas anderes studiert. Doch das Geld, das ich mir mit meinen drei Jobs verdient habe, hat nur für eine begrenzte Anzahl an Semestern gereicht. Musik und Sport auf Lehramt, damit war ich schnell genug fertig.“

Grant warf ihr einen forschenden Blick zu, während er vor der nächsten Serpentine bremste und den Wagen um die Kurve lenkte.

„Was hätten Sie den studiert, wenn Geld und Zeit keine Rolle gespielt hätten?“

Megan betrachtete sein strenges Profil mit den schönen dunklen Augen und dem verschmitzten Zug um die

Lippen. „Das hat mich noch nie jemand gefragt."

„Dann wird es Zeit."

„Vermutlich hätte ich Literatur studiert. Es gibt so viele Dinge, die zu lesen es sich lohnt, und die wenigsten davon sind populär." Sie lachte kurz. „Das klingt sicher sehr langweilig."

„Nichts weniger als das. – Und Sie können es immer noch nachholen. Das Studium, meine ich."

„Ja, vielleicht." Sie wechselten einen kurzen Blick, bevor Megan wieder hinaus auf die hügelige Landschaft sah und wusste, dass sie dazu nie kommen würde. Es sei denn, jemand schenkte ihr einen gehörigen Batzen Geld.

„Oh, oh!"

Sie schreckte auf.

„Oh, oh? – Was meinen Sie mit *oh, oh*?"

Doch eine Antwort war gar nicht nötig, als sie das ergebnislose, hektische Treten im Fußraum bemerkte.

„Oh Gott", keuchte sie. „Gehen etwa die Bremsen nicht?"

„Gerade gingen sie noch", erklärte er mit gepresster Stimme und lenkte den eigentlich viel zu schnellen Wagen um die nächste Serpentine.

„Und was machen wir jetzt?", rief Megan aus, die nichts weiter mehr wahrnehmen konnte, als den drohenden Abgrund. „Sagen Sie mir nicht, ich soll aus dem fahrenden Wagen springen!"

„Das überleben Sie nicht. Bleiben Sie sitzen!" Er hielt das Lenkrad mit beiden Händen umklammert, während der Wagen immer schneller wurde. „Sind Sie angeschnallt?"

„Ob ich … - was?"

„Anschnallen!" Nun wurde auch er laut.

Die nächste Serpentine raste auf sie zu, während Megan mit pochendem Herzen und dem blechernen Geschmack der Todesangst auf der Zunge den Gurt einrasten ließ.

„Schaffen wir das?“ Ihre Stimme war grell und panisch. Die Augen hatte sie so weit aufgerissen, dass es schmerzte, und das Herz raste ihr in der Kehle.

Grant antwortete nicht. Stattdessen lenkte er den Wagen so dicht es ging an den inneren Rand der Kurve und hielt mit aller Kraft dagegen, als die Geschwindigkeit sie von der Straße tragen wollte. Als Megan anstelle ihres Sturzes in den Tod, die nächste Gerade vor sich sah, schlug sie im Geiste ein Kreuz.

„Hören Sie zu!“, verlangte Grant. „Die einzige Möglichkeit den Wagen zu stoppen, ist die Handbremse. Die wird mir aber reißen, wenn ich bei der Geschwindigkeit anziehe. Das heißt, ich muss im selben Augenblick den Wagen wenden, was hier nicht geht. Wir müssen also noch eine Serpentine schaffen und dann tue ich, was nötig ist. Wenn ich *jetzt* sage, ziehen Sie die Beine an und halten sich die Arme vors Gesicht. – Verstanden?“

Der letzte Rest Farbe stahl sich aus Megans Wangen. Ihr war nur allzu klar, was er ihr mit diesen Anweisungen sagen wollte.

„Wir werden uns überschlagen, oder?“, fragte sie viel ruhiger, als sie war.

Grant sah sie kurz an, dann starrte er wieder auf die heranrasende letzte Serpentine.

„Beten Sie, dass wir dazu noch kommen!“

Megan hatte sich nicht vorstellen können, dass sie einmal herbeisehnen würde, sich in einem schwarzen Jeep zu überschlagen.

Aber als sie die enge Kurve sah, der sie sich unaufhaltsam in höllischer Geschwindigkeit näherten, war es so.

„Hey, Grant", sagte sie atemlos, versuchte die Augen zu schließen, schaffte es aber einfach nicht den Blick vom unmittelbar vor ihnen liegenden Abgrund zu wenden.

„Ja?"

„Sie … sind ein netter Kerl." Sie wechselten einen kurzen Blick und sie nickte knapp, um ihre Worte zu bestätigen. „Das wollte ich Ihnen … gern sagen."

„Sagen Sie mir das nachher nochmal. – Wenn wir ausgestiegen sind" Die Kurve kam und in einer kraftvollen Bewegung zog er den Wagen so weit es ging nach rechts. „Lehnen Sie sich rüber!", rief er dabei und legte auch seinen Oberkörper zu Megan. Offenbar, damit der Wagen nicht kippte. In einer entschlossenen Bewegung schlang sie die Arme um seinen Brustkorb und zog ihn an sich, lehnte sich zusammen mit seinem Gewicht so weit es ging gegen die Beifahrerscheibe und hörte das Quietschen der Reifen, das Spritzen der Steine unter dem Wagen. Der Geruch von verbranntem Gummi stieg ihr in die Nase und trotz aller Gebete, spürte sie, wie sich die Beifahrerseite plötzlich hob.

„Großer Gott", keuchte sie und krallte sich noch fester an Grant, wartete auf den unausweichlichen Moment, da der Wagen vollends überkippte und hinab in den Abgrund stürzte.

Sekundenlang geschah gar nichts, doch dann mit einem lauten Krach und einem schmerzhaften Ruck, landete der Jeep buchstäblich wieder auf allen Vieren.

Sie ließ Grant los, der wie eine Sprungfeder in die Senkrechte schoss und den schlingernden Wagen auf der

Straße hielt.

„Das war der erste Streich“, murmelte er dabei, denn sie hatten tatsächlich die Serpentine überlebt.

„Heilige Mutter Gottes“, keuchte Megan, woraufhin Grant drohend den Zeigefinger hob.

„In lebensbedrohlichen Situationen nicht von Heiligen sprechen“, bat er.

Unter ihnen kamen die ersten Häuser von Fort Augustus in Sichtweite. Rechts davor war ein großes Weizenfeld. Das Korn war golden und reif, kurz vor der Ernte.

„Sie erinnern sich, was Sie tun sollen?“, rief er noch einmal über das Dröhnen des Wagens hinweg.

Megan nickte hastig. „Ja, weiß ich!“

„Gut, dann tun Sie es … *jetzt*!“

Megan zog die Beine an, schlang sich die Arme um den Kopf und wurde im nächsten Moment so hart gegen die Scheibe geschleudert, während der Wagen drehte, dass sie für einen Augenblick benommen war.

Dann plötzlich hoben sie ab. Es fühlte sich an, wie ein lautloser Moment der Schwerelosigkeit, der jedoch sofort mit einem heftigen Aufprall verpuffte und Megans Kopf wiederum hart gegen irgendetwas schlug. Ein stechender Schmerz fuhr in ihren Hinterkopf, als sie schon wieder abhoben und noch einmal hart aufschlugen.

Dann spürte sie gar nichts mehr.

*

„Miss Fairchild? – Miss Fairchild!“ Eine männliche Stimme drang dumpf an ihr Ohr. Sie klang rau und verschliff die Endungen auf beinahe grobe Weise. Es war ein Dialekt. Aber sie konnte sich im Augenblick einfach nicht erinnern, was für ein Dialekt es genau war.

„Miss Fairchild! Gottverdammt! – *Megan*!"

Wie auf einen direkten Befehl hin schlug sie die Augen auf und wurde geblendet vom grellen Sonnenlicht. Überraschenderweise bedeutete das, dass sie gen Himmel blickte. Sie lag auf dem Rücken, wofür auch die Nässe sprach, die vom taufrischen Gras durch ihre Kleider drang.

„Oh, Mann …", brachte sie schwach hervor, als sie sich endlich erinnerte, was passiert sein musste.

Im nächsten Augenblick wurde sie in die Höhe und in eine schraubstockartige Umarmung gerissen.

„Sie wissen schon, dass man Unfallopfer nicht bewegen soll", nuschelte sie gegen ein Hemd, dessen Knöpfe sich in ihre Wange bohrten.

Als er sie wieder losließ, lagen in Grants Blick nichts als Sorge und mindestens genauso viel Wut. Megan ahnte, wo das herrührte.

„War das … ein Mordversuch?", fragte sie, während sich ihre Kopfschmerzen beim Sprechen in etwa vertausendfachten. Außerdem war ihr schwindelig und ihr Blickfeld waberte.

„Sind Sie verletzt? Haben Sie irgendwo Schmerzen?"

„Nein", erklärte sie und rappelte sich in eine sitzende Position. „Und ich bin außerdem auch nicht dumm. Sie antworten nicht auf meine Frage, weil ich Recht habe. - Habe ich Recht?"

„Ja und ja."

„Na, bravo. Können Sie mir aufhelfen?"

Grants Gesichtsausdruck nach zu urteilen, hielt er das für verfrüht, widersprach jedoch nicht und zog Megan an beiden Händen vorsichtig auf die Beine. Dann musterte er sie mit einem prüfenden Blick.

„Geht es?“

„Ja, alles beste – huch!“ Die Knie sackten ihr so schlagartig weg, dass sie es nicht einmal kommen sah.

Grants Arme schossen vor und packten sie um den Rumpf, so dass sie in seinem Griff hing.

„Das dachte ich mir doch“, erklärte er grimmig.

„Mir ist irgendwie … schwindlig.“

„Deswegen geht es jetzt auch schnurstracks ins Krankenhaus!“

„Auf gar keinen Fall!“

„Auf *jeden* Fall! – Wissen Sie, wie lange ich auf Sie eingeredet habe, bis Sie endlich die Augen aufgeschlagen haben?“

Megan musste zugeben, dass allein die Frage sie schon unruhig machte.

„Wie lange denn?“

„Fast zehn Minuten. Sie haben bestimmt eine Gehirnerschütterung oder irgendetwas in der Art.“

„Ich will aber nicht ins Krankenhaus!“

„Ihr Pech. Denn der Krankenwagen ist schon unterwegs.“

Megan kam nicht zu dem aufgebrachten Widerspruch, der in ihrer Brust aufwallte, denn der angedrohte Krankenwagen schoss gerade den Hügel empor und neben ihnen aufs Gras.

Als ihr Blick umherschweifte, verfing er sich an dem Auto, mit dem sie sich offensichtlich überschlagen hatten. Sie erstarrte.

„Großer Gott.“ Als sie aufsah, erwiderte Grant ihren Blick dunkel und voller Zorn, der nicht ihr galt. „Ihr Wagen, er …“

„… ist versichert. Vergessen Sie den Wagen, Miss Fairchild. Denken Sie lieber an Ihren Kopf."

Zwei Sanitäter kamen auf sie zugelaufen. Selbst ihnen fror beim Anblick des Autowracks für einen Moment der Gesichtsausdruck ein. Dann wandten sie sich Megan zu.

„Guten Morgen", erklärte der erste und zog eine Taschenlampe heraus. „Wie geht es Ihnen?"

„Bestens", erklärte Megan und kniff die Augen zusammen, als sie der grelle Lichtkegel traf.

„Ihr ist schwindelig. Gleichgewichtsstörungen. Sie war zehn Minuten bewusstlos."

Megan warf Grant einen grimmigen Blick zu.

„Dankeschön, Judas", knurrte sie.

„Wir nehmen Sie mit. Sie beide."

„Soll ich einen Abschlepper für Ihren Wagen rufen, Sir?" Der Dialekt des zweiten Sanitäters war so breit, dass Megan ihn kaum verstand.

Der Inspektor schüttelte den Kopf. „Er wird von der Spurensicherung untersucht."

„Spurensicherung?"

„Der Wagen ist ein Tatort." Ohne sich auf weitere Nachfragen einzulassen, wandte sich Grant wieder Megan zu.

Zu ihrer Überraschung schob er einen Arm unter ihre Kniekehle und hob sie hoch, um sie zum Krankenwagen zu tragen.

„Das ist doch nicht nötig", beschwerte sie sich.

„Sie wiegen praktisch nichts", war Grants Antwort. „Und außerdem möchte ich sichergehen, dass Sie nicht ausbüxen, bevor die hilfsbereiten Sanitäter Sie in ein Krankenhaus schaffen."

Megan schob schmollend die Unterlippe vor. „Ich bleibe

aber nicht über Nacht“, erklärte sie, während sie auf einer schmalen Liege im Wagen abgesetzt wurde. „Sollte mich irgendjemand dazu zwingen wollen, knote ich die Laken aneinander und seile mich aus dem Fenster ab.“

Unweigerlich musste er lachen. „Sie haben eine blühende Fantasie, Miss Fairchild.“

„Sie meinen vielmehr, ich habe ein gutes Gespür für die Wahrheit. Oder was meinen Sie, warum wir hier mit Tatütata herumgefahren werden, während Ihr Jeep nur noch ein Blechknoten ist?“

„Damit haben Sie leider nicht ganz Unrecht.“

„Und Sie wissen ja auch wohl, wem wir das zu verdanken haben“, bemerkte sie mürrisch, während sie versuchte eine neuerliche Schwindelattacke wegzublinzeln, die sie Grant doppelt und dreifach sehen ließ.

„Green?“

„Indirekt. Welcher seiner treuen Freunde würde denn wohl einen Wagen problemlos so manipulieren können, dass er noch heil um die ersten Kurven kommt und dann pünktlich zur Abfahrt das Bremsvermögen verliert?“

Grant nickte. Er hatte offenbar denselben Gedankengang gehabt.

„Wir werden mit dieser dünnen Beweislage keinen Haftbefehl bekommen. Nicht bevor sich am Wagen eindeutige Spuren finden lassen. Was ich bezweifle.“

„Und was soll das heißen? Doch nicht etwa, dass Sie aufgeben!“ Heftiger Schwindel zerrte an ihr. Sie musste sich schnell mit beiden Händen auf der Liege abstützen, um nicht willkürlich irgendwohin zu kippen.

„Alles in Ordnung?“

„Ja, ja. Alles bestens“, murrte sie ungeduldig. „Was ist denn nun mit Sean McGowan?

„Sobald ich Sie im Krankenhaus abgeliefert habe, statte ich ihm einen Besuch ab.“

„Das können Sie vergessen! – Ich komme mit!“

„Sie sind keine Polizistin!“

„Und Sie würden doch jetzt gerade Brötchen aufbacken und Briefe austragen, wenn ich Sie nicht darauf hingewiesen hätte, dass da ein Mörder frei rumläuft.“

„Genau genommen trage ich die Briefe nicht aus, ich nehme sie nur an!“

„Ich denke, Sie verstehen verflucht gut, worauf ich hinauswill! – Im Grunde …“ Sie tippte sich aufgebracht gegen die eigene Brust. „… ist das *mein* Fall!“

Grant hielt für einen langen Moment, den sie glücklicherweise ohne Schwindelattacke überstand, ihrem durchdringenden Blick stand, dann seufzte er resigniert.

„Unter zwei Bedingungen!“

Sie kniff die Augen zusammen. „Welche?“

„Erstens: Sie lassen sich im Krankenhaus einmal durchchecken. Zweitens: Sie müssen auf Ihren eigenen Beinen das Krankenhaus verlassen können, dann nehme ich Sie mit. Es sei denn, die Ärzte sagen, was auch immer Sie haben, ist lebensbedrohlich. Dann bleiben Sie da.“

„Sind das nicht drei Bedingungen?“

„Ja oder nein?“

Sie schnaufte. „Von mir aus.“

Der Sanitäter, der die beiden weitestgehend allein gelassen hatte, kam nach hinten und nickte. „Wir sind gleich da.“

*

Megan saß auf einer Krankenhausliege und sah ihren Füßen zu, die herunterbaumelten.

„Warum heißt es eigentlich *Notaufnahme*, wenn man ein halbes Jahr warten muss, bis so ein Weißkittel sich mal aufrafft?"

„Falls es Ihnen nicht aufgefallen ist, hier waren ein offener Schlüsselbeinbruch und ein Mann, dem das Blut aus dem Arm pulsierte. Die wirkten vermutlich irgendwie dringender als Ihre Matschbirne."

Sie kniff die Augen zusammen. „Ist das so eine Art spezieller schottischer Charme?"

„Nein, das ist so eine Art Wahrheit", gab er trocken zurück.

„*Miss Megan Fairchild?*"

Ihr Kopf schoss in die Höhe. „Ja?"

Eine Ärztin mit kupferrotem, kurz geschnittenem Haar und einem freundlichen Lächeln kam auf sie zu und nahm dabei das Stethoskop ab, das sie um den Hals getragen hatte.

„Und Mister Finley Grant?"

„Ganz genau."

„Sie beide hatten einen Autounfall?"

„Ja."

„Es geht uns gut", ging Megan dazwischen und wollte von der Liege rutschen, doch die Ärztin gebot ihr mit einer nachdrücklichen Geste Einhalt.

„Das zu entscheiden müssen Sie schon mir überlassen, Miss Fairchild. – Erinnern Sie sich an den Unfall?"

„Natürlich."

„Erzählen Sie mir davon", bat sie von Megans abweisender Art gänzlich unbeeindruckt und legte das Stethoskop auf deren Brust. Zu fragen, ob Grant den

Raum verlassen sollte, kam ihr offenbar nicht in den Sinn. Sie hielt die beiden wohl für ein Paar.

„Wir haben uns mit einem Jeep überschlagen."

„Was ist das Letzte, woran Sie sich erinnern?"

Megan gab ein ungeduldiges Geräusch von sich. Zu ihrem Bedauern lag es nicht an der Frage der Ärztin, sondern daran, dass sie sich partout nicht daran erinnern konnte, wie der Unfall abgelaufen war. Außerdem spürte sie Grants prüfenden Blick an der Schläfe wie einen drohenden Pistolenlauf.

„Wir haben abgehoben", erklärte sie vage, „und ich habe mir den Kopf gestoßen. Mehrmals."

Die Ärztin nickte zufrieden und Megan atmete unauffällig erleichtert aus.

„Haben Sie Beschwerden?" Mit einer kleinen Taschenlampe wurde ihr in die Augen geleuchtet.

„Nein."

„Ihr ist schwindelig", korrigierte ihr ganz persönlicher Judas. „Sie hatte Gleichgewichtsstörungen und war nach dem Unfall fast zehn Minuten bewusstlos."

„War sie desorientiert?" Die Ärztin wandte sich nun direkt an Grant.

„Nein", gab er wahrheitsgemäß zurück.

Die Ärztin steckte ihre Werkzeuge ein und griff nach Megans Nacken. „Lassen Sie ganz locker", verlangte sie und fing an Megans Kopf in verschiedene Richtungen zu drehen und ihren Nacken zu beugen.

„Tut das weh oder verstärkt das Ihr Schwindelgefühl?"

„Nein. Eigentlich ist es ganz angenehm."

„Dann werde ich das extra berechnen. – Kleiner Scherz." Sie wandte sich Grant zu und unterzog ihn derselben Untersuchung. Doch da er tatsächlich keine

Beschwerden hatte, war sie schnell fertig.

„Es ist erstaunlich, dass Sie nicht einmal einen Kratzer abbekommen haben“, erklärte sie abschließend. „Die Sanitäter sagten mir, der Wagen hätte Totalschaden.“

„Ein übereifriger Schutzengel vermutlich.“

Die Ärztin lachte etwas zu begeistert über Grants lahmen Witz und wandte sich dann ernst an Megan.

„Sie haben eine Gehirnerschütterung. Ich würde Sie gern über Nacht hierbehalten.“

„Lieber nicht.“

„Um sicherzugehen, rate ich dazu. Manche Symptome können erst bis zu zwölf Stunden nach dem Unfall auftreten.“

Megan zeigte auf Grant. „Er passt auf mich auf.“

„Tue ich nicht“, antwortete dieser.

„Und ob. Wir fahren nach Hause. – Oder ist es lebensbedrohlich, wenn ich das Krankenhaus verlasse?“

Die Ärztin wirkte ein wenig irritiert. „Nein, lebensbedrohlich ist es nicht, wenn Sie die Warnsignale Ihres Körpers beachten.“

„Na, bitteschön.“ Sie rutschte von der Liege und sah Grant an. „Wir müssen los.“

„Aber ich weiß doch noch gar nicht, ob ich auch irgendetwas habe.“

„Sie sind gesund“, erklärte Megan entschlossen.

„Das sollte wohl die Ärztin feststellen.“

„Sie sind gesund“, bestätigte diese und streckte Grant die Hand zum Abschied entgegen. „Passen Sie gut auf sie auf. Wenigstens in den nächsten zwölf Stunden.“

Ohne seine Antwort abzuwarten, drehte sie sich um und zog einen Vorhang zurück, hinter dem der nächste Patient auf sie wartete.

Megan kämpfte gegen ihr Schwindelgefühl an und marschierte aus der Notaufnahme in der sicheren Gewissheit, dass Grant ihr folgen würde.

Was er auch tat. Pünktlich zur nächsten Schwindelattacke, die für plötzlich linkslastige Schlagseite sorgte, packte er nach ihrem Arm.

„Das war doch gelogen“, befand er anklagend.

„Ich weiß nicht, wovon Sie sprechen.“

„Sie wissen überhaupt nicht mehr, was während des Unfalls passiert ist. Sie haben nur daher geplappert, was wahrscheinlich war.“

Megan ging vorsichtig weiter und versuchte sich nicht zu sehr gegen Grants stabilen Körper zu stemmen.

„Woran ich mich erinnern kann, weiß ja wohl nur ich allein.“

„Auch wenn das stimmt, so sind Sie doch eine so unfassbar miese Lügnerin, dass das nicht schwer zu erraten war.“

Megan schwieg. Sie war wirklich eine miese Lügnerin.

„Was ist denn jetzt mit Sean McGowan?“

„Den kaufe ich mir.“ Grant wirkte nicht, als hätte der Unfall in irgendeiner Form Eindruck auf ihn gemacht. Wenn überhaupt, war er dadurch erst richtig sauer geworden.

„*Wir*! Wir kaufen ihn uns.“ Sie gab ein abwägendes Geräusch von sich. „Auch wenn ich eigentlich erst zurück in die Herberge muss.“

„Müssen Sie nicht.“

„Nicht?“

„Nein.“

„Und warum nicht?“

„Sie hatten einen Autounfall und sind krankgeschrieben.

Ich werde Ihre Kollegin informieren."

Megan grinste. „Krankgeschrieben", echote sie nickend. „Klasse."

Mit einem amüsierten Gesichtsausdruck zog Grant das Handy aus der Tasche.

*

Megan fand es etwas bedenklich, mit dem Taxi zu einem Kerl zu fahren, der versucht hatte, sie umzubringen, aber am Ende der Welt war es sogar eine Herausforderung sich einen Wagen zu leihen.

„Wo ist eigentlich Ihre Waffe?", fragte Megan leise, um den Taxifahrer nicht zu sehr zu verschrecken.

„Wir sind nicht in den USA, wo jede Politesse eine SIG Sauer mit sich rumträgt.

In Großbritannien müssen Waffen auch bei Polizisten im Einzelfall genehmigt werden."

Megan blinzelte ungläubig. „Ist ein Witz, oder?"

„Sehe ich irgendwie witzig aus?"

„Im Augenblick nicht."

Bevor das Thema weiter vertieft werden konnte, hielt das Taxi. Megan blickte aus dem Fenster und starrte auf eine ehemalige Tankstelle, die praktisch im Nirgendwo am Straßenrand vergammelte. Dahinter stand ein Wohnhaus mit einer kleinen Halle, die wohl die Autowerkstatt sein musste.

Größer hätte das Wohlstandsgefälle zwischen Corbin Green und seinem alten Freund Sean McGowan kaum sein können.

Grant bezahlte den Taxifahrer und gab ihm zehn Pfund extra. „Bitte warten Sie hier auf uns", sagte er dazu und stieg aus.

Megan folgte ihm. Ihr Schwindelgefühl war etwas abgeschwächt, dafür hatte sie rasende Kopfschmerzen. Beim unauffälligen Befühlen ihres Schädels hatte sie zwei kapitale Beulen entdeckt, die glücklicherweise von ihrer Masse an Haaren vertuscht wurden.

„Kennen Sie diese Tankstelle?“, fragte sie und blickte an den rostigen Resten der Zapfsäulen empor.

„Sie ist schon eine Ruine, seit ich in Fort Augustus bin.“

Megan stockte. „Sie sind gar nicht von hier?“

„Ich komme ursprünglich aus der Hauptstadt.“

„Aus London?“

Er lächelte schief.

„Aus *meiner* Hauptstadt. Aus Edinburgh. Das dürfte der Grund sein, warum Sie mit Ihrem feinen Oxford-Englisch mich noch einigermaßen verstehen können.“

Damit dürfte er Recht haben.

„Warum sind Sie hierhergekommen?“

„Eine lange Geschichte.“ Er umrundete das Tankstellengebäude und steuerte auf das Haus zu.

„Eine lange Geschichte, die … Sie mir erzählen wollen?“

Er betrachtete sie kurz, dann gab er ein undefinierbares, schottisches Geräusch von sich. „Wenn’s passt, vielleicht.“

Sie versuchte, trotz Brummschädel mit ihm Schritt zu halten. „Wann könnte es denn passen?“

„Sie sind überhaupt nicht neugierig, oder?“

„Ich bin lediglich interessiert an meinen Mitmenschen. Zumindest an einigen von ihnen.“

„Ja, natürlich“, murmelte er und setzte seinen Weg fort. „Ich wette, dass er in der Werkstatt ist, falls er überhaupt hier ist“, sagte er dabei. „Wenn er jedoch etwas mit unserem mysteriösen Unfall zu tun hat, dann wird er dafür gesorgt haben, dass er nicht nur ein Alibi, sondern vor allem auch Kundschaft hat, wenn wir hier ankommen."

„Und was machen wir dann?"

„Wir sehen, was passiert." Der Inspektor blickte an dem angerosteten Rolltor empor. „Mister McGowan? Sind Sie hier?"

„Was passiert?", wiederholte Megan ungläubig. „Was soll denn schon passieren?"

Zeitgleich mit ihrer Frage, stürmte jäh eine Gestalt aus der Stirnseite der Halle und lief zwischen die Getreidefelder.

„Sowas, zum Beispiel", rief Grant und sprintete los.

Megan hatte nicht gesehen, wer da so offensichtlich vor ihnen geflohen war, doch der Verdacht lag nahe, dass es Sean McGowan war.

Sie bemühte sich, Grant zu folgen, doch Schwindel, Kopfschmerzen und anfallsartig auftretende Übelkeit ließen sie schnell zurückfallen. Glücklicherweise hatte sie auf die Weite ausgezeichnete Augen; zumindest, wenn sie nicht gerade doppelt sah.

Grant legte beachtliche Geschwindigkeit an den Tag, während er hinter McGowan her durch ein Weizenfeld pflügte. Letzterer schlug einige Haken, schien selbst reichlich unsicher, wohin er nun eigentlich fliehen sollte. Beim Blick zurück über die Schulter strauchelte er bedenklich und verlor dabei genug Geschwindigkeit, dass Grant ihn einholen und mit einem filmreichen Hechtsprung zu Boden reißen konnte.

Schwer atmend, beinahe japsend kam Megan näher. Sie hörte Grants Stimme, verstand jedoch nicht, was er sagte. Sie wartete darauf, dass er ihren Tatverdächtigen auf die Beine zerrte, doch das geschah nicht. Und als sie die beiden endlich erreichte, begriff sie auch, warum.

Der Anblick war schockierend, fuhr ihr in Herz und Magen gleichermaßen.

McGowan lag auf den plattgetretenen Ähren, die blutunterlaufenen Augen weit aufgerissen, das Gesicht kalkweiß.

„Er ist tot“, brachte Megan zittrig hervor.

Grant wischte sich über die Stirn und nickte. „Ja, das ist er.“

„Aber warum ist er tot? Er ist doch gerade noch hier rumgerannt.“

Grant stand auf und klopfte sich den Staub aus den Jeans, während er Megan von Sean McGowans Leiche wegdrehte. Eine hilfreiche Geste, denn sie selbst schaffte es nicht, sich von dem grauenhaften Anblick loszureißen.

„Ich bin kein Arzt“, sagte er, wirkte dabei selbst etwas geschockt. „Aber natürlicher Tod ist das sicher keiner.“

„Nein, das … glaube ich auch nicht.“

„Geht es Ihnen einigermaßen?“

Megan sah zu ihm auf. Irgendwie fehlte ihr die Kraft, ihre kratzbürstige Widerspenstigkeit aufrechtzuerhalten. „Mir ist ein bisschen schlecht.“

Grant nickte und war taktvoll genug, sich bissige Kommentare zu verkneifen. „Da vorne. Setzen Sie sich auf den Findling und ich rufe die Spurensicherung.“

Sie sollte sich setzen.

Eine gute Idee.

Die beste Idee überhaupt.

Artig ließ sie sich zu dem großen Stein am Feldrand führen und setzte sich. Sofort fühlte sie sich etwas besser.

„Atmen Sie tief durch und wenn Sie spucken müssen, fällt es hier nicht auf. In Ordnung?“

Sie nickte hektisch und versuchte sich und ihren Magen mit tiefen Atemzügen zu beruhigen, während Grant sein Telefon aus der Tasche zog und sich ein paar Schritte von ihr entfernte.

Als er wieder zurückkam, hatte sich Megan ein wenig gefasst.

„Wollen Sie meine Theorie hören?“, fragte sie, indem sie zu ihm aufsah und gegen die Sonne anblinzelte.

„Ich kann es kaum erwarten.“ Er schien erleichtert, dass es ihr wieder etwas besser ging.

„McGowan hatte überhaupt keinen Grund uns umzubringen, es sei denn, er wäre der Mörder von Laura Satin gewesen. Ich kann mir jedoch nicht vorstellen, dass das der Fall ist, weil er nun selbst offenbar ermordet wurde.“

„Also?“

„Also glaube ich vielmehr, dass er vom eigentlichen Mörder beauftragt wurde, die lästigen Fragensteller und in der Vergangenheit Wühler zu beseitigen, und dann – um Stillschweigen zu garantieren – selbst aus dem Weg geräumt wurde.“

„Was Sie wieder unmittelbar zu Corbin Green führt“, bemerkte der Inspektor, woraufhin Megan nickte.

„Sie etwa nicht?“

Er gab ein abwägendes Geräusch von sich. „Es erscheint mir jedenfalls im Augenblick naheliegend.“

„Hey!“

Die beiden fuhren herum.

Der Taxifahrer stand an der Werkstatthalle und winkte zu ihnen herüber.

„Die zehn Pfund sind um“, rief er. *„Soll ich noch länger warten?“*

„Fahren Sie ruhig in den Ort zurück, Miss Fairchild. Ich

komme dann nach, wenn wir hier fertig sind."
Sie schüttelte den Kopf.

Um keinen Preis wollte sie verpassen, was die Spurensicherung bei ihrem Eintreffen feststellen würde.
„Ich bleibe. - Ich habe immerhin eine Gehirnerschütterung, und Sie haben versprochen, auf mich aufzupassen."
„Sie haben mich gezwungen."
„Das Ergebnis ist das gleiche."
Grant seufzte resigniert und rief dem Taxifahrer zu, dass er ruhig zurückfahren könnte. Da dieser keine Ahnung hatte, dass die beiden neben einer Leiche warteten, verabschiedete er sich mit einem freundlichen Lächeln und fuhr davon.

*

Es dauerte knapp eine halbe Stunde, bis die Spurensicherung aus Inverness eintraf.
Zeit genug für Megan, sich wieder so weit zu sammeln, dass sie den beiden fremden Männern ohne Zittern in den Knien die Hand schütteln konnte; auch wenn sie zugegebenermaßen den Blick zu Sean McGowans Leiche strickt vermied.
Dennoch blieb ihr nicht verborgen, wie der ältere der beiden Männer, offenbar der Pathologe eine Art überlanges Bratenthermometer aus der Leiche zog, das er offenbar vorher hineingestochen hatte.
Mit einem wissenden Nicken kämpfte er sich in die Höhe.
„Der Lebertemperatur nach zu urteilen, ist der Mann

erst vor kurzem verstorben."

Megan und Grant wechselten einen ungläubigen Blick, zumal sie dem Herrn lang und breit erklärt hatten, wie er zu Tode gekommen war: im vollen Lauf und auf der Flucht.

„Ich weiß, dass sich das mit Ihrer Geschichte deckt", antwortete der untersetzte, ältere Herr mit der kantigen Brille, die ihm tief auf der Nase saß. „Aber ich muss das schließlich überprüfen."

„Natürlich", sagte Grant nur und nickte dann Richtung McGowan. „Fällt Ihnen sonst noch irgendetwas auf? Ich meine, der Mann war 24 Jahre alt. Er müsste einen kurzen Sprint über ein paar hundert Meter eigentlich überleben."

Der Pathologe nickte und linste über seine Brille hinweg. „Er hat massive Einblutungen in den Augen sowie in den Schleimhäuten. Auch das Zahnfleisch blutet. Wissen Sie, ob er Bluter war?"

„Nein, tut mir leid", erklärte Grant, der offenbar nicht zu viel über den Grund verraten wollte, warum es überhaupt zu diesem Treffen samt tragischem Ausgang gekommen war.

„Nun, die Autopsie wird Näheres zutage fördern."

„Schicken Sie mir dann den Bericht aufs Revier?"

„Natürlich."

Grant rief ein neues Taxi und fuhr mit Megan zusammen zurück nach Fort Augustus. Als sie auf die rote Tür zugingen, hinter der Backstube, Postamt und Revier lagen, entdeckte Megan ein großes Hinweisschild darauf.

Megan kniff die Augen zusammen. „Betriebsferien?", las sie ungläubig und blickte Grant an, der an ihr vorbei, die Stufen hinauf und hineinging. „Wie kann denn ein Postamt

Betriebsferien haben?"

„Zwei Straßen weiter gibt es einen Briefkasten. Und E-Mails gibt es außerdem."

Megan schloss die Tür hinter sich. „Gut, dass Sie in Ihrer Eigenschaft als Polizist nicht ganz so gleichgültig sind."

„Das liegt daran, dass ich auch wirklich Polizist bin. Und kein Postbote. – Kaffee?"

„Gern."

Megan öffnete die Tür zum kleinen Revier und setzte sich auf *ihren* Stuhl. Beim Blick auf den praktisch leeren Schreibtisch fiel ihr ein, dass die Kartons ja noch in der Herberge waren.

„Wir haben die Kartons gar nicht hier", rief sie in den Nebenraum.

Bevor Grant antworten konnte, ging die Glocke und ein schmächtiger junger Mann kam mit den beiden Kartons herein. Offenbar hatte ein Bote die Unterlagen abgeholt.

„Inspektor Finley Grant?", fragte er und zückte dabei ein Klemmbrett.

„Geben Sie es der Dame", rief Grant aus dem Hinterzimmer, woraufhin Megan etwas verlegen lächelte.

„Ihr Name?", fragte der Bote.

„Ähm … Megan Fairchild."

Er tippte etwas in sein kleines Gerät und streckte es ihr dann entgegen, damit sie unterschrieb.

„Oh, warten Sie", sagte er dann und lief hinaus, um wenige Sekunden später mit einer übergroßen Tüte zurückzukommen, auf der Scotland Yard stand. „Das gehört auch noch dazu. – Schönen Tag noch, Miss."

„Danke." Etwas unschlüssig starrte sie auf die Tüte und überlegte, ob sie hineinsehen durfte.

„Sehen Sie ruhig hinein“, erklärte Grant, der mit zwei Kaffeebechern zurückkam und auf sein Revier zusteuerte.

Megan zog die Tüte auf und blickte überrascht auf den angestrickten Pullover von Abigail Bold.

„Wie kommt der denn hierher?“

„Ich habe der Spurensicherung gesagt, sie sollen den Inhalt meines schrottreifen Wagens nach der Untersuchung hierherschicken lassen.“

Megan setzte sich an den Schreibtisch und nahm dankend ihre Tasse entgegen. Dann leerte sie die Tüte, in der sich noch einige Kleinigkeiten aus Grants Wagen befanden. Megan legte den Pulli beiseite und schleppte die beiden Kartons herein.

Dankenswerterweise war ihr Schwindelgefühl deutlich zurückgegangen.

„Sie sind ganz schön blass um die Nase“, bemerkte Grant und blies in seinen Kaffee.

Das glaubte Megan sofort. „Ich gebe zu, dass es in meinem heldenhaften Plan einen Mord aufzuklären nicht vorgesehen war, dass ich selbst umgebracht werde.“

„Das sind Sie ja auch nicht.“

„Dank einer glücklichen Fügung des Schicksals.“

„Und meines Fahrtalents.“

„Möglicherweise.“ Sie zog den Deckel von einem der Kartons und machte sich auf die Suche nach Sean McGowans Akte. Beim Wühlen in den zahllosen Unterlagen fiel ihr ein schmales Lederarmband in die Hände, das in einen Plastikbeutel verpackt und mit einem Zahlencode beschriftet war. „Was ist das denn?“

Grant sah auf. „Ein Beweisstück. Vermutlich hat Laura Satin das Band in der Mordnacht getragen.“

Megan riss die Augen auf. „Machen Sie Witze? –

Armbändchen in der Größe werden normalerweise auf der Säuglingsstation verteilt."

„Ja, soweit ich weiß, war sie eine sehr schlanke Person. Irgendwo in ihrer Akte steht, dass sie wegen Magersucht in Behandlung war."

„Das glaube ich sofort", bemerkte Megan und überlegte, ob sie zwei oder drei Finger durch das Band würde schieben können. „Moment, warten Sie mal …!"

„Was ist?"

„Ich hatte mal eine sehr dünne Freundin."

„Interessant."

„Der war immer kalt."

Grant nickte gelangweilt. „Spannend. Und das erzähle Sie mir, weil …?"

Anstatt zu antworten, beugte sich Megan tief in den Karton und suchte nach den Bildern des Mordopfers, die sie sich eigentlich hatte ersparen wollen. Aber das war gewesen, bevor jemand versucht hatte, sie ins Land der ewigen Träume zu befördern.

Sie fand den entsprechenden Ordner, der neben den grausigen Bildern vom Tatort, auch Kopien von Fotos älteren Datums enthielt. Mit einem triumphierenden Nicken, drehte sie die Unterlage und schob sie Grant unter die Nase.

„Fällt Ihnen irgendetwas auf?"

Mit gerunzelter Stirn blätterte er durch die Bilder. „Sie meinen außer, dass sie wirklich sehr, sehr dünn war?"

„Ja."

„Nein."

Megan gab ein ungeduldiges Geräusch von sich.

„Sie trägt auf allen Bildern dicke Schals, Mützen, Handschuhe und Pullover. Weil ihr durch das fehlende

Körperfett und den auszehrenden Mangel der Unterversorgung bedingt durch ihre Krankheit immer kalt war.“ Sie zeigte auf das Strickstück. „Ich würde meine gesamten, zugegebenermaßen bescheidenen Habseligkeiten verwetten, dass dieser Pulli ein Geschenk werden sollte. Ein Geschenk für Laura.“

„Das mag ja eine nette Theorie sein, Miss Fairchild. Aber Laura und Abigail waren laut ihrer Mitschüler nicht befreundet, ja mehr noch: Sie hatten praktisch überhaupt keinen Kontakt.“

Megan stand auf und ging einige Schritte auf und ab. Dabei zupfte sie in einem willkürlichen Takt an ihrer Unterlippe.

„Abigail war schüchtern“, überlegte sie laut. „Regelrecht … verklemmt. Angeblich war sie Corbin Greens Freundin, doch gemäß meiner Theorie ist das absoluter Blödsinn.“

„Nicht nur gemäß Ihrer Theorie.“

Sie stockte. „Wie meinen Sie das?“

„Ich habe mit dem Gefängnisarzt Rücksprache gehalten. Die Insassinnen der Haftanstalt werden denselben regelmäßigen Vorsorgeuntersuchungen unterzogen wie alle Frauen. Auch gynäkologischen. Abigail Bold ist noch Jungfrau. Das muss zwar nicht zwingend bedeuten, dass sie mit Green nicht zusammen war. Doch es ist ausgeschlossen, dass sie intim miteinander waren.“

Megan nickte hastig. „Sehr gut. Gut.“ Sie ging weiter. „Also sie war Jungfrau. Sie war schüchtern, zurückgezogen, regelrecht altbacken. Eine liebe, junge Frau, die keiner Fliege etwas zuleide getan hat und offenbar mit unglaublicher Mühe versuchte, ein Geschenk für eine Klassenkameradin anzufertigen, die sie laut der Aussagen ihrer Mitschüler noch nicht einmal besonders gut kannte. –

Und zu welchem unmittelbaren, ja unausweichlichen Schluss bringt uns das?", fragte sie atemlos.

Grant zögerte zweiflerisch. „Dass sie sich bei einem der coolen Mädchen beliebt machen wollte?"

„Völliger Quatsch."

„Sondern?"

Megan setzte sich wieder und griff nach dem Bild von Laura Satin. Ein strahlendes, offenes Lächeln im Gesicht eines Mädchens, das genauso zerbrechlich war, wie Abigail Bold sich vermutlich fühlte und immer noch fühlt.

Als sie aufsah, traf sie auf Grants erwartungsvolles Gesicht und stellte unumstößlich fest:

„Abigail Bold war verliebt in Laura Satin."

VII

„*Was?*“, rief Grant regelrecht aus. „Sie sind ja verrückt!“

„Ich wette mit Ihnen. Um alles, was ich habe.“

Er hob beide Hände. „In Ordnung.“

Megan stutzte. „Das war nur rhetorisch. Ich wette überhaupt nicht. Niemals. Und trotzdem bin ich mir absolut sicher. Absolut und unumstößlich. Hundertprozentig.“

„Egal wie viele Adjektive Sie mir noch um die Ohren hauen, Miss Fairchild. Das ist völliger Blödsinn.“

„Was macht Sie da so sicher? – Der unumstößliche männliche Glaube, dass jede Frau einen richtigen Kerl braucht?“

„Davon abgesehen halte ich es einfach für sehr unwahrscheinlich.“

„Überlegen Sie doch mal, wie es für dieses Mädchen war, die als Tochter einer bigotten Mutter eingepfercht zwischen Kirchenbänken und Haushalt …“

„Sie übertreiben!“

„Aber in dieser schottischen Einöde mit diesem Hintergrund hätte es sie vermutlich völlig verwirrt, dass sie sich zu einem Mädchen hingezogen fühlte. Und in diesem Zusammenhang ergibt auch endlich der Streit mit Corbin Green Sinn.“

„Inwiefern.“

„Na, wenn einem etwas auf der Seele lastet, das einen verwirrt, das man nicht verarbeiten kann, das einen regelrecht auffrisst, was möchte man da tun? Was muss man irgendwann tun, um nicht völlig in die Luft zu gehen?“

Zum ersten Mal verschwand der ungläubige, leicht amüsierte Ausdruck in Grants Gesicht und er sagte: „Man vertraut sich jemandem an.“

„Absolut richtig. Und ihre Mutter war diese Vertrauensperson ganz bestimmt nicht.“

„Und Sie meinen ernsthaft, dass sie sich diesem angeberischen Green anvertraut hat? Sie hätte wissen müssen, dass er ihr kleines Geheimnis postwendend ausplaudert.“

„Ich weiß nicht, wie er vor sechs Jahren war, aber der Mann, der mit mir zu Abend gegessen hat, war charmant, verständnisvoll und einfühlsam. Wenn er in ihrer Gegenwart anfangs immer so war, wäre es gut möglich, dass sie ihm vertraut hat. Der Irre, der mich in seinem Auto schier umgebracht hätte, war vielleicht dieselbe Seite von Corbin Green, der sie verraten hat. Und das hat zu ihrem Streit geführt.“

Grant gab ein unzufriedenes Geräusch von sich. „Mal angenommen, - nur angenommen! – es wäre tatsächlich so, wie Sie sagen: Wo ist dann das Motiv? Warum hätte er Laura umbringen sollen?“

Megan stockte. Das war leider der Haken an ihrer ansonsten harmonischen Mordtheorie: Sie passte nicht zum Mord.

„Sehen Sie!“, bestätigte Grant. „Das stört mich an dieser ganzen Fantasterei.“

Megan zeigte mit dem Finger auf ihn. „Was wäre denn, wenn Laura ihre Gefühle erwidert hätte.“

Er gab ein Achselzucken von sich. „Was wäre dann?“

„Green war hinter Laura her. Es hätte ihm sicher nicht gepasst, wenn sie einem unscheinbaren Mädchen den

Vorzug gegeben hätte. Dieser Kerl ist immerhin so arrogant, wie der Amazonas lang ist."

„Das mag ja sein, aber … ich weiß nicht. Irgendetwas daran kommt mir unrund vor."

„Na, schön." Megan verschränkte die Arme vor der Brust. Von der ganzen Rederei war ihr ein wenig schwindelig. „Dann rücken Sie mal mit Ihrer Theorie raus."

„Naja, bis vor etwa zwei Stunden hätte ich gesagt, Sean McGowan ist unser Hauptverdächtiger, da er immerhin versucht hat denjenigen das Licht auszuknipsen, die dumme Fragen gestellt haben."

„Hübsch gesagt. – Und wie wir beide wissen, ist der arme Kerl ja tot. Trotzdem steht für mich fest, dass er unseren Wagen manipuliert hat. Und wenn Sie das Haus und die Werkstatt durchsuchen, wette ich, dass wir einen ordentlichen Batzen Geld finden, den er dafür bekommen hat. – Apropos, haben Sie etwas wegen der Überweisung auf Greens Konto herausfinden können?"

„Noch nicht. Aber wir arbeiten dran, und sobald der Pathologe bestätigt, dass McGowans Tod nicht natürlichen Ursprungs war, haben wir noch deutlich mehr Möglichkeiten."

„Wie zum Beispiel?"

Grant trommelte mit den Fingern auf der Tischplatte herum und leckte sich die Lippen. „Wir lassen Green antanzen und stellen ein paar unangenehme Fragen, was sein Verhalten Ihnen gegenüber angeht und in dem Zusammenhang, ob er zufällig McGowan beauftragt hat, uns umzubringen und ihn dann ebenfalls umgebracht hat."

„Ich dachte, wenn man sich mit den Greens anlegt, stehen die Chancen gut, ruiniert zu werden."

Er gab ein Achselzucken von sich. „No risk, no fun!“

*

Es dauerte nicht einmal eine Stunde, bis der Pathologe den Mord an Sean McGowan bestätigte. Laut seiner Untersuchung hatte McGowan ohnehin an einer Gerinnungsstörung gelitten. Wer auch immer ihn ermordet hatte, hatte ihn gut genug gekannt, um zu wissen, dass bereits eine kleine Menge Rattengift reichen würde, um seinen Zustand dramatisch zu verschlechtern, so dass die Anstrengung beim Lauf durch das Feld ihn umgebracht hatte.

Damit standen für Megan zwei Dinge klar:

Erstens: Der Mörder hatte ihn gut gekannt.

Zweitens: Er war von irgendjemandem beauftragt worden, sie umzubringen, und der wollte auch ihn zum Schweigen bringen.

„Das führt Sie doch wieder zu Green“, bemerkte Grant bei seiner zehnten Tasse Kaffee und starrte etwas missmutig auf Megans Finger, die fleißig am Kragen des Pullovers strickten.

„Zumindest fällt mir niemand besseres ein. Wir sollten von allen damaligen Zeugen, am besten von allen Mitschülern eine Schriftprobe anfordern und graphologisch mit dem Brief abgleichen. Immerhin dürfen wir nicht aus den Augen verlieren, dass offenbar jemand herumläuft, der den wahren Mörder kennt.“

Grant zog seinen Block und notierte sich einiges. „Wenn ich gleich den Richter anrufe, habe ich eine ganze Liste von Beschlüssen, die ich anfordere.“

„Sehr gut. Und uns fällt bestimmt noch einiges ein. –

Am besten beantragen Sie auch eine Waffenerlaubnis, oder wie auch immer Sie das nennen, wenn wir diesem Irren nicht unbewaffnet gegenübertreten müssen."

„Sie wissen aber schon, dass nur ich eine Waffe habe und tragen darf?"

Megan nickte ironisch. „Damit habe ich gerechnet. Ja."

„Sagen Sie mal, können Sie nicht endlich mit der Strickerei aufhören?"

„Es hilft mir bei der Konzentration."

„Aber meine Konzentration stört es."

Sie gab ein Achselzucken von sich. „Des einen Freud, des anderen -"

„Ja, ja. Schon gut."

Die Türklingel schreckte sie beide auf.

„Finley?"

Megan und Grant wechselten einen Blick.

Abigails Mutter.

„Wir sind hier hinten, Grace", rief er zurück, während Megan das Strickstück weglegte, aber so, dass Mrs. Bold es gut sehen konnte. Gleichzeitig räumte Grant die auffälligsten Unterlagen beiseite.

Als Abigails Mutter den Kopf ins Zimmer streckte, hatte sie ein scheues Lächeln im Gesicht. Sie trug einen graubraunen wadenlangen Rock, eine hochgeschlossene Bluse und hatte sich das Haar schlicht zurückgebunden. Megan konnte sich gut vorstellen, dass sich Abigail ihrer Mutter nicht hatte anvertrauen können oder wollen.

„Ich hoffe, ich störe nicht?", fragte sie mit einem höflichen Lächeln.

„Nein, natürlich nicht, Grace. Was gibt es?" Grant stand auf und ging ihr entgegen.

Mrs. Bold förderte ein kleines Paket zutage. „Sie sagten

doch, dass ich für Abigail ein paar Bücher bringen dürfte."

„Oh ja, natürlich."

„Gut." Sie übergab das Paket mit einem Nicken. „Ich selbst lese kaum, muss ich gestehen. Aber als ich Abigail gestern besucht und ihr gesagt habe, dass Sie ihr ein paar Bücher bringen würden, habe ich sie das erste Mal seit Wochen beinah lächeln sehen." In Mrs. Bolds Augen sammelten sich Tränen und sie winkte schnell ab, während sie sie zurückdrängte. „Jedenfalls hat sie mir ein paar Titel genannt, die sie gerne dort hätte und das sind diese hier. Wenn Sie es wirklich schaffen, dass sie die Bücher bekommt, machen Sie ihr eine große Freude und ich gebe zu, ich … ich weiß nicht, wie ich Ihnen danken soll."

„Sie brauchen uns nicht zu danken, Mrs. Bold", sagte Megan schnell."

„Ich sorge dafür, dass Abigail die Bücher bekommt, Grace. Mein Wort darauf."

„Vielen Dank, Finley." Sie trat in einer unterwürfigen Geste einen Schritt zurück. „Gott schütze euch."

Dann verschwand sie.

Während Grant das Päckchen mit den Büchern aufschnürte, kaute Megan auf ihrer Unterlippe.

„Sie hat das Strickstück nicht erkannt", erklärte sie nachdenklich. „Sie hat es noch nie zuvor gesehen."

„Das war doch sowieso Ihre Theorie."

„Ja, das stimmt natürlich."

Als Grant ein Schnauben von sich gab, blickte sie auf.

„Unfassbar, sogar die Bücher dieses armen Mädchens sind altbacken."

Mit gerunzelter Stirn umrundete Megan den Schreibtisch und blickte Grant über die Schulter. Dann nahm sie ihm das oberste Buch aus der Hand. Dann das nächste. Und auch noch das dritte.

„Das gibt's doch nicht!", erklärte sie plötzlich aufgeregt.

Grant verdrehte sich, um sie ansehen zu können. „Was ist denn?"

Doch Megan hatte die Bücher bereits wieder eingepackt und machte eine auffordernde Geste. „Wir fahren ins Gefängnis und bringen ihr die Bücher."

„Aber -"

„Sofort!"

„Warum denn sofort? Was ist denn?"

Megan zog ihr Handy aus der Tasche. „Erkläre ich Ihnen unterwegs. Beeilen Sie sich!"

„Aber wir haben keinen Termin."

„Ich bitte noch einmal Jason. Er wird das für uns organisieren."

Als Grant noch immer bewegungslos am Schreibtisch saß und sie zweifelnd musterte, riss sie die Arme in die Höhe und rief: „Bewegung!"

Dann lief sie hinaus.

*

„Okay, jetzt sind wir im Auto", stellte Grant fest, während er den klapprigen Ford Richtung Hauptstadt lenkte, den ihm seine Schwester geliehen hatte. „Erklären Sie mir jetzt vielleicht, warum wir so überstürzt aufbrechen müssen?"

„Haben Sie sich die Bücher angesehen, die sie sich von ihrer Mutter gewünscht hat?"

„Allerdings. Alte Schinken."

„Klassiker", korrigierte Megan. „*Das Bildnis des Dorian*

Gray. Außerdem zwei Gedichtbände. Einer von Alfred Douglas und einen von Lord Byron."

„Ja, und?"

„Oscar Wilde und Alfred Douglas waren beide homosexuell. Es war mehr oder weniger offziell bekannt, dass sie ein Verhältnis miteinanderhatten. Auch wenn Douglas Wilde weit überlebte, nahmen beide in diesem Zusammenhang kein gutes Ende."

„Sie meinen, so wie Abigail selbst?"

„Ja, genau. – Und ich glaube weiter, dass sie diese Bücher nicht verlangt hat, weil sie sie lesen will."

„Sondern?"

„Sie will uns etwas sagen." Megan gestikulierte wild. „Um uns mitzuteilen, was auch immer sie weiß, ist sie zu traumatisiert. Sie … kann es einfach nicht. Doch ihre Gedanken sind klar. Sie sind eingesperrt in ihrem geschundenen Geist, aber sie sind so klar, wie ein Quellbach. Sie hat eine Nachricht für uns. Und das …" Sie zeigte auf die Bücher, die sie auf dem Schoß festhielt. „… ist der einzige Weg, um sie uns zukommen zu lassen."

Grant schwieg einen Moment und Megan rechnete schon mit seinen durchaus nicht unvernünftigen Zweifeln. Doch die kamen nicht.

„Und was ist mit Byron?", fragte er stattdessen. „Wie passt der zu den beiden anderen?"

„Keine Ahnung. Über den weiß ich nicht viel. Er ist allerdings schon viele Jahrzehnte gestorben, bevor die anderen beiden geboren wurden. Trotzdem … ich bin mir sicher."

„Und wenn Sie sich irren?"

„Dann erhält Abigail Bold die Bücher, die sie sich so sehnlich wünscht. – Wir vergeben uns doch nichts. Wir warten doch ohnehin die Untersuchung Ihres Jeeps ab, bevor wir mehr unternehmen können.“

„Ja, ich sage ja nichts. Ich bin lediglich diese Theoriefindung nicht gewöhnt.“ Er gab ein abwägendes Geräusch von sich. „Ich und vermutlich auch sonst niemand.“

„Das bedeutet nicht, dass sie nicht funktioniert.“

„Wir sind doch unterwegs, nicht wahr?“

Sie nickte zufrieden. Doch bevor sie dazu etwas sagen konnte, ging ihr Telefon.

„Ja, hallo?“

„Miss Fairchild.“

„Oh, Jason. – Und?“

„Sie haben ja wohl nicht eine Sekunde an mir gezweifelt.“

Sie lachte erleichtert. „Großartig. Vielen Dank.“

„In einer Stunde ist Ihr Gespräch angesetzt.“

„Du bist großartig.“

„Gut, dass Sie das endlich mal bemerken. Bis später!“

Als sie auflegte, warf sie Grant einen freudigen Blick zu. „Haben Sie gehört?“

„Ja, in einer Stunde. Das wird ganz schön knapp.“

„Dann soll die alte Mühle zeigen, was sie draufhat.“

Grants Mundwinkel zuckten, dann warf er ihr einen langen Blick zu. „Dieser Junge ist ganz schön hilfsbereit.“

„Eigentlich nicht. Aber bei mir versucht er offenbar wirklich, alles möglich zu machen.“

„Wie kommt das wohl?“, fragte er skeptisch, woraufhin Megan ein Achselzucken von sich gab und sagte:

„Ich zeige ihm ein paar neue Kniffe. Sie wissen schon: im Bett.“

Wie sich sein Kiefergelenk löste und die Kinnlade nach unten klappte, war ein unbezahlbarer Anblick, der Megan laut auflachen ließ.

„Das war doch nur ein Witz, Grant. Du meine Güte!"

Sofort riss er sich etwas am Riemen. Eigentlich wollte er sie grimmig anstarren, doch offenbar war ihr Lächeln einfach zu ansteckend. Er schüttelte den Kopf.

„So abwegig ist das ja nun auch wieder nicht. Immerhin ist er nur ein Jahr jünger als Sie. Nicht gerade ein dramatischer Altersunterschied."

„Jason ist auf den zweiten Blick sicher ein netter Junge, aber nicht gerade mein Typ."

„Tatsächlich?"

„Tatsächlich."

„Und für was für einen Typ Mann interessieren Sie sich?"

„Nun mir gefallen eher dunkelhaarige Typen. Sie wissen schon, kantige Wangen, ernste, volle Lippen, Dreitagebart, breite Schultern, humorvoll, leidenschaftliche Küsser, knackiger Arsch."

Er lachte. „Sie meinen also, so einen Typ wie mich."

Sie wich seinem Blick nicht aus. „Ja, ganz genau."

Eine Sekunde lang war er irritiert, fing sich jedoch, als Megan auf den Tacho zeigte. „Noch 55 Minuten, Grant."

Und er beschleunigte.

*

Megan hatte gehofft, dass sie der trostlose Anblick, den die graue Festung der Vollzugsanstalt bot, sie diesmal nicht ganz so treffen würde. Doch diese Hoffnung erfüllte sich nicht.

Das Gewicht der Hoffnungslosigkeit legte sich auf ihre Brust und nahm ihr den Atem.

Ihr Magen verkrampfte sich und sie war mit einem Mal erleichtert, dass sie noch nichts gegessen hatte.

„Ich weiß nicht, wie man gestrickt sein muss, um hier arbeiten zu können“, bemerkte Grant, während er neben Megan auf das große Tor zuging und ihr dabei ein wenig Kraft schenkte.

Sie sah zur Antwort mit einem zustimmenden Blick zu ihm empor und hielt an, als der Wachmann, den sie auch schon beim vorigen Mal getroffen hatte, vortrat.

Das Einschleusen ins Gefängnis verlief wie beim ersten Mal. Sie mussten ihre Taschen vor dem Detektor entleeren, sich ausweisen, unterschreiben und wurden dann wiederum zu einer der tristen Türen geführt, hinter denen noch tristere, kahle Räume lagen.

Megan versuchte sich für den Anblick von Abigail Bold zu rüsten, hoffte, dass sie in den paar Tagen wenigstens ein wenig Erholung gefunden hatte.

Doch als die Tür aufschwang, zerschlug sich ihre Hoffnung. Das Gegenteil war der Fall. Auch wenn die offensichtlichen Wunden im Gesicht bereits begannen sich zu schließen, sich die blauen Flecken gelb verfärbten und verblassten, so war doch kein Leben in diesen Augen, die nicht einmal zu ihnen emporblickten, als sie näherkamen.

„Hallo, Abigail“, sagte Megan leise, die sich nur zu gut an deren Reaktion erinnerte, als sie ihre Hand berührt hatte. Da sie nicht wirklich mit einer Antwort rechnete, setzte sie sich ihr gegenüber an den Tisch und wartete, bis Grant neben ihr Platz genommen hatte.

Dann stellte sie die Bücher auf die Tischplatte und beobachtete genau, ob sich etwas in Abigail Bolds Miene regte. Wenn überhaupt zuckte sie leicht zusammen.

Doch sie sah die Bücher nicht an.

Als Megan Grant einen kurzen Blick zuwarf, rollte er auffordernd mit den Augen. Übersetzt sollte das wohl heißen „Es ist Ihre Party!“ … oder so ähnlich.

Sie räusperte sich und verschränkte die Hände auf dem kahlen Tisch. „Abigail“, sagte sie leise, sich sehr wohl des grauenhaften Echos bewusst, das alles in diesem Raum Gesagte bis zur Unkenntlichkeit verzerrte und abkühlte, „ich weiß, warum Sie diese Bücher verlangt haben.“

Keine Reaktion.

„Ich kann mir kaum vorstellen, wie schrecklich die vergangenen Jahre für Sie gewesen sein müssen. Und wahrlich kann ich nicht ermessen, welchem Ausmaß an Grauen und Schrecken Sie ausgesetzt waren. An keinem Menschen könnte dies je spurlos vorbeigehen. Umso mehr verstehe ich, dass Sie über das Vergangene nicht sprechen können. Aber ich verstehe die Botschaft, die Sie mir zukommen ließen. Und ich werde es für mich behalten. Das mit Ihnen und Laura.“ Ein winziges Zucken in ihrem Blick bestärkte Megan darin, dass sie auf der richtigen Fährte war. „Ich weiß, dass Sie an diesem schrecklichen Abend mit ihr zusammen gefunden wurden. Und ich weiß, dass Sie nicht allein waren. Wenn Sie mir sagen, welches Buch ich Ihnen bringen muss, um zu verstehen, wer dort war, dann leisten Sie die allergrößte Hilfe, um denjenigen zu finden, der ihr und Ihnen dies angetan hat.“

Megan atmete tief ein, weil sie während ihres Redeschwalls, nicht dazu gekommen war, und beobachtete Abigail Bold, die zu Megans Enttäuschung nicht einmal ansatzweise auf ihre Worte reagierte.

Sie wollte sich gerade an Grant wenden, da bemerkte sie aus dem Augenwinkel, wie Abigails rechte Hand anfing zu zittern.

„Grant“, sagte sie leise, um die traumatisierte Frau nicht noch mehr zu verschrecken. „Geben Sie mir Block und Bleistift.“

„Sie könnte uns oder sich mit dem Stift schwer verletzen“, wandte er ein, was ihm nur ein kühles Augenbrauenzucken einbrachte.

„Ich dachte, Sie wären Polizist. Wenn Sie das nicht verhindern können, dann – nichts für ungut -, sind Sie -“

„Ja, ja. Schon gut.“ Er griff sich in die Innentasche seiner Jacke und zog einen kleinen Block heraus, an dessen Seite ein Miniaturbleistift klemmte.

„Süß“, kommentierte Megan ironisch, während Grant Abigail den Block hinschob.

Eine gefühlte Ewigkeit geschah nichts, aber dann griff sie nach dem Stift und hielt ihn mit noch immer zitternden Fingern über dem Papier fest.

Doch anstatt zu schreiben, warf sie den Stift Sekunden später weg und krallte beide Hände in ihr Haar.

Dabei fing sie an, mit geschlossenen Augen vor und zurück zu wippen und summte irgendein Lied. Megan begriff, dass sie alles tat, um ihrem Geist das zu ermöglichen, was ihr Körper nicht schaffen konnte: diesen schrecklichen Ort zu verlassen.

Es war ein erschütternder Anblick.

„Wir sind hier fertig“, bemerkte Grant und stand auf.

„Aber -“, protestierte Megan.

„Ich sagte“, beharrte der Inspektor und blickte sie mit ungewohnter Strenge an, „wir sind hier fertig. Kommen Sie schon, Miss Fairchild.“

Er griff nach ihrem Arm und zog sie auf die Beine. Obwohl Megan dieser forsche Umgang eigentlich nicht passte, musste sie zugeben, dass er Recht hatte.

„Ich wünschte, sie hätte uns irgendetwas sagen können“, bemerkte sie resigniert, als sie den Raum verlassen hatten.

Grant schob sie zielstrebig Richtung Ausgang, wo er zu ihrer absoluten Verblüffung feststellte: „Das hat sie.“

*

Als sie die bedrückende Gefängnisfestung endlich hinter sich gelassen hatten, stolperte Megan bei dem Versuch ihr Gesicht im Gehen unter Grants zu schieben, beinahe über die eigenen Füße.

„Was meinen Sie mit: *Das hat sie*? Sie hat weder etwas gesagt, noch hat sie etwas aufgeschrieben.“

„Aber sie hat gesummt, meine teure Miss Fairchild.“

„Ge … summt?“

„Das haben Sie ja wohl nicht überhört.“

„Nein, aber … nun, ich hätte nicht gedacht, dass es etwas bedeutet, mal von der Tatsache abgesehen, dass sie absolut am Ende ist.“

Grant schloss den Wagen auf und stieg mit einem triumphierenden Lächeln ein. Megan setzte sich ebenfalls und drehte sich mit einem genervten Schnauben zu ihm herum.

„Jetzt erzählen Sie schon!“

Doch zu ihrer ernsthaften Überraschung fing er nicht an zu reden, sondern zu singen.

Fassungslos starrte sie ihn an, während er den Wagen vom Gelände lenkte und sie mit einem beeindruckenden, vollen Bariton überraschte:

"What did I have, said the fine old woman
What did I have, this proud old woman did say
I had four green fields, each one was a jewel
But strangers came and tried to take them from me
I had fine strong sons, who fought to save my jewels
They fought and they died,
and that was my grief said she."

Als er geendet hatte, blickte er sie auffordernd an.

„Na?"

„Sie haben eine astreine Singstimme."

Er nickte. „Eines meiner zahllosen Talente."

„Trotzdem weiß ich jetzt immer noch nicht, was genau Sie oder Abigail mir sagen wollen."

„Also kennen Sie das Lied nicht?"

„Mein Wissen über schottisches Liedgut ist äußerst begrenzt."

„Es ist gar kein schottisches Lied. Es ist ein irisches."

Megan schnaubte. „Wenn Sie mir jetzt nicht gleich sagen, worauf es ankommt, dann vergesse ich mich!"

„Sie sind ziemlich unbeherrscht. Hat Ihnen das schon Mal jemand gesagt?"

„*Grant!*"

„Das Lied heißt *Four Green Fields*."

Megan stockte. „Ernsthaft?"

„Allerdings. – Und wenn wir bei Ihrer unkonventionellen Beweisfindung bleiben, dürfte das durchaus kein Zufall sein."

„Nein, auf gar keinen Fall. - Sie konnte nichts aufschreiben, aber so war es ihr dennoch möglich, sich uns mitzuteilen."

„Sich *mir* mitzuteilen“, korrigierte Grant.

„Und das konnte sie nur, weil *ich* ihren Wink mit den Büchern verstanden habe.“

„Einigen wir uns darauf, dass wir ein gutes Team sind“, schlug er vor, was Megan außerordentlich gut gefiel.

„Und was machen wir jetzt?“, fragte sie dann.

„Ich nehme mir unseren Mister Corbin Green einmal zur Brust.“

„Beim Verhör selbst darf ich vermutlich nicht dabei sein, oder?“

„Mehr noch“, verkündete Grant mit einem schiefen Lächeln. „Sie werden einen ganz besonderen Auftritt bekommen.“

*

Megan hatte ja keine Ahnung gehabt, dass es zwischen der Backstube und dem kleinen Raum, den Grant als Revier bezeichnete, einen falschen Spiegel gab. Doch als sie nun dahinter saß und vor der Glasscheibe wie eine Fünfjährige Grimassen schnitt, die Grant nicht sehen konnte, fand sie es fabelhaft. Eine Tüte Popcorn und ein Becher Coke und die Sache wäre perfekt gewesen.

Als es plötzlich an Grants Tür klopfte, hielt sie voller Aufregung die Luft an.

Die Show begann:

„Ja, bitte?“ Grant las mit gerunzelter Stirn in irgendwelchen Unterlagen, während Corbin Green gekleidet in einen maßgeschneiderten dunkelblauen Anzug hereinkam und ihn mit einem freundlichen Gesichtsausdruck begrüßte.

Einmal mehr wunderte sich Megan, denn es wirkte nicht

einmal ansatzweise geschauspielert.

„Sie wollten mich sehen, Inspektor?"

Nun legte Grant seine Unterlagen beiseite und sah auf. „Vielen Dank, dass Sie es einrichten konnten, Mister Green. – Nehmen Sie doch Platz."

Dank des Winkels, in dem der Tisch aufgestellt war, hatte sie fabelhaften Einblick in die Mimik beider Männer. Green öffnete den Knopf seines Jacketts, setzte sich und schlug die Beine übereinander.

„Worum geht es denn?"

„Es geht um Sean McGowan."

Green runzelte die Stirn. „Was ist denn mit Sean?"

„Er ist tot."

Corbin Greens Gesicht verlor so schlagartig die Farbe, dass es Megan nicht gewundert hätte, wenn er im nächsten Moment umgekippt wäre oder sich wahlweise übergeben hätte.

Er räusperte sich und begann ein Kopfschütteln, das er nicht zu Ende brachte.

„Er … er war gestern Abend noch bei uns", erklärte er. Seine zitternde Stimme verriet, wie sehr er um Beherrschung rang.

„Ich weiß, wir haben ihn gesehen."

„Dann … hatte er einen Unfall?"

„Nein."

„Nein? – Ich verstehe nicht."

Grant zog ein großformatiges Foto aus einem Ordner und legte es vor Corbin Green, der sich mit einem geschockten Geräusch abwandte. „Großer Gott."

Das Bild hatte Grant vorhin vom Pathologen gemailt bekommen. Es war McGowans bläuliches Gesicht auf einem Alutisch.

„Mister McGowan war Bluter. Wussten Sie das, Mister Green?“

Corbin Green wirke, als würde er mit aller Kraft ein Würgen unterdrücken. Der Schweiß war ihm ausgebrochen und sein Atem ging stoßweise, während er offenbar versuchte das Bild aus seinen Gedanken zu verdrängen.

„Ja, das wusste ich.“

„Wie lange schon.“

„Schon immer. Ich meine, … wir waren Freunde, seit die Schule angefangen hatte.“

Grant nahm das Bild wieder an sich und zog ein neues heraus. Es war sein komplett verformter Jeep, der überdies auf dem Dach lag.

„Das hier ist mein Wagen, Mister Green. Er hat Miss Fairchild und mich heute Morgen beinahe mit sich in den Tod gerissen, als seine Bremsen plötzlich versagten.“

Green starrte ihn an. Sein Blick schwankte irgendwo zwischen Unglaube und Feindseligkeit.

„Das wollen Sie doch nicht Sean anhängen.“

„Ich möchte es vielmehr Ihnen anhängen. Ihnen beiden.“

„Ich weiß wirklich nicht -“

Grant unterbrach ihn, indem er aufstand und auf seiner Seite des Schreibtischs auf und ab ging.

„Ich sage Ihnen jetzt, was passiert ist, Mister Green. Nachdem wir gestern auf dem Empfang waren, und Miss Fairchild in ihrem Leichtsinn dieses schreckliche Geschehnis rund um Laura Satin erwähnte, wurden Sie hellhörig. Sie haben begriffen, dass sie Ihnen womöglich auf den Fersen war.

„Auf den Fersen? Abigail hat Laura getötet. Sie wurde

dabei gesehen. Sie wurde verurteilt.“

„Ich glaube nicht, dass Miss Bold die Mörderin ist.“ Grant blieb stehen und blickte Green ernst an. „Ich glaube, Sie waren es.“

„*Was?*“

„Ich glaube, Sie haben Laura getötet und ihre Mitschüler bestochen, um ein Alibi zu haben. Und als Abigail verurteilt war, hatten Sie endlich Ihre Ruhe. Dieses arme Mädchen ist so restlos traumatisiert, dass es niemals die Wahrheit verraten könnte. – Aber dann taucht nach all den Jahren plötzlich Miss Fairchild auf und kommt Ihnen suspekt vor. Also beschäftigen Sie sich mit ihr. Sie bedrohen Sie!“

Plötzlich sauste Greens Faust auf den Schreibtisch und ließ die beiden Kaffeetassen darauf tanzen. „Ich habe Miss Fairchild niemals bedroht!“

„Und ob Sie das getan haben. – Aber Sie waren sich unsicher, ob das reichen würde, also haben Sie zu drastischeren Methoden gegriffen. Ihr guter, und überdies offenbar abgebrannter Freund Sean McGowan hatte Ihnen ja schon einmal aus der Patsche geholfen mit seinem Alibi. Und jetzt, wo Sie so offensichtlich finanziell noch besser aufgestellt sind, war es sicher nicht schwer, ihm eine Summe zu nennen, für die er alles getan hätte.“

Green stand auf. „Das muss ich mir nicht anhören.“

Grant war mit zwei Schritten bei ihm und packte ihn, schleuderte ihn rückwärts gegen die Wand, so dass seine Zähne klapperten. „Und ob Sie das müssen. In fünf Minuten können meinetwegen Ihre Anwälte hier aufschlagen. Aber bis dahin hören Sie sich die Wahrheit an. Sie haben ihn beauftragt, unseren Wagen zu manipulieren, damit wir darin draufgehen.

Und um sicherzugehen, dass er Sie nicht würde verraten können, haben Sie ihn auch noch umgebracht. Es war nicht schwer, ihm die passende Menge Rattengift zu verpassen. Ein unauffälliger Tod sollte es sein für einen armen Kerl mit einer Gerinnungsschwäche, der nie ein Freund, sondern nur ein Werkzeug für Sie war."

„Das ist Bullshit!", rief er, noch immer nicht dazu in der Lage sich aus Grants Griff zu befreien. „Sean war mein Freund. Mein *Freund*!"

Megan stand auf. Ihr Einsatz.

„Miss Fairchild hat mir erzählt, dass Sie sie mit Ihrem Fahrstil schier umgebracht und ihr gedroht hätten, Sie wüssten es zu verhindern, dass Sie mit dem Mord in Verbindung gebracht werden."

„Das ist eine Lüge!"

„Das ist es nicht!"

Corbins irrer Blick flirrte zu Megan herüber. „Sie lügen!", brüllte er. „Warum lügen Sie?"

„Es ist die reine Wahrheit. Sie haben mir gedroht. Und keine zehn Stunden später sterbe ich beinah in einem Wagen, der plötzlich keine Bremsen mehr hat. Ein eigenartiger Zufall. Finden Sie nicht?"

Green stieß einen wütenden Schrei aus, schlug seinen Kopf so heftig gegen Grants, dass sich sein Griff für einen Augenblick lockerte.

Das nutzte Green aus, um sich ihm zu entwinden und sich, wie ein Besessener auf Megan zu stürzten, die aufschrie und zur Tür fliehen wollte.

Als sie hart an den Haaren gepackt und ihr Kopf zurückgerissen wurde, taumelte sie, verlor das Gleichgewicht und fiel hintenüber, knallte mit der Seite auf die Schreibtischkante, so dass ihr für einen Augenblick die

Luft wegblieb.

Dann plötzlich war Green über ihr, die Augen schäumten vor irrer Wut, während er mit beiden Händen nach ihrer Kehle packte.

„Das ist alles deine Schuld!“, brüllte er und drückte zu.

Megan strampelte, versuchte ihn von sich zu stoßen, doch sein Griff war eisern. Sekundenlang, bis plötzlich Grant auftauchte und ihm etwas über den Schädel zog, das ihn schlagartig ins Land der Träume beförderte.

Wie eine Ertrinkende, der endlich der rettende Atemzug gewährt wurde, sog Megan die Luft in ihre Lungen und befühlte ihre brennende Kehle. Sie wollte sich aufrichten, doch ihre Knie gehorchten ihr nicht, so dass sie ohne Umwege auf den Boden rutschte und dort in sich zusammensank.

Sofort waren Grants Hände an ihren Schultern.

„Miss Fairchild?“ Er schob sein Gesicht unter ihres, um ihren schwankenden Blick zu fixieren. „Alles in Ordnung?“

Sie schluckte und versuchte das Zittern zu ignorieren, das ihren ganzen Körper erfasst hatte.

„Geht schon“, brachte sie knapp hervor.

Grant half ihr auf und setzte sie mit wachsamem Blick auf den Stuhl. „Nicht optimal mit einer Gehirnerschütterung“, stellte er fest. „Aber ich dachte nicht, dass er derartig ausflippt.“

„War nicht genau das das Ziel? Damit Sie etwas in der Hand haben und ihn vorerst festhalten können?“

„Schon“, räumte er ein und wischte sich über die Oberlippe. Erst jetzt bemerkte Megan das Rinnsal Blut, das aus einem seiner Nasenlöcher kam. „Aber es hätte meinetwegen ruhig etwas gesitteter ablaufen können.“

„Ausflippen verläuft selten gesittet, denke ich. – Und sicher glauben Sie mir nun auch, wie grauenhaft die Fahrt mit ihm war.“ Sie reichte ihm ein Taschentuch, das er dankend entgegennahm.

„Ja, kann ich mir in etwa vorstellen.“ Er lehnte sich gegen den Tisch und wischte sich das Blut aus dem Gesicht. „Aber wenigstens haben wir jetzt einen Grund ihn hierzubehalten. Zumindest bis der Richter eine Kaution festgesetzt hat. Das dürfte nicht vor morgen Nachmittag sein. – Und da er nicht nur Sie bedroht und angegriffen, sondern auch noch einen Polizisten geschlagen hat, wird die nicht gerade gering ausfallen.“

„Und wir haben noch bessere Gründe für all die Beschlüsse, die Sie anfordern wollen.“

„Ja, genau.“

„Und womit fangen wir an?“

Er zeigte auf den Boden, wo Green noch immer ohnmächtig lag. „Der junge Mann zieht erst einmal in die Ausnüchterungszelle um.“

*

Megan war überrascht, wie schnell die Informationen ankamen, die Grant angefordert hatte. Das erste waren die Schriftproben aller Mitschüler von Corbin Green. Während sie von einem Polizeigraphologen unter die Lupe genommen wurden, hatte man sie auch ins Revier gefaxt, wo Megan laien- aber gewissenhaft die Schriften mit dem Brief verglich und leider keine Ähnlichkeiten fand.

Gleichzeitig wurde die Quelle der 200.000 Pfund Überweisung geprüft, was allerdings bis morgen dauern konnte.

Grants Jeep war nachweislich von Sean McGowan

sabotiert worden, der praktisch auf dem ganzen Unterboden reichlich plump seine Fingerabdrücke hinterlassen hatte. Und die Obduktion hatte keine weiteren Auffälligkeiten ergeben, wenn man von den Antikoagulanzien absah, was chemische Blutgerinnungshemmer waren.

Trotzdem kam Megan die Sache unrund vor.

„Mir kommt die Sache irgendwie unrund vor", bemerkte sie.

Da Corbin Green den Kopf hob, während er sich noch immer den Nacken rieb, stand Grant auf und führte Megan hinaus in den Verkaufsraum, wo er sie nicht hören konnte.

„Wie meinen Sie das?"

„Er war so … - Ich weiß nicht, wie ich es besser beschreiben soll, aber dasselbe war mir am gestrigen Abend schon aufgefallen. Er wirkt nicht, als würde er schauspielern. Was seinen Charme und seine Galanterie von gestern angeht, gut, da mag ich mich täuschen. Aber heute, als Sie ihm gesagt haben, dass Sean McGowan tot ist, da wurde er weiß wie eine Wand. Seine Stimme zitterte, ihm brach der Schweiß aus."

„Das kann alles der Fall sein, weil er der Mörder ist und nervös wird."

„Ja, ich weiß, aber dennoch …"

„Er war ja schließlich Ihr Hauptverdächtiger."

„Ich weiß. Und das ist er immer noch, und doch … Ist Ihnen denn gar nichts in der Hinsicht aufgefallen?"

„Doch."

„Doch?"

„Ja, zumindest meine ich, dass er geweint hat."

„Geweint? Jetzt gerade?"

„Naja, ihm sind nicht die Tränen übers Gesicht gelaufen, aber die Augen wurden glasig und er hat hektisch geblinzelt, die Lippen fest aufeinandergepresst."

Grant zwinkerte. „Männerweinen eben."

„Männerweinen?"

Er nickte.

„Großer Gott." Sie rollte mit den Augen, dann fasste sie sich. „Also gut, das heißt, dass er entweder ein richtig schlechtes Gewissen hat, oder Angst, oder angewidert ist. Oder, dass er unschuldig ist."

„Es gibt noch eine dritte Möglichkeit", überlegte Grant laut.

„Welche?"

„Was ist, wenn er verrückt ist?"

„Verrückt?"

„Nun, es gibt da sicher wissenschaftlichere Formulierungen. Aber Sie haben selbst gesagt, wie unfassbar diese Verwandlung war. Und jetzt gerade eben war es doch dasselbe. Im einen Moment gefasst, im nächsten aufgelöst und im übernächsten völlig außer Kontrolle. Was hätte er wohl getan, wenn ich nicht dazwischen gegangen wäre? Meinen Sie, er hätte Ihren Hals irgendwann losgelassen und gesagt: *War nur Spaß, Miss Fairchild?*"

Megan schluckte und befühlte instinktiv ihre Kehle.

„Wohl kaum."

„Eben. Und das, obwohl er wusste, dass ich mit im Raum bin. Er hat sich völlig vergessen."

Sie trat einen Schritt zurück und schielte durch die halboffenstehende Tür, hinter der Green in der Zelle saß. Dann wandte sie sich wieder Grant zu. „Wenn dem so ist und er dies Verhalten vielleicht schon länger, vielleicht sogar schon sein ganzes Leben an den Tag legt, dann gibt es womöglich irgendwo eine Akte. Eine Krankenakte, meine ich."

„Es dürfte nicht gerade leicht sein, das herauszufinden. Familien wie die Greens können keine Zwischenfälle gebrauchen. Und wenn der Kerl da hinten wirklich in Behandlung war, dann wurde das ganz sicher über keine Krankenkasse abgerechnet. Wer weiß, ob er beim behandelnden Arzt überhaupt mit korrektem Namen geführt wurde."

„Könnte man nicht die Eltern befragen? Oder die Schwestern?"

„Glauben Sie ernsthaft, wir würden eine ehrliche Antwort bekommen?"

Megan zupfte an ihrer Unterlippe. Dann sah sie wieder zu Grant auf. „Sie als Polizist sicher nicht. Aber ich möglicherweise."

„Sie?"

„Immerhin hat er mich gestern …" Sie räusperte sich. „… ersteigert; hat 25.000 Pfund hingelegt und mit mir auf einem romantischen Balkon gegessen über mehrere Stunden. Wenn seine Eltern nicht mehr wissen als das, könnte ich mich Ihnen vielleicht als sorgenvolle Freundin in spe verkaufen. – Zumindest innerhalb der nächsten Stunden, bis diese ganze Sache genug Wind gemacht hat."

„Wenn er erst einmal seinen Anwalt angerufen hat, ist seine Familie jedenfalls gewarnt."

„Nicht zwingend. Vielleicht ist das genau das, was wir brauchen als Impuls."

„Als Impuls wofür?"

Megan zog Grant mit sich in die Backstube und setzte sich mit ihm auf eine schlichte Holzbank, die neben den Öfen stand.

„Versetzen Sie sich einmal in die Lage der Eltern. Sie wissen genau, wie labil ihr Sohn ist. Eine tickende Zeitbombe, vielleicht sogar ein Mörder. Wenn er im richtigen Moment das Falsche tut, ruiniert er nicht nur seinen Ruf und sein Leben, sondern beschädigt auch seine ganze Familie, das Geschäft. Nun, einfach alles. – Und nun stellen Sie sich vor, er ruft seinen Anwalt an, nachdem er einen Polizisten blutig geschlagen hat, und will aus dem Gefängnis herausgeholt werden. Die Eltern sorgen sich und glauben vielleicht der jungen Frau, die von ihrer Zuneigung berichtet und dem wunderbaren Abend, den sie mit ihrem Sohn verbracht hat. Vielleicht schenken sie ihr reinen Wein ein, in der Hoffnung, dass sie mit ihrer Zuneigung das erreicht, woran sie jahrelang gescheitert sind."

Grant runzelte die Stirn. „Das ist dünner als dünn", bemerkte er.

„Wenn Sie etwas Üppigeres vorzuschlagen haben, dann bin ich ganz Ohr."

Er schnaufte, schwieg einen Augenblick und hob dann beide Arme. „Also gut", sagte er. „Wir machen es so, wie Sie wollen. Wie übrigens immer."

„Wunderbar."

„Aber nur unter einer Bedingung."

„Welcher?"

„Ich verkable Sie. Wenn in diesem Marmorkasten irgendetwas passiert, was nicht passieren soll, dann will ich das mitbekommen und Sie rausholen können."

Megan gab ein Achselzucken von sich. „Dagegen kann ich nur schwer etwas einwenden."

„Gut. Dann lasse ich Mister Green jetzt seinen Anwalt anrufen."

VIII

Nach einem kurzen Abstecher in die Herberge, wo sie mit vollendeter Schauspielleistung alle Symptome einer Gehirnerschütterung gezeigt hatte, war Megan frisch geduscht und umgezogen.

Für das Vorsprechen bei Corbin Greens Eltern hatte sie ein konservatives Outfit gewählt. Grant hatte ihr einen neuen Jeep besorgt, offenbar ein Mietwagen, und als sie aus der Herberge zu ihm einstieg, wartete er auf dem Beifahrersitz bereits mit einem kleinen Mikro auf sie.

Nachdenklich musterte er Megans Bluse.

„Bin ich falsch angezogen?“

„Nein, nein. Ich überlege nur, wie ich Sie damit verkabeln soll. – Können Sie die Bluse ausziehen?“

Sie zog die Stirn kraus. „Reicht es, wenn ich sie oben und unten ein wenig aufknöpfe?“

„Das geht aber zulasten meines persönlichen Vergnügens.“

Unweigerlich musste sie lachen, zog sich die Bluse aus der grauen Stoffhose und knöpfte sie so auf, dass ihre Brust noch bedeckt war.

„Und jetzt?“

„Dieses Kabel darf nicht zu sehen sein“, erklärte er und hob das entsprechende Teil in die Höhe. „Es soll verlaufen zwischen dem Mikro und diesem kleinen Kästchen hier. Das Kästchen würde ich gerne in Ihrer Hose verstauen. In der Tasche vielleicht. Und das Mikro klemmen Sie am besten an den BH.“

Megan nahm das kleine Spionageteil zweifelnd entgegen.

„Es hat keinen Clip."

„Sie müssen es so festklemmen. Sie wissen schon …" Er gestikulierte hilflos. „Dazwischen."

Megan verstand und schob sich das Mikro zwischen den Körbchen unter das kleine Stück Elastikstoff.

„Gut so?"

Grant nickte und griff nach ihrem Hosenbund, was sie instinktiv mit einem Klaps auf die Finger quittierte. „Was machen Sie denn da?"

„Ich wollte nur den Sender verstecken."

„Wer was in meiner Hose versteckt, entscheide noch immer ich."

Mit zuckenden Mundwinkeln gab er ihr den Sender, den sie sich unter die Knopfleiste schob, wo es eine unansehnliche Ausbuchtung verursachte.

„Das heißt wohl, dass ich meine Bluse nicht in die Hose stecke."

„Dazu würde ich raten. – Und jetzt ein Soundcheck."

Er setzte sich einen kleinen Kopfhörer auf. „Sagen Sie etwas!"

„Was soll ich denn sagen?"

„Reicht schon. Gerät funktioniert. – Und jetzt bedecken Sie sich züchtig, dann laden Sie mich kurz bevor wir bei den Greens sind ab und fahren dort vor. Und dann bin ich auf Ihre Show gespannt."

Megan knöpfte sich seufzend die Bluse zu und startete den Wagen.

„Ich auch", murmelte sie dabei und fuhr los.

Bei Tageslicht wirkte der gigantische Kasten, den die Greens als Haus bezeichneten – der aber durchaus auch ein Kloster oder eine Luxuskaserne hätte sein können -, noch imposanter.

Es war regelrecht einschüchternd allein die Einfahrt hinaufzufahren mit nichts als einer dicken Lüge und dem Wunsch in der Höhle des Löwen einen Mörder zu entlarven. Das Mikro zwischen ihren Brüsten war dabei auch nicht wirklich hilfreich.

„Ich gehe davon aus, dass Sie kommen, wenn ich schreie“, sagte sie zu Grant, der irgendwo am anderen Ende des Grundstücks auf seinen hoffentlich nicht erforderlichen Einsatz wartete.

Als Megan im Schritttempo die Eichenallee, die zum Haus hinaufführte, hinter sich gelassen hatte, und nun auf ein gekiestes Rondell fuhr, in dessen Mitte eine gigantische Wand duftender Rosen thronte, kam ein junger Mann aus dem Haus. Er trug einen schwarzen Anzug und ein freundliches Lächeln. Megan hatte noch nie einen Butler gesehen, konnte sich aber gut vorstellen, dass dies einer war.

Sie versuchte ihren hämmernden Herzschlag zu ignorieren und wischte sich die feuchten Handflächen an den Hosenbeinen ab. Sie hatte nie viel fürs Schauspielern übriggehabt, aber wenn sie ihren Plan in die Tat umsetzen wollte, blieb ihr nun keine andere Wahl.

Als sie die Tür öffnete, kam der junge Mann näher.

„Wie kann ich Ihnen helfen, Miss …?“

„Fairchild. Megan Fairchild.“ Sie rieb die Hände aneinander, als wäre sie schüchtern und verschämt, was sie angesichts der Situation im Prinzip ja auch war. „Ich war gestern Abend auf dem Empfang und … nun …“ Sie lachte nervös. „Ich habe gestern mit Corbin gegessen.“

„Ja, ich erinnere mich an Sie, Miss Fairchild.“

„Tatsächlich?“ Die Erleichterung war nicht gespielt.

„Nun, ich habe mich gefragt, ob Corbins Eltern zu sprechen wären. Seine Mutter, vielleicht. Oder sein Vater? Im Prinzip ist es mir gleichgültig, aber es wäre mir sehr wichtig einen von beiden sprechen zu können."

„In welcher Angelegenheit, Miss Fairchild."

„Es geht um …" Sie schluckte, bevor sie mit ehrlicher Bestürzung aufsah, zumal sie die Würgemale an ihrem Hals noch immer spürte. „Es geht um Corbins Verhalten, wenn ich ehrlich bin."

Megan hatte damit gerechnet, sich erklären und lang und breit ausführen zu müssen, was genau sie damit meinte. Doch das war nicht der Fall. Der junge Mann im Anzug nickte und sagte:

„Bitte folgen Sie mir, Miss Fairchild."

Die Aufregung in ihr überschlug sich, und als sie die erste Stufe nahm, wurde ihr klar, dass der feige Teil ihrer Persönlichkeit es durchaus begrüßt hätte, wenn Corbins Eltern nicht zu sprechen gewesen wären.

Aber für derartige Überlegungen war es nun, da sie durch den breiten, marmorgefliesten Gang ging und dem gespenstischen Echo ihrer eigenen Schritte lauschte, wahrlich zu spät.

„Bitte warten Sie hier einen Augenblick."

„Natürlich." Sie verschränkte die Hände vor dem Schoß, um deren Zittern zu verbergen, während der junge Mann, an eine Tür am Ende des Ganges klopfte und nach wenigen Sekunden offenbar eingelassen wurde.

Kurz darauf kehrte er zurück und nickte Megan freundlich an.

„Die Herrschaften empfangen Sie gerne", erklärte er dabei.

Während Megan unnötigerweise überlegte, ob man nichtadelige Menschen auch als Herrschaften ansprechen musste, nur weil man für sie arbeitete, ging sie zu der offenstehenden Tür.

An einem ovalen Tisch mit protzigen Goldfüßen saßen Corbin Greens Eltern. Sie tranken Tee und hatten eine ganze Armee von Schüsselchen und Tabletts vor sich stehen, auf denen sich Törtchen, Shortbreads und andere undefinierbare Häppchen stapelten.

„Guten Tag", hob Megan leise an. „Es … es tut mir schrecklich leid, dass ich Sie störe. Wenn ich gewusst hätte, dass Sie gerade Ihren Tee zu sich nehmen …"

„Nicht doch, meine Liebe." Corbin Greens Mutter war eine Frau in den Fünfzigern mit strengen, durchaus attraktiven Gesichtszügen und akkurat aufgestecktem, blonden Haar. „Bitte setzen Sie sich zu uns. Trinken Sie eine Tasse."

Sie war freundlich und höflich, doch die Anspannung war ihr genauso sehr anzusehen, wie ihrem Mann. Ganz offenbar hatte Corbins Anwalt schon die schlechte Nachricht überbracht.

„Ich danke Ihnen sehr", antwortete sie, bewegte sich etwas steif, um ja ihr kleines Mikro nicht irgendwie zu verraten. „Ich war mir nicht sicher, ob es eine gute Idee sein würde, hierher zu kommen."

Corbins Mutter goss Megan Tee ein und zeigte auf die Tellerchen, offenbar der Hinweis, dass sie sich bedienen sollte.

„Nicht doch, meine Liebe. Ich habe Corbin und Sie gestern Abend gesehen. Er schien sehr von Ihnen angetan, wenn ich mir erlauben darf, das zu sagen."

Megan lächelte halb schüchtern, halb geschmeichelt.

„Nun“, gestand sie leise und zauberte wie per Knopfdruck eine leise Röte auf ihre Wangen. „Das beruhte durchaus auf Gegenseitigkeit.“

„Ein erfreulicher Umstand.“ Ein positiver Satz aus dem Mund von Corbins Vater, der allerdings nicht positiv klang.

Megan rieb die Hände ineinander. „Darf ich offen sprechen?“, fragte sie und übersah den kurzen Blick durchaus nicht, den Mr. und Mrs. Green wechselten.

„Natürlich, meine Liebe.“

„Nachdem ich mit Corbin einen wirklich schönen Abend verbracht hatte, hier beim Essen, hat er mich nach Hause bringen wollen und …“ Sie schüttelte den Kopf. „Er hat mich, uns beide dabei schier umgebracht.“

Corbins Mutter runzelte die Stirn, während sein Vater keine Miene verzog.

„Wie meinen Sie das?“

„Er ist plötzlich losgeschossen, hat an unfassbaren Stellen überholt, hat wider meine Bitte langsam zu fahren beschleunigt und wurde regelrecht … aggressiv dabei. Er hat mir Angst gemacht, Mrs. Green. Große Angst.“ Sie atmete zittrig ein und spürte tatsächlich, dass ihre Augen feucht wurden. Das war nicht geschauspielert, denn das Gefühl, das sie im Wagen gehabt hatte, war ungefilterte Todesangst gewesen. „Ich … ich würde Sie beide überhaupt nicht belästigen, und vielleicht ist es auch die völlig falsche Vorgehensweise, vielleicht mache ich jetzt alles kaputt zwischen uns, wer weiß … - Aber Sie müssen wissen, dass ich eine belastende Vergangenheit habe und deswegen fürchte erneut durchleben zu müssen, was ich bereits durchlebt habe.“

Corbins Mutter stellte ihr filigranes Teetässchen ab und blickte Megan fest an. „Was genau versuchen Sie mich zu fragen, Miss Fairchild?“

„Das weiß ich selbst nicht so genau.“ Sie lachte nervös, bevor sie wieder aufsah. „Was meinen Gedanken wohl am nächsten kommt, ist die Frage, ob es irgendetwas in Corbins Leben gibt, das ich wissen müsste. Etwas, das sein gestriges Verhalten womöglich erklärt?“

Gut, sie war ein bisschen verwinkelt gestellt, aber nichtsdestoweniger war dies die 1-Million-Pfund–Frage.

Mr. und Mrs. Green schwiegen für einen Augenblick, dachten beide unzweifelhaft an den Anruf von Corbins Anwalt, der von Gewaltanwendung gegen einen Polizeibeamten und der Ermittlung wegen Mordes erzählt hatte.

Dann griff Mrs. Green nach einem Shortbread und schüttelte mit einem leisen Lächeln den Kopf.

„Nein, meine Liebe“, sagte sie dabei. „Ich kann Sie beruhigen. Corbin ist der liebste Mensch, müssen Sie wissen. Ich bin mir sicher, wenn Sie sich erst mit ihm ausgesprochen haben, wird sich das schnell klären lassen.“

Megan nickte langsam und bekam gerade eine Lektion im *Lügen ohne rot zu werden* erteilt.

„Wissen Sie, wann er nach Hause kommt?“, fragte sie. „Ich hatte vorhin versucht ihn anzurufen, konnte ihn jedoch leider nicht erreichen.

„Er wird wohl erst morgen oder übermorgen zurück sein“, erklärte sein Vater.

„Tatsächlich?“

Er nickte. „Er ist auf Geschäftsreise.“

Was für eine schmeichelhafte Umschreibung für Untersuchungshaft. – Hoppla! Das hätte sie jetzt beinahe laut gesagt.

Sie lächelte wieder. „Ist ja nicht so schlimm. Er wird mich sicher erreichen, sobald er kann." Als sie aufstand, erhob sich auch Mr. Green.

„Es tut mir wirklich sehr leid, dass ich Sie belästigt habe", erklärte sie abschließend.

„Nicht doch." Ihre Mutter tätschelte zum Abschied ihre Hand, anstatt sie zu schütteln. „Ich freue mich schon sehr auf unser nächstes Wiedersehen. Sie müssen unbedingt mit uns und Corbin essen. Wir laden Sie herzlich ein."

„Vielen Dank." Megan machte einen Schritt zurück. „Ich danke Ihnen. Auf Wiedersehn."

„Auf Wiedersehn, Miss Fairchild."

Megan verließ den Raum im Rückwärtsgehen und atmete tief aus, als sie die Tür hinter sich schloss.

Sie hatte auf diese Weise zwar nicht erfahren können, ob und wo Corbin in Behandlung war, aber feststand, dass seine Eltern logen, wie gedruckt. Und ganz sicher nicht nur bei diesem Thema.

Sie hob den Blick, um sich in den weitläufigen Gängen zu orientieren und schlug dann den Weg ein, der sie ihrer Meinung nach zum Ausgang führte.

Einen kurzen Augenblick lang spielte sie mit dem Gedanken, sich noch einmal in Corbins Räumlichkeiten zu schleichen. Doch zweifellos waren sie abgeschlossen und ohne Grant als Panzerknacker hatte sie keine Chance dort hineinzugelangen.

„Entschuldigen Sie!"

Megan fuhr vor Schreck zusammen und war nur eine Millisekunde davon entfernt, laut aufzuschreien. Als sie herumschnellte, blickte sie geradewegs in ein schmales Frauengesicht, das ihr diffus bekannt vorkam. Es dauerte Sekunden, bis sie es eingeordnet hatte.

„Oh, hallo“, sagte sie mit noch immer flatterndem Herzschlag. „Sie sind Corbins Schwester, nicht wahr?“

Ihr Gegenüber nickte mit einem scheuen, aber offenen Lächeln. Sie hatte eine angenehme Art an sich. Ganz und gar anders, als ihre Eltern.

„Ich bin Sandra. Sandra Green.“

„Freut mich, Sandra. Ich bin -“

„Ich weiß, wer Sie sind.“ Sie grinste. „Ich habe Sie und Corbin gestern auf dem Balkon gesehen.“

„Oh.“ Megan senkte etwas verschämt den Kopf.

„Ich habe – unfreiwillig natürlich – Sie und meine verlogenen Eltern belauscht.“

Megan stutzte. Die Wendung der Ereignisse war mindestens genauso überraschend wie Sandras Wortwahl. „Ihre -“

„Verlogenen Eltern, ganz genau. – Kommen Sie!“

Mit fragendem Blick ließ Megan sich in einen Seitengang dirigieren, der durch eine deckenhohe Fensterfront Blick in den beeindruckenden Park bot.

Sandra war eine zierliche, kleine Person. Umso überraschender war die Kraft, mit der sie Megan neben sich auf eine Chaiselongue zog.

„Sie wundern sich sicher, warum ich meinen Eltern so in den Rücken falle.“

Megan verzog das Gesicht. „Nun“, meinte sie diplomatisch.

„Meine Eltern sind mir ganz gleich. Es geht mir nur um Corbin. Er ist mein Bruder und ich liebe ihn. Haben Sie Geschwister?“

„Glücklicherweise nicht.“

Sandra lachte kurz. „Geschwister sind eine ganz spezielle Sorte Menschen. Meistens gehen sie einem schrecklich auf den Wecker oder bringen einen zur Weißglut. Aber wenn irgendetwas nicht stimmt, ist man krank vor Sorge."

Als sie mit gerunzelter Stirn auf den Marmorboden starrte, räusperte sich Megan.

„Und Sie meinen, dass mit Corbin … etwas nicht stimmt?"

Sandra blickte auf. „Sie dürfen es nicht herumerzählen."

„Natürlich nicht."

„Corbin hat schreckliche … Wutanfälle. Teilweise geschieht es von hier auf gleich, dass seine blendende Laune kippt und er völlig die Kontrolle verliert."

Megan atmete tief ein. *Ja*, dachte sie, *das traf es ziemlich genau.*

„War es so bei Ihnen? Im Wagen, was Sie meinen Eltern erzählt haben?"

„Ja, genau so war es. Er hat gesagt …" Megan stockte und überlegte, ob sie Sandra diesen Brocken hinwerfen durfte. Zweifellos würde es interessant sein zu sehen, wie sie reagierte.

„Was hat er gesagt?"

„Ach, ich hatte auf dem Empfang so eine gedankenlose Bemerkung gemacht. Einer meiner Schüler stieß auf diesen schrecklichen Mord, der vor einigen Jahren hier geschah. Ein Mädchen, mit dem Corbin wohl kurz davor noch zusammen war."

Sandra nickte. „Laura."

„Genau. Und im Wagen hat er mich angebrüllt, dass er zu verhindern wüsste, dass ihn irgendwer verdächtigte. Das hat mir …"

„Angst gemacht?"

„Ja."

„Das glaube ich."

Sandra hob mit einem traurigen Lächeln den Blick. „Im Angstmachen ist Corbin ziemlich gut. Aber er hätte Ihnen nie etwas angetan."

Megan schwieg und erinnerte sich an die Szene im Polizeirevier.

„Sind Sie sicher?"

„Absolut. Ich weiß noch, dass Corbin damals mitverdächtig war. Aber er hatte Zeugen, die immer bei ihm waren. Und davon abgesehen würde er etwas so Schreckliches niemals fertigbringen."

„Sie meinen auch, dass es das Mädchen war, das verurteilt wurde?"

Sandra gab ein abwägendes Achselzucken von sich. „Ich bin mir nicht sicher. Zutrauen kann ich es ihr offen gestanden nicht. Sie war immer friedlich und freundlich. Ich kenne sie schon lange, weil ihre Mutter immer unsre Bügelwäsche gemacht hat. Bis vor sechs Jahren eben."

Das fand Megan sehr interessant. Sie wollte nicht zu sehr auf Laura Satins Todesumständen herumreiten, um ihre Tarnung nicht zu gefährden, aber dennoch …

„Hatten Sie jemanden in Verdacht?"

„Naja, ich war ja nicht dabei, von daher ist es schwer, die Umstände abzuschätzen. Aber ich weiß, dass Corbin damals sehr … lebensfroh war, wenn Sie verstehen."

„Sie meinen mit Frauen?"

Sie nickte. „Er hat nicht darüber gesprochen, aber ich weiß, dass er ein Verhältnis mit seiner Lehrerin hatte. Sie war sehr eifersüchtig."

Megan zog die Stirn kraus. Ein Mord aus Eifersucht auf Corbin Green: eine völlig neue Perspektive.

„Sie meinen, die Lehrerin hätte Laura aus Eifersucht getötet?"

„Nein, Gott bewahre. Sie war damals nur die Erste, die mir in den Sinn kam, bevor all die Polizeiermittlungen begannen." Sie winkte ab. „Es ist so lange her und war so schrecklich."

„Ja, natürlich", sagte Megan schnell. „Es tut mir leid, dass ich Sie nochmals damit belaste, wo Sie mir doch so helfen."

„Kein Problem. Und wegen Corbin kann ich Ihnen nur raten, sich einmal an Dr. Macintosh zu wenden."

Megan blickte sie schweigend an und versuchte sich die Begeisterung über die Tatsache, dass sie gerade den entscheidenden Hinweis zu Greens Geisteszustand bekam, nicht anmerken lassen. „In Inverness?"

„Nein in Fort William." Sie griff hinter sich, wo auf einem kleinen Beistelltisch ein Block mit goldenem Umschlag und ein ebenfalls goldener Kugelschreiber zu finden waren. Dann schrieb sie die Adresse auf und gab sie an Megan weiter. „Aber das haben Sie nicht von mir."

„Natürlich nicht. Ich … ich danke Ihnen, Sandra."

Corbins Schwester nickte. „Ich würde mich freuen, wenn er endlich jemanden gefunden hätte, der es ernst mit ihm meint. Sie sind aus London, nicht wahr?"

„Ja, ich bin Lehrerin."

„Ich auch." Sandra lächelte.

„Tatsächlich?"

„Ja, ich arbeite unten im Ort. In der kleinen Grundschule."

„Das ist sicher eine sehr schöne Arbeit." Megan würde bei ihrer nächsten Stelle auch am liebsten mit Kindern arbeiten, die noch kleiner waren als sie.

„Es ist wundervoll." Als plötzlich eine Tür ging, zuckte Sandra regelrecht zusammen. „Meine Eltern sind offenbar mit dem Tee fertig. Wenn Sie ihnen nicht noch einmal über den Weg laufen wollen, gehen Sie am besten am Ende des Ganges durch die Glastür. Dann kommen Sie durch den Park zurück."

„Vielen Dank."

„Bis bald."

Als Megan die Hand zur Verabschiedung hob, hatte sie ein schlechtes Gewissen, dass sie dem Mädchen so uns Gesicht log. Mit so einer Schwägerin konnte man es aushalten. – Nicht, dass sie jemals heiraten würde.

Nachdem sie die Glastür hinter sich geschlossen hatte und an den bodentiefen Fenstern durchs Gras vorbeigeschlichen war, kam endlich die gekieste Einfahrt in Sichtweite.

„Grant, ich bin jetzt gleich vor dem Haus und komme dann die Allee runter. Ich hoffe, Sie haben alles gehört. Am besten suchen wir diese Lehrerin und den Psychiater in Fort William, bevor Green nochmal befragt wird. Wer weiß, was dabei rauskommt."

Sie trat durch einen kleinen rosenüberwachsenen Durchgang aus dem Park heraus und wühlte in ihren Hosentaschen nach den Wagenschlüsseln.

„Ich bin gleich unten", sagte sie dabei in ihr Mikro. Dann schoss ein stechender Schmerz ihre Halswirbelsäule hinauf und alles war dunkel.

*

Megan wachte mit einem stechenden Kopfschmerz auf, der sich bei der geringsten Bewegung potenzierte und sich wie ein glühender Nagel in ihre Schläfe bohrte.

Es fühlte sich an wie der monströseste Kater aller

Zeiten, der eine unfassbare Portion Schwindel und Übelkeit mit sich brachte. Sie öffnete blinzelnd die Augen und erkannte das Lenkrad ihres gemieteten Jeeps.

Während sie versuchte die vergangenen Geschehnisse zu rekonstruieren, befühlte sie ihren schmerzenden Nacken. Vielleicht hatte sie einen grässlichen Rückfall erlitten, was ihre Gehirnerschütterung anging. Auch wenn es sich im Park angefühlt hatte, als wäre sie ausgeknockt worden.

Aber wenn sie im Garten umgekippt war, warum saß sie dann jetzt hinter dem Steuer ihres Wagens? Und warum sah sie statt des grauen Kieses der Green'schen Einfahrt plötzlich grüne Hügel und einige Felskanten in der Entfernung?

Vorsichtig setzte sie sich weiter auf und drehte den Kopf versuchsweise nach links, wo sich fast direkt neben ihr ein Felsmassiv in den Himmel erhob, in das nur ein kleiner Tunnel führte.

Mit einem Mal war sie schlagartig wach.

Der Grund dafür: Schienen!

Ihr Wagen parkte offenbar mitten auf den Schienen vor einem Eisenbahntunnel. Der Griff ans Zündschloss verlief ergebnislos. Der Schlüssel war weg. Ihr blieb keine Zeit sich über den Wagen zu ärgern, der offenbar nicht zu retten war. Sie musste sich selbst in Sicherheit bringen und versuchte die Tür aufzureißen, doch sie war verriegelt.

Panik wallte in ihr auf.

„Großer Gott“, hauchte sie, krabbelte mit Schwindel und einer Welle Übelkeit, die in ihr aufbrandete, auf den Beifahrersitz, doch auch diese Tür war nicht zu öffnen. Sie warf sich auf den Rücken, trat mit beiden Füßen gegen die Seitenscheibe, dann gegen die Frontscheibe, doch nichts tat sich. Bebend zog sie das Handschuhfach auf, doch auch dort war nichts, was sich als Waffe benutzen ließ.

Die Todesangst verstärkte ihren Schwindel, machte sie beinahe handlungsunfähig, als sich alles um sie nur noch drehte, verschwamm und waberte.

Sie torkelte zwischen den Sitzen hindurch auf die Rückbank, rüttelte ergebnislos an den Türen und kroch sogar noch in den Kofferraum, wo auch ihre letzte Hoffnung unerfüllt blieb, aus dieser Todesfalle zu entkommen.

Fieberhaft versuchte sie, einen klaren Gedanken zu fassen. Der Wagen stand unmittelbar vor einem Tunnel. Kein Lokführer, der dort hindurch kam, würde sie früh genug sehen, um noch rechtzeitig abzubremsen. Sie würde sterben. Wenn sie nicht innerhalb kürzester Zeit aus dem Wagen kam, würde sie verdammt nochmal draufgehen.

„Hilfe!“, schrie sie voller Verzweiflung, trommelte mit den Fäusten gegen die Scheibe, obwohl sie wusste, dass es nichts half. *„Hilfe!“*

Hoffnungslos und aufgelöst krabbelte sie zurück auf den Fahrersitz, wobei es plötzlich schepperte. Megan blickte an sich hinab, wo der Sender ihres Mikros heraushing und gegen die Handbremse geschlagen war. Atemlos griff sie nach dem Kästchen. Das Gehäuse hatte einen Riss, doch das grüne Lichtchen leuchtete noch. Fahrig nestelte sie an ihrer Bluse, riss an den Knöpfen und zog sich das Mikro an die Lippen.

„Grant? – Grant, hören Sie mich?“ Sie kletterte zurück auf den Fahrersitz und versuchte sich zu besinnen, denn das war ihre einzige Chance. „Ich hoffe wirklich inständig, dass Sie mich hören, denn …“ Sie sah sich um und versuchte ihren verschwommenen Blick zu schärfen. „Ich wurde niedergeschlagen, wie es aussieht. Ich sitze hier im

Wagen auf Eisenbahnschienen direkt vor einem Eisenbahntunnel. Und ich brauche Ihnen wohl nicht sagen, dass ich echt dringend herausgeholt werden muss." Sie atmete tief durch, als eine neue Welle der Übelkeit über sie hinwegschwappte. „Wenn ich mich übergeben muss, hören Sie gefälligst weg", hauchte sie kraftlos und versuchte sich von neuem zu fokussieren, weil sie das Gefühl hatte, dass sie jeden Augenblick ohnmächtig würde. „Hier sind … Hügel und einige Schafe." … *was vermutlich auf etwa fünfzig Quadratkilometer Highlands zutraf.* „Ich würde Ihnen gerne genauer beschreiben, wo ich bin, aber hier ist wirklich absolut nichts. Die einzige markante Sache ist dieser Tunnel. Das Gleis ist einspurig. Es gibt keine Weichen in Sichtweite und auch keine Ampel, keine Straße. Ich stehe praktisch mitten im Feld. Vor und hinter mir geht es die Böschung ein Stückweit hinauf. Nicht viel. Kein Zaun. Die Weiden sind nicht frisch gemäht."

Sie atmete zittrig ein und lehnte den Kopf für einen Augenblick gegen die Stütze. Instinktiv wusste sie, dass es sinnlos war, was sie tat und bestenfalls dazu führte, dass Grant ihren Tod hautnah miterleben würde.

Eine neue Schwindelattacke überrollte sie und nahm ihr beinahe das Bewusstsein. Ein plötzliches Rauschen ließ sie auffahren, mobilisierte all ihre Kräfte in einem letzten verzweifelten Aufbäumen.

Der Zug kam.

Irgendwo im Dunkel des Tunnels, dessen Länge sie weder kannte noch abschätzen konnte, näherte sich ihr ahnungsloser Henker.

In ihrem Kopf drehte sich alles. Panik kämpfte mit der Gleichgültigkeit der nähenden Ohnmacht. Sie wollte nicht sterben.

Verdammt nochmal, sie wollte wirklich leben.

Das Rauschen kam näher und näher. Sie hatte Angst hinauszusehen. Angst zu sterben. Am meisten Angst davor hatte sie, allein zu sterben.

Ein lauter Knall ließ sie zusammenfahren. Doch wider Erwarten wurde sie nicht mit dem fahrenden Zug davongerissen und im Wagen zerquetscht, sondern Glas splitterte. Jemand atmete laut, keuchte.

„Miss Fairchild? Megan!"

Sie öffnete die Augen, doch sie war fast blind. Ihr war speiübel. Obwohl sie versuchte sich aufzurichten, konnte sie kaum den Oberkörper anheben.

„Grant?", hauchte sie.

Anstelle einer Antwort wurde sie grob vom Sitz gerissen und ins Gras geschleudert. Das Rauschen wurde immer lauter, dröhnte in ihren Ohren, ließ ihren Kopf vibrieren und vertausendfachte den pochenden Schmerz hinter ihrer Stirn.

Als sie die Augen öffnete, blickte sie über jemandes Schulter, wurde fortgetragen von dem Jeep mit der zerschlagenen Seitenscheibe.

Dann plötzlich schoss ein Zug aus dem Tunnel und knallte in voller Fahrt gegen den Wagen, drückte die Fahrerseite komplett ein und riss das Autowrack mit sich.

Der Anblick fuhr Megan in alle Glieder. Auch Grant zuckte merklich zusammen, setzte sie vorsichtig ab und drehte sich herum. Dann ließ er sich wenig elegant neben ihr ins Gras fallen und holte sekundenlang keuchend Atem.

Megan wollte sich bedanken, irgendetwas halbwegs Geistreiches sagen, doch als sie den Mund öffnete, löste sich ein Schluchzen aus ihrer Kehle, das sie nicht unterdrücken konnte.

Sie presste sich die Hand vor den Mund, während der Anblick des Autowracks wieder hinter ihren geschlossenen Lidern aufblitzte; das aufgerissene Blech, die berstenden Scheiben, ihr Körper, der von Metall durchdrungen und bis zur Unkenntlichkeit verstümmelt wurde.

Plötzlich schlossen sich zwei kräftige Arme um sie. Eine tröstende Geste, für die sie dankbar war und die sie doch gleichzeitig noch mehr aufwühlte.

Grant zog sie an seine Brust, die sich noch immer in heftigen Atemzügen hob und senkte. „Das ist … der mit Abstand beste Grund für einen Weinkrampf, den ich mir so spontan vorstellen könnte."

Megan schluchzte noch lauter auf. „Das … sollte eigentlich ein … Lachen werden", schniefte sie und zog wenig damenhaft die Nase hoch. Als er sie losließ und prüfend musterte, deutete sie ein Kopfschütteln an. „Ich bin total fertig", hauchte sie.

„Kann ich mir vorstellen."

„Ich hatte solche Angst, dass ich … ohnmächtig werde. Mein Kopf tut schrecklich weh. Der Schwindel." Sie blickte ihn aus tränentrüben Augen an und war ihm ehrlich dankbar, dass ihm ihre verquollenen Augen und die geschwollene, vermutlich knallrote Nase gleichgültig waren.

„Ich hätte Sie nicht sterben lassen", stellte er nachdrücklich fest und schaffte es, ihr mit seinem dunklen, ernsten Blick Halt und Kraft zu geben. „Und insbesondere hätte ich Sie nicht *alleine* sterben lassen."

Sie stockte. „Habe ich das etwa laut gesagt?"

„Ich vermute ab einem gewissen Stadium der Todesangst, ist es unserem Bewusstsein scheißegal, ob wir etwas denken oder sagen."

Ja, das mochte gut möglich sein.

Megan wusste, dass sie sich am Riemen reißen und aufrichten sollte, aber sie ließ noch einmal den Kopf gegen Grants Brust sinken und atmete tief durch.

„Danke“, nuschelte sie gegen sein Hemd. „Sie haben mir das Leben gerettet. – Sowas Schönes hat noch nie jemand für mich getan.“

Ein leises Lachen vibrierte in seinem Brustkorb. Auch ihm war die Erleichterung deutlich anzumerken.

Dann allerdings sagte er etwas, was Megan auf gar keinen Fall hören wollte.

„Sie müssen ins Krankenhaus.“

„Ich bin unverletzt.“

„Sie haben mit einem Schädel-Hirn-Trauma offenbar einen Schlag in den Nacken bekommen. Ihnen ist schwindelig, schlecht und Sie sind orientierungslos. Erinnern Sie sich wenigstens diesmal an den Hergang der Ereignisse?“

„Nur allzu klar“, bemerkte sie und wünschte sich, dass es anders wäre. „Ich dachte wirklich, das war’s.“

Hatte sie das schon einmal gesagt? Egal, es war wahr genug, um doppelt ausgesprochen zu werden.

Sie zog die Stirn kraus und löste sich ein wenig von ihm. „Wie haben Sie mich denn gefunden? Ich meine …“ Sie warf einen Blick gegen den Himmel, wo allmählich die Sonne ihren Weg zum Horizont vollendete. „Wie spät ist es überhaupt?“

„Es ist kurz vor Acht. Und nachdem Sie mir angekündigt hatten, dass sie gleich am Wagen wären, dann aber nicht gekommen sind, bin ich unruhig geworden.“

„Aus gutem Grund.“

Er nickte.

„Also bin ich zum Haus, habe Sie erst unauffällig gesucht und dann … nun, um es kurz zu machen und Ihren malträtierten Gehirnwindungen nicht zu viel zuzumuten: Der ganze Haufen ist unter Hausarrest gestellt."

Megans Brauen schossen in die Höhe. „Hausarrest?"

„Hausarrest. Ich war so frei, Verstärkung aus Inverness anzufordern, als ich Sie nicht finden konnte. Ein halbes Dutzend Polizeibeamte hat das Anwesen der Greens auf den Kopf gestellt, um Sie zu finden." Er lachte freudlos. „Ich habe immer wieder in den Lautsprecher gequatscht, obwohl ich ja wusste, dass Sie mich nicht hören können. Total bescheuert."

Sie betrachtete ihn schweigend.

Fürsorge war verdammt sexy.

„Das weiß ich echt zu schätzen. – Ich gebe zu, ich war nach dem Knockout, und dann als ich kapiert hatte, in welcher Lage ich war, so durch den Wind, dass ich das Mikro total vergessen hatte."

„Ja, ich hab Sie auf einmal gehört. Erst war ich erleichtert, aber … nun, es war Ihnen ja anzuhören, dass Sie offenbar in ziemlichen Schwierigkeiten steckten, und bin sofort zum Wagen."

„Woher wussten Sie, dass ich nicht mehr auf dem Grundstück war."

„Es gab keine Hintergrundgeräusche. Wenn man die schnatternden Greens, ihre keifenden Anwälten und das Kläffen der pflichtbewussten Spürhunde bedenkt, gab es auf dem ganzen Anwesen wirklich keine einzige ruhige Ecke. Und für einen Keller gab es zu wenig Hall. Und dann waren Sie ja geistesgegenwärtig genug, die Umgebung zu beschreiben."

„Ich hätte nicht gedacht, dass die Beschreibung ausreicht."

„Es gibt glücklicherweise nur einen Eisenbahntunnel in der Gegend und auf der anderen Seite ist ein Bach. Also war es klar. – Sie hatten verdammtes Glück, dass wer auch immer Ihnen das angetan hat, keine Ahnung hatte, dass Sie verwanzt sind."

Ihr Blick verfinsterte sich. „Apropos", sagte sie dabei. „Ich halte es für einen komischen Zufall, dass ich keine zehn Minuten, nachdem ich die Greens auf Corbins Verhalten angesprochen habe, schon wieder beinahe umgebracht worden wäre."

„Nein, ich auch nicht. Vor allem nicht, nachdem Corbins Schwester Sandra Ihnen gesagt hat, was es mit ihm auf sich hat und dass ihre Eltern lügen wie gedruckt. Halten Sie sie für glaubhaft?"

„Ich glaube, sie meint es gut mit ihrem Bruder. Sie will das Beste für ihn und ist überzeugt, dass er sich ändern kann." Megan gab ein Achselzucken von sich. „Keine Ahnung, ich bin ein Einzelkind und verstehe davon nichts. Was ist mit Ihnen? Sie haben doch auch eine große Schwester."

„Die würde mir ordentlich den Marsch blasen, wenn ich mich so daneben benehmen würde. – Aber sie ist auch ein etwas anderer Typ als die zarte Sandra Green. – Kommen Sie." Er zog sie vorsichtig auf die Beine und ließ sie einige Sekunden stehen, um zu sehen, ob sie sich halten konnte.

„Am besten wir fahren sofort zu dieser Lehrerin, von der sie gesprochen hat, und dann zu dem Psychologen. Wenn wir all diese Informationen haben, hilft uns das sicher bei -"

„Momomomoment!" Grant hob beide Arme in die Luft.

„Wir machen heute gar nichts mehr, außer uns nach einem ordentlichen Abendessen aufs Ohr zu legen."

„Aber -"

„Und wenn Sie mir widersprechen, fahre ich Sie ins Krankenhaus! Und zwar postwendend!" Er bückte sich und hob eine Pistole auf, die Megan erst jetzt bemerkte.

„Ich dachte, Sie dürfen nicht bewaffnet sein."

Er steckte die Pistole in einen Holster, den er unter der Jacke trug. „Ich habe mich entschlossen die Vorschriften auszudehnen. Oder was meinen Sie, wie ich die verdammte Scheibe aufgekriegt habe? Hier gibt es weit und breit keinen losen Stein."

Als Megan sich umdrehte, war der Zug, der den Wagen erfasst hatte, in mehr als fünfhundert Metern Entfernung erst zum Stehen gekommen. Sie schluckte trocken.

„Das war schon der zweite Jeep, den es heute erwischt hat."

„Lieber den Jeep als uns. Kommen Sie! Sie brauchen etwas Ruhe. Immerhin wurden Sie in weniger als 24 Stunden beinahe drei Mal umgebracht.

Sie lächelte ironisch. „Hätte ich fast vergessen."

„Um ehrlich zu sein, lassen die meisten wirklichen Polizisten den Biss vermissen, mit dem Sie der ganzen Sache nachgehen. Aber wenn Sie sich jetzt nicht ein wenig ausruhen, kippen Sie um, und ich muss die ganze Sache alleine zu Ende bringen. – Das wollen Sie doch nicht, oder?"

„Auf gar keinen Fall."

„Na, sehen Sie. – Ich habe dafür gesorgt, dass die ganze liebenswerte Familie Green bis morgen Mittag auf ihrem Anwesen festsitzt. Die zweite Schwester in Glasgow, sowie die ehemalige Lehrerin von Corbin Green und seinen

Psychiater habe ich vorladen lassen für Morgen."

„Und was ist mit Green selbst?"

„Da er einen Polizisten tätlich angegriffen hat, wird er ebenfalls unter Hausarrest gestellt für die Dauer der Untersuchungen. – Wenn Sie sich also etwas ausgeruht, gegessen und geschlafen haben, sind morgen noch alle da und Sie können sich in bester Miss-Marple–Manier auf Ihre Verdächtigen stürzen."

Megan lächelte. Der Vergleich gefiel ihr außerordentlich. Während Grant sie vorsichtig die Böschung hinaufschob, warf sie einen Blick zum Zug, wo mittlerweile eine Polizeistreife aufgetaucht war und den Schaden aufnahm.

„Müssten wir dort nicht grade anhalten und Bescheid geben?"

Er winkte ab. „Ich rufe gleich vom Auto aus an."

Als Megan den Wagen erblickte, stemmte sie die Beine in den Boden, wie ein Hund, der bei Regen nicht vor die Tür wollte.

„Was ist denn?"

„Das ist ein Jeep."

„Ja, ich weiß."

Kopfschüttelnd blickte sie zu ihm auf. „Ich bin in letzter Zeit mit zwei Jeeps gefahren und in beiden bin ich schier gestorben. – Ich bin vorbelastet."

Grant runzelte die Stirn. „Das ist mein neuer Wagen", rechtfertigte er sich. „Dank Vollkasko und einer bemühten Autohändlerin wurde mir das gute Stück bis zum Anwesen der Greens geliefert. Es kommt sozusagen vom Autohaus direkt zu einem Ort mit einem halben Dutzend Polizisten. Ich denke nicht, dass irgendjemand daran herummanipuliert hatte."

Um ihr Zögern zu überbrücken, öffnete er die Beifahrertür. „Wenn Sie umkippen, kommen Sie ins Krankenhaus. Ohne Umweg. Sie gehen nicht über Los und Sie ziehen keine 2.000 Pfund ein."

Megan schnaubte. „Sie haben einen wirklich schrägen Sinn für Humor, wissen Sie das?"

„Hauptsache es funktioniert."

Nachdem sie sich auf den nagelneuen Sitz niedergelassen hatte, schloss er die Tür hinter ihr und setzte sich ans Steuer.

„Hat es Ihnen in meinem Gästebett gefallen?"

„Ganz ausgezeichnet."

„Obwohl ich nicht mit drin lag?"

Sie musste lachen, was unwillkürlich ein wenig Spannung aus ihrer engen Brust spülte.

„Ja, kaum vorstellbar, oder?"

Er grinste und startete den Wagen. Als er die Handbremse lösen wollte, griff sie nach seinen Fingern, so dass er sie unwillkürlich fragend anblickte.

„Danke, Grant. - Danke! Es ist ein viel zu simples Wort, aber ich habe eine Gehirnerschütterung und vielleicht formuliere ich es später nochmals besser. Aber: danke. Von Herzen."

Er legte kurz seine zweite Hand auf ihre und drückte sie. „Danken Sie mir lieber nicht."

„Warum nicht?"

„Sie haben mein *Rumbledethumps* noch nicht probiert!"

„Ihr *was*?"

„Eine schottische Spezialität. Warten Sie's ab!"

Als er nichts weiter sagte und nur stumm in sich hineinlächelte, schwante Megan Böses.

IX

„Es ist sehr großzügig, dass Sie mir Ihr Gästezimmer zur Verfügung stellen“, sagte Megan, nachdem sie schon eine Zeitlang schweigend dahingefahren waren.

Die Sonne hatte sich bereits auf den Horizont gelegt.

„Ich habe Sie gerne in meiner Nähe.“

„Weil jemand versucht, mein Leben vorzeitig zu beenden?“

„Unter anderem“, antwortete er zwinkernd. „Außerdem vermute ich, dass die Betten in der Herberge nur mäßig bequem sind.“

Megan schnaubte. „Die Pritsche in Ihrer kleinen Gefängniszelle ist komfortabler.“

Lachend bog Grant in seine Einfahrt ein und parkte den Wagen. „Sehen Sie? – Ist alles glatt gelaufen.“

„Ein Wunder.“

Vorsichtig krabbelte sie vom Beifahrersitz, um ihren mitgenommenen Kopf nicht zusätzlichen Strapazen auszusetzen.

„Wenn es Ihnen gut genug geht, dann rufen Sie am besten noch Jason an“, sagte Grant und schloss die Tür seines kleinen Cottages auf.

„Jason?“

Er nickte. „Er hat mich während des Tages mit Anrufen bombardiert, völlig außer sich vor Sorge. Und wenn ich ehrlich bin, ist die Verstärkung aus Inverness nur deswegen innerhalb von zwanzig Minuten da gewesen, weil er seinen Vater angerufen hat, der wiederum irgendjemand anderen angerufen hat.“

Megan war von Jasons Sorge genauso gerührt, wie es sie überforderte, jetzt das Erlebte am Telefon noch einmal platt zu treten.

„Können Sie ihm vielleicht kurz Bescheid geben, dass ich okay bin und ihn morgen zurückrufe? – Mir brummt ganz gehörig der Schädel.“

„Wird erledigt.“

„Vielen Dank. – Kann ich bei Ihnen duschen?“

„Nein.“

Sie blinzelte verdutzt. „Nein?“

„Nein. Mit dem Schwindel kippen Sie mir womöglich in der Dusche um und spalten sich den Schädel an der Armatur. Und all das, bevor Sie unseren Mörder überführen konnten.“

Das war allerdings ein Argument. Sie ließ sich vorsichtig auf einen von Grants Küchenstühlen nieder, während er seine Jacke auszog, eine Kurzmitteilung an Jason tippte und dann eine Flasche Wein aus dem Kühlschrank holte.

„In dem Fall würde ich auf eine Katzenwäsche und Ihr Pyjamaoberteil zurückgreifen, falls das noch verfügbar ist.“

„Es hat nur auf Sie gewartet“, erklärte er mit einem Lächeln und hielt ihr ein Glas Weißwein hin. „Aber nicht zu viel. Sonst kippen Sie mir wirklich noch um.“

„Lassen Sie uns anstoßen!“ Sie hob ihm das Glas entgegen. „Auf das Leben. Und auf das Überleben. – Und auf meinen Retter.“

Er stieß sein Glas leicht gegen da ihre und brachte beide zum Klingen. Dann tranken sie einen Augenblick lang schweigend.

Der Schreck und die Angst bebten noch immer in Megans Körper, aber die Ruhe kehrte allmählich zurück, und das erlösende Gefühl in Sicherheit zu sein.

„Machen Sie zufällig Extremsport?"

Die Frage kam für Megan so überraschend, als wenn er plötzlich eine Elvis-Interpretation hingelegt hätte.

„Was?"

„Extremsport. Sie wissen schon: Skydiving, Klippenspringen oder etwas in der Art."

„Nein. – Wie kommen Sie darauf?"

„Weil Sie diese ganze Geschichte erstaunlich gut wegstecken. So gut, wie es eigentlich nur Menschen tun, die ihr Leben routinemäßig in Gefahr bringen."

Sie lachte freudlos. „Danke für das Kompliment, aber … ich fühle mich nicht gerade, als würde ich das gut wegstecken."

„Tun Sie aber. Vertrauen Sie mir. Und weil Sie so außergewöhnlich mutig sind, werden Sie sicher auch mein *Rumbledethumps* kosten."

Sie zog die Stirn kraus. „Werde ich?"

„Sie werden. Und Sie werden es lieben!"

„Und warum muss man dann so mutig sein, um es zu essen, wenn es ach so köstlich ist?"

„Weil es etwas fragwürdig aussieht." Er zog Alufolie von einer Schüssel und Megan machte den Fehler hineinzusehen.

Sie verzog das Gesicht. „Ach herrje."

Unbeeindruckt von ihrer angewiderten Miene, zog Grant die Mikrowellentür auf und verstaute die Schüssel darin.

Während sie dem Essen beim Kreiseln zusah, hoffte Megan inständig, dass es besser schmeckte, als es aussah. Sie hatte wirklich Hunger und war deswegen bereit das unaussprechliche Wagnis einzugehen.

Plötzlich klingelte es an der Tür.

Die beiden wechselten einen fragenden Blick und Grant

verließ mit einem Achselzucken die Küche.

Megan schielte ihm hinterher, und als er zurückkam, war sein Gesicht halb amüsiert, halb genervt.

„Krankenbesuch", verkündete er, als just hinter ihm Jason im Türrahmen erschien. Er musste sich ein kleinwenig ducken.

„Miss Fairchild!" Es klang beinahe tadelnd.

„Jason, wie schön -"

„Sind Sie denn völlig verrückt geworden?"

„Äh…"

„Als wir diese Scheißflaschenpost gefunden haben, hatte ich keine Ahnung, dass Sie sich dafür umbringen lassen wollten."

„Aber -"

„Ich gehe mir grade mal die Hände waschen", erklärte Grant mit einem Zwinkern und verließ das sinkende Schiff.

Jason setzte sich neben sie. Er wirkte im Augenblick so gar nicht wie einer ihrer Schüler.

„Ich weiß genau, was hier vor sich geht. Erst diese Großrazzia bei diesen Greens und dann wird heute Abend plötzlich ein Wagen vom Zug erfasst, irgendwo am Arsch der Welt, wo es keine Straßen gibt."

Megan schaltete auf Verteidigungsmodus. „Ich habe mich ganz sicher nicht absichtlich beinahe umbringen lassen."

„Wenn Sie diese Sache so vertiefen, dass Sie immer wieder in solche Gefahr geraten, dann tun Sie das sehr wohl. Und wenn ich Ihnen bei den Recherchen helfe, mache ich mich mitschuldig. – Haben Sie mal überlegt, wie es für mich wäre, wenn Sie draufgehen und ich habe mit meinen Terminarrangements noch den Henker bestellt?

Das ist ganz sicher das Allerletzte, was ich will, Miss Fairchild!“

Sie schwieg für einen Moment. Jason hatte nicht ganz Unrecht. Genau genommen hatte er sogar Recht.

„Daran habe ich weder gedacht, noch war es meine Absicht, Jason. Aber ich kann dir versichern, dass es ganz sicher niemals deine Schuld wäre, wenn mir irgendetwas geschieht.“

„Bullshit!“ Er war richtig sauer. „Ich will das so nicht. Ich wollte Ihnen helfen, ich will Sie nicht umbringen. Und wenn diese schottische Witzfigur Sie nicht ordentlich beschützen kann, dann besorge ich Ihnen für die letzten beiden Tage aus dem Sicherheitsteam meines Vaters jemanden, der es kann.“

Ein Räuspern an der Küchentür ließ die beiden sich umsehen. Megan rechnete damit, dass Grant sich wenig begeistert zeigen würde von Jasons uncharmanter Beschreibung, doch er grüßte ihn gelassen und ging an die Küchenzeile, wo die Mikrowelle in den Endspurt ging.

„Nichts für ungut“, erklärte Jason knapp.

Grant nickte. „Bis auf die Sache mit der Witzfigur hat Jason Recht“, befand er. „Diese ganze Sache hat als Detektivspiel begonnen und jetzt will jemand unbedingt Ihr Grabgesteck bestellen. Es ist zu gefährlich.“

Megan blinzelte ungläubig, stieß ein etwas hysterisches Lachen aus.

„Diese lächerliche und völlig unnötige Anwandlung von männlicher Solidarität wird mich ganz sicher nicht davon abhalten, denjenigen zu finden, der Laura umgebracht hat und mich umbringen wollte.“

„Bei allem Respekt, Miss Fairchild, das zu entscheiden liegt nicht in Ihrer Hand.“

Grants Blick blieb ungerührt, selbst als ihre Lider sich grimmig zusammenzogen.

„Wenn ich Sie nicht mit der Nase darauf gestoßen hätte, würden Sie jetzt noch in Ihrer Stube sitzen und Brötchen aufbacken."

„Das stimmt. Und deswegen gestehe ich Ihnen auch all die Freiheiten zu. Aber wenn es Sie Ihr Leben kostet, ist es die Sache ja wohl nicht wert."

Megan schwante, dass dieses Gespräch drohte, in die völlig falsche Richtung zu laufen. Es galt den Schaden zu begrenzen.

„Ich will ja gar nicht abstreiten, dass ich mir die Sache auch ein wenig ungefährlicher vorgestellt hatte", räumte sie ein, um den Herren den Wind ein wenig aus den Segeln zu nehmen. „Aber morgen ist der Tag, auf den wir gewartet haben. Alle Verdächtigen werden verfügbar sein und ich möchte mir diese Gelegenheit auf gar keinen Fall entgehen lassen. – Immerhin wird die Person dabei sein, der ich dieses Schädel-Hirn-Trauma zu verdanken habe."

Als Jasons Unterkiefer herunterklappte, hob sie beschwichtigend die Arme. „Ist gar nicht so schlimm", erklärte sie mit einem unglaubwürdigen Lächeln. Dann wandte sie sich wieder Grant zu.

„Geben Sie mir noch den einen Tag und wenn wir dann nichts erreichen, dann gebe ich auf und fahre am Sonntag mit Jason und den anderen zurück nach London und werde mich nicht mehr in die Arbeit der Polizei einmischen." Als Grant schwieg, blickte sie Jason an. „Das ist doch ein guter Kompromiss, oder? Und es sind lauter Polizisten da, was soll da schon passieren?"

Megan blickte zwischen den beiden Männern hin und her und setzte ihr gewinnbringendes Lächeln auf. Sie wusste, dass sie nicht auf die Mitarbeit bei der Ermittlung bestehen konnte. Sie war ja im Augenblick noch nicht einmal in der Lage klar zu sehen mit ihrem verdammten Brummschädel.

„Okay?“, setzte sie nach.

Die Männer wechselten noch einen Blick, der Megan ärgerte. Doch sie schwieg, um ihr Ziel durchzusetzen.

Als Jason laut ausatmete, wusste sie, dass sie gewonnen hatte. Grant und er schienen sich einig zu sein.

„Möchten Sie zum Essen bleiben, Jason?“, fragte er und zog die dampfende Schüssel aus der Mikrowelle.

„Was gibt es denn?“

Megan warf ihm einen warnenden Blick zu, doch der war gar nicht nötig. Als Jason den Inhalt der Schüssel erblickte, lächelte er etwas angespannt.

„Es riecht wirklich ausgezeichnet“, erklärte er diplomatisch, „aber ich habe keinen Hunger. Und außerdem wartet Douglas draußen mit dem Bus.“ Er stand auf und warf Megan einen besorgten Blick zu. „Sie halten Wort, Miss Fairchild!“

„Ich verspreche es, Jason.“

„Und Sie passen auf sie auf, ja?“

Grant griff sich an den Gürtel, zog seine Waffe und legte sie auf den Küchentresen.

Jason nickte. „Gefällt mir“, sagte er knapp und trat ein Stück zurück. „Ich finde selbst raus.“

Nachdem er die schlichte Holztür des Cottages hinter sich geschlossen hatte, holte Grant zwei Teller und stellte sie auf den Tisch.

Megan wollte ihre Hilfe anbieten, doch sie fühlte sich irgendwie zu schwach zu allem.

„Sie müssen es ihm sagen, wenn Sie sich nicht für ihn interessieren."

Grants Worte schreckten sie regelrecht auf. „Was?"

Er zeigte gegen die Wand. „Der Junge ist bis über beide Ohren in Sie verliebt. Oder warum denken Sie, tut er das alles und setzt Himmel und Hölle in Bewegung, um Ihnen zu helfen und Sie zu retten?"

Megan schwieg betreten.

„Hören Sie auf!" Grant stieß ein ungläubiges Lachen aus. „Sagen Sie nicht, Sie hätten es nicht bemerkt. – Nichts für ungut, aber wenn Ihnen das entgangen ist, dann ist diese weibliche Intuition, von der alle sprechen, bestenfalls ein Witz."

Er schichtete sein fragwürdiges Gericht auf die Teller und zu Megans Überraschung roch es großartig. Wie ein Gemüseeintopf.

„Das ist doch – wenn überhaupt! – nur eine kleine Schwärmerei."

Grant schüttelte den Kopf. „Belügen Sie sich ruhig selbst. Ich würde Ihnen ja eine kleine Einführung in die männliche Psyche geben, aber Sie sind leider zu angeschlagen, um deren Komplexität zu begreifen." Er legte ihr eine Gabel hin und setzte sich. Dann zeigte er auf ihren Teller. „Wenn Sie nicht zu genau hinsehen, schmeckt es einfach herrlich."

Megan erwiderte sein Lächeln, griff nach ihrer Gabel und befolgte seinen Rat.

*

Eine Stunde später saßen sie auf Grants Couch und tranken das dritte Glas Wein. Erst hatte Megan gedacht, dass er einfach einen ruhigen Abend mit ihr verbringen wollte, doch als sich ihr emotionaler und körperlicher Zustand allmählich normalisierte, begriff sie, dass vielmehr Letzteres seine Absicht gewesen war.

„Glauben Sie ja nicht, dass ich Sie nicht durchschaut hätte."

Er zog überrascht die Brauen in die Stirn. „Sie meinen, dass ich Sie betrunken machen will, um Sie ins Bett zu kriegen?"

„Ich meine, dass Sie mir nicht ständig unter die Nase reiben, dass ich naiv viel zu viel riskiert habe und mir stattdessen Gelegenheit geben, mich zu erholen."

Seine Mundwinkel zucken und Megan legte nachdenklich den Kopf schräg. „Danke. Wirklich."

„Kein Problem."

Sie trank noch einen Schluck Wein und musste sich ins Gedächtnis rufen, nicht zu übertreiben. Schließlich war ihr auch ohne Alkohol schon schwindelig genug.

„Was denken Sie, welcher der Greens -"

Als er die Hand hob, hielt sie inne. „Was?"

„Wir sprechen heute nicht mehr über den Fall."

„Tun wir nicht?"

„Nein. Keine beruflichen Gespräche. Nennt sich Erholung. Abschalten. Sie wissen schon …"

„Okay. Und worüber reden wir stattdessen?"

„Ist mir egal. Hauptsache nicht über meine Exfrau."

Megan nickte. „Was ist denn mit Ihrer Exfrau?"

Grant lachte und griff nach der Fernbedienung. „Wir brauchen uns auch überhaupt nicht zu unterhalten", befand er und schaltete den Fernseher ein. Seine frühere Frau schien wirklich ein rotes Tuch zu sein.

Megan lehnte sich seufzend zurück. Berieselung durch hirnloses Fernsehprogramm war in ihrem Zustand gar nicht mal verkehrt.

„Wow!“ Der Fernseher, der plötzlich zum Leben erwachte, war so groß wie ein Autobahnschild. „Was ist das denn für ein Monstrum?“

„Ein Prachtstück, nicht wahr?“ Er lächelte stolz. „Mögen Sie Sport?“

Sie zog die Brauen hoch. „Ich bin Sportlehrerin.“

„Ach ja, richtig. Nun …“ Er zappte zielstrebig durch die Programme. Als er offenbar gefunden hatte, was er suchte, stand ein korpulenter Mann mit glänzendem Hemd auf einer Bühne vor einer grölenden, teilweise verkleideten Publikumsmenge.

„Sprachen wir nicht gerade noch von Sport?“

„Das ist Sport. Darts.“

„Das ist doch kein Sport! Sehen Sie sich die Kerle an. Die würden nach einem Zehnmetersprint zusammenbrechen.“

„Was sind Sie intolerant. Das ist sehr unterhaltsam! – Oh, sehen Sie? Er hat eine 180 geworfen!“

Megan rollte mit den Augen, verschränkte die Arme und nickte innerhalb kürzester Zeit ein.

*

„Okay“, sagte Megan und schluckte ihr Rührei. „Heute darf ich doch über den Fall reden, nicht wahr?“

„Ich bitte darum.“

„Wie läuft das jetzt ab? Fahren wir zu den Greens und verhören alle? Fahren wir ins Gefängnis? Oder zu dem Arzt und der Lehrerin?“

„Zuerst sind die Greens an der Reihe. Corbin wurde heute Morgen in Hausarrest überstellt und ich will die Chance nutzen ihn sofort zu verhören.“

Megan zog die Stirn kraus. „Heute Morgen? Wie spät ist es denn, um alles in der Welt?“

„Kurz nach halb Zehn.“

„Was? Warum haben Sie mich nicht geweckt?“

„Sie haben so friedlich geschlafen. Sah richtig süß aus. – Wussten Sie, dass Sie im Schlaf sabbern? Nicht viel! Nur ein bisschen!“

Megan kniff wutschnaubend die Augen zusammen. „Ist es eine Ordnungswidrigkeit, wenn ich Sie hier beschimpfe?“

„Ich fürchte, ja. Der Ort spielt keine Rolle. Und da ich seit sieben Uhr im Dienst bin … - Hier.“ Er schob ihr eine Tasse Kaffee hin. „Macht müde Megans munter!“

Sie rollte mit den Augen „Großer Gott, wie kann man nach dem Aufstehen nur so schrecklich energiegeladen sein?“

„Mein Aufstehen hat etwas früher stattgefunden als das Ihre. Im Übrigen halte ich Sie für körperlich stabil genug, um zu duschen, falls Sie daran noch Interesse haben."

„Großes sogar.“

„Gut. Dann würde ich vorschlagen: Frühstück, Duschen, Losfahren, Mörder schnappen. In der Reihenfolge.“

Eigentlich wollte Megan mürrisch sein, doch seine Art war einfach zu ansteckend. Lächelnd rührte sie in ihrem Kaffee und nickte.

Die Dusche sorgte dafür, dass sie sich sichtlich erholt fühlte. Die Kopfschmerzen waren weg, der Schwindel hielt sich im Rahmen und ihre Knie wirkten voll funktionstüchtig.

Megan war aufgeregt und fragte sich, was sie im Haus der Greens gleich erwarten würde. Gestern war sie als naives, freundliches Mädchen dort aufgetaucht.

Heute würde sie die Greens besuchen mit dem unumstößlichen Wissen, dass einer von ihnen versucht hatte, sie umzubringen. Zumindest fiel ihr keine andere Möglichkeit ein.

Als sie zu Grant in den Wagen stieg, war ihre erste Frage: „Funktionieren die Bremsen?"

„Sehr witzig. – Wobei ich zugebe, dass ich recht gemütlich den Berg hinabfahren werde. Und ansonsten: Sind Sie bereit?"

„Allerdings."

„Gut." Er lenkte den Wagen aus der Einfahrt. „Die Vorgehensweise ist folgende: Wenn wir dort eintreffen, ist das Anwesen von meinen lieben Kollegen bewacht. Die Greens werden höchst aufgebracht, um nicht zu sagen stinksauer sein, was zum einen daran liegt, dass sie bewacht werden und den Fuß nicht vor die Tür setzen können und zum anderen daran …"

„… dass ich noch lebe?"

Grant gab ein entschuldigendes Achselzucken von sich. „Ich fürchte."

„Okay. Und womit fangen wir dann an?"

„Wir befragen die Beteiligten der Reihe nach und fangen mit Corbin an. Wir trennen die Familie. Jeder kommt in einen eigenen Raum."

„Wir?" Megan grinste. „Also darf ich dabei sein?"

„Ich bitte darum. Das wird sie nervös machen." Grant lächelte verschwörerisch. „Sie werden mir sagen, dass Sie nichts mit dem Verhör zu tun hätten und gehen sollen. Ich werde aber auf Ihre Anwesenheit bestehen. Das wird die Greens zusätzlich nervös machen, weil sie denken, dass Sie etwas wissen, dass sie mit Sicherheit überführt. Und während ich spreche, beobachten Sie ganz genau die Reaktionen."

„Das ist alles?"

„Jein. Wir werden die Greens zumindest mit einigen Dingen konfrontieren, von denen sie nicht denken, dass wir sie wissen."

„Die Lehrerin. Die psychiatrische Behandlung von Corbin."

„Genau. Und dann schätzen wir die Reaktion ab. Wenn wir Glück haben, können wir einen Durchbruch provozieren."

„Und wenn wir kein Glück haben?"

„Dann sammeln wir alle Hinweise und Aussagen und übergeben sie dem Richter, damit der Staatsanwalt Anklage erhebt beziehungsweise Corbins Vorverhandlung ansetzt."

Megan runzelte die Stirn. „Mit anderen Worten, wenn ich mitbekommen möchte, wie Laura Satins Mörder überführt wird, bevor ich nach London zurückfahre, dann sollten wir tunlichst die erste Option realisieren."

„Wäre gut. Auch wenn die Chancen bei so etwas nie gut stehen. Ich bin nicht Hercule Poirot und Sie sind nicht Miss Marple. In der Realität funktioniert es meistens nicht, wenn man alle Verdächtigen in einem Raum versammelt und dann so lange verhört, bis der Schuldige zusammenbricht."

Megan schnaufte. „Schade eigentlich."

Grant tätschelte ihre Hand. „Kopf hoch, wir sind vielleicht nicht Poirot und Marple, wir sind dafür aber

Fairchild und Grant. – Und wer will behaupten, dass die weniger erfolgreich sind?"

Unweigerlich musste sie lächeln und fühlte sich für das, was ihnen bevorstand, motiviert und gestärkt.

Zumindest, bis sie bei den Greens vorfuhren.

„Heilige Scheiße", war ihr fachmännischer Kommentar. „Wie viele Polizisten sind denn hier?"

„Genug. Das ist immerhin ein großes Gelände, auf dem man leicht verloren gehen kann."

„Allerdings", bestätigte Megan.

Die beiden stiegen aus. Sofort kam ihnen ein uniformierter Polizist entgegen, der Megan mit einem freundlichen Nicken grüßte und sich dann Grant anschloss, der ohne stehenzubleiben auf die Eingangstreppe zusteuerte.

Megan beobachtete fasziniert, wie sich seine Haltung, seine Miene, seine ganze Art änderten, als er auf den Kollegen traf. Von dem netten Kerl, der ihr sein Pyjamaoberteil lieh, war nicht mehr viel zu sehen. Er wirkte professionell und zu allem entschlossen.

„Setzen Sie mich ins Bild, Constable", verlangte er und führte Megan im Kreuz die Stufen hinauf, als wäre es ihm plötzlich wichtig, alles unter Kontrolle zu haben.

„Sir, die komplette Familie Green ist im Haus versammelt. Die Eltern und Sandra seit gestern. Corbin seit heute Morgen und Corinne Green ist gerade eben aus Glasgow eingetroffen."

„Gut. – Haben Sie sie getrennt, so wie ich es verlangt habe?"

„Ja, Sir. – Begeistert waren sie nicht."

„Das ist ja glücklicherweise auch nicht nötig. – Miss Fairchild?"

Megan hob den Blick, noch immer verwundert über seine plötzlich aufbrandende Autorität. „Ja?"

„Sind Sie bereit?" Grant zog das Jackett aus und knöpfte den obersten Hemdknopf auf.

Da er sich teilweise auszog, überlegte sie kurz, wofür genau sie bereit sein sollte. „Äh … ja?"

„Gut." Er kontrollierte seine Waffe und krempelte die Ärmel zurück. „Dann lassen Sie uns den Herrschaften mal Feuer unterm Hintern machen. – In welchen Raum haben Sie Corbin Green gesteckt, Constable?"

„In den blauen Salon, Sir."

„Geht es etwas genauer?"

„Natürlich. Ähm, am Ende des Ganges die linke Tür."

„Danke."

Unerwartet entschlossen nahm er Megans Hand, drückte sie einmal, während er sie mit sich führte, und ließ die Hand erst wieder los, als sie vor der Tür standen.

Dann ließ er die Klinke so kräftig heruntersausen und riss die Tür auf, dass sogar Megan zusammenfuhr. Entschlossenen Schrittes ging er in den großen Raum mit dem Marmorfußboden, der größtenteils von sicher unmoralisch teuren Perserteppichen bedeckt war.

Corbin Green saß auf einer lächerlich wirkenden Seidencouch, neben ihm ein Constable, der bei Grants Anblick stumm nickte.

Megans Herz schlug schmerzhaft hart in ihrer Brust, während sie weiter auf Green zugingen.

Als dieser den Inspektor und Megan erblickte, wollte er auffahren, doch der Constable packte nach seiner Schulter und drückte ihn zurück auf das viktorianische Sitzmöbel.

„Miss Fairchild, es tut mir so schrecklich leid", erklärte er und schaffte es einmal mehr wirklich bedauernd zu wirken.

Oder vielmehr – das rief sich Megan ins Gedächtnis! – bedauerte er womöglich wirklich, was geschehen war, weil er sich durch sein krankhaftes Verhalten einfach nicht zügeln konnte.

„Sparen Sie sich Ihren Atem, Mister Green", bemerkte Grant und zog sich und Megan zwei Stühle heran. Setzte sich so nah vor den Verdächtigen, dass sich ihre Knie beinahe berührten. Megan saß nur widerwillig so direkt vor ihrem Angreifer, konnte aber nicht anders und ließ sich auf den ihr angebotenen Stuhl nieder. „Erzählen Sie uns lieber davon, seit wann Sie diese Persönlichkeitsstörung haben."

Green stockte. Damit hatte er offenbar nicht gerechnet.

„Persönlichkeitsstörung?"

„Ich rate Ihnen dringend, sich nicht dümmer zu stellen, als sie sowieso zu sein scheinen. Wir wissen von Ihrer psychologischen Behandlung. Es zu leugnen ist nicht nur sinnlos, sondern lässt Sie überdies noch unglaubwürdiger wirken, als Sie es ohnehin schon sind."

Green schnaubte und rieb die Hände ineinander.

„Woher, zum Teufel, wissen Sie das?"

„Das ist doch wohl völlig gleichgültig, Mister Green. Möchten Sie Ihren Anwalt hinzuziehen, bevor wir uns weiter unterhalten?"

Corbin verschränkte seine Arme vor der Brust und kniff die Lippen zusammen. Gleichzeitig warf er dem Constable neben ihm einen feindseligen Blick zu.

„Wenn ich einen Anwalt will, erfahren Sie es als Erstes", erklärte er dann an Grant gewandt.

„Gut. Dann lassen Sie uns fortfahren." Er zog ein Diktiergerät aus der Innentasche seiner Jacke und legte es auf den Beistelltisch, nahm Datum und Uhrzeit auf, zählte die anwesenden Personen auf und wandte sich dann wieder an Corbin.

„Sie geben also zu, dass Sie aufgrund von psychischen Problemen in psychologischer Behandlung sind."

Green schnaubte. „Ich war."

„Sie waren?"

„Bis vor einem Jahr. Dann bin ich nicht mehr zu den Sitzungen gegangen. Diese Scheißquacksalber rauben einem nämlich den letzten Nerv."

Grant gab ein abwägendes Geräusch von sich. „So wie es sich für mich darstellt, wäre es wohl besser gewesen, Sie hätten Ihre Behandlung fortgesetzt." Als Corbin schwieg, fuhr er fort. „Nun gut. Mister Green, können Sie mir etwas zu dem manipulierten Wagen sagen, mit dem wir gestern verunglückt sind?"

„Was soll ich Ihnen dazu sagen können?"

Grant streckte die Hand aus, und der Constable zauberte wie aus dem Nichts eine Akte zutage, aus der der Inspektor ein Blatt zog. „Die Untersuchung des Autowracks ergab eine nicht unerhebliche Menge von Fingerabdrücken Ihres Freundes Sean McGowan."

„Dann wird er wohl den Wagen manipuliert haben." Sein Gesicht war angespannt, so sehr, dass die Muskeln in seinen Wangen zuckten. „Auch wenn ich mir nicht vorstellen kann, warum er das hätte tun sollen."

„Das kann ich mir sogar sehr wohl vorstellen", bemerkte Grant und zog ein großformatiges Foto heraus. „Diese nicht unerhebliche Summe hat die Spurensicherung in McGowans Werkstatt gefunden."

Megan reckte den Kopf und betrachtete die Geldschein-Bündel, die ölverschmiert in das Schubfach einer Werkbank gestopft waren.

„Wofür könnte Mister McGowan wohl eine so hohe Summe bekommen haben?"

Green gab ein Achselzucken von sich. „Ist es nicht Ihre Aufgabe, so etwas herauszufinden?"

Grant nickte. „Ein kluger Einwand, Mister Green. Und stellen Sie sich vor, ich bin mir sicher, dass er das Geld von Ihnen hat."

„Wohl kaum."

Grant stand auf und ging hinter seinem und Megans Stuhl hin und her. „Ich sage Ihnen, wie es abgelaufen ist. – Nachdem Miss Fairchild auf Ihrer Wohltätigkeitsveranstaltung ungemütliche Fragen gestellt hat, wollten Sie sich erst damit begnügen ihr einen gehörigen Schreck einzujagen, um sie von Nachforschungen abzuhalten, bis sie den Rückzug nach London antritt. Dann jedoch haben Sie sich überlegt, dass es doch besser wäre auf Nummer sicher zu gehen. Also haben Sie ihren alten Kumpel Sean McGowan beauftragt, Miss Fairchild umzubringen. Mein Tod wurde dabei als Kollateralschaden billigend in Kauf genommen." Grant gab ein Achselzucken von sich. „Den bemitleidenswerten Mister McGowan zu einer solchen Tat anzustacheln, war kein allzu großes Problem. Seine Finanzen sind desaströs. Mit den 25.000 Pfund, die wir in seiner Werkstatt gefunden haben, war er schnell überzeugt."

Grant setzte sich wieder, um Green direkt in die Augen sehen zu können. „Aber nachdem dieser Plan in die Tat umgesetzt war, wollten Sie auch noch die letzte undichte Stelle stopfen, nicht wahr? Sie kannten McGowans gesundheitliches Problem. Es war für Sie eine Leichtigkeit ihn nach Erfüllen seines Auftrags mit einer kleinen Portion Rattengift zu bedenken und dafür zu sorgen, dass er starb.

Innerlich verblutet. Wie Ungeziefer."

„Das ist nicht wahr!", brüllte Green so laut, dass Megan zusammenzuckte. Sein Gesicht war verzerrt vor Wut und Trauer, sein Blick waberte und nur die unerbittliche Hand des Constables und die letzten Reste seiner Vernunft hielten ihn offenbar davon ab, aufzuspringen und wieder auszuflippen.

„Ich weiß, wie es aussieht", rief er und versuchte sich zu beruhigen. „Ich bin doch nicht blöd. Ich war es aber nicht. Ich hätte Sean niemals etwas tun können. Er war mein Freund. Und ich habe noch nie jemanden ermordet. Noch nie."

„Mich hätten Sie beinahe ermordet mit Ihrem Fahrstil", erklärte Megan, erstaunt, wie fest ihre Stimme klang.

„Aber das wollte ich nicht. Ich …" Er deutete ein Kopfschütteln an. „Sie wissen doch, wie es ist. Ich habe Aussetzer, in denen ich maßlos werde. Aber ich hätte Sie – uns beide! – doch niemals umgebracht."

„Und wenn Sie so einen Aussetzer bei Laura Satin hatten?", fragte Grant. „Was wäre dann? – Wüssten Sie es überhaupt? Oder geht Ihr Beherrschungsproblem mit Bewusstseinsstörungen einher?"

Er zögerte einen kaum merklichen Moment, der Megan dennoch nicht verborgen blieb. „Ich habe nichts dergleichen. Sie können sämtliche Krankenakten anfordern und werden sich bestätigt sehen. Ich … ich gebe mein Einverständnis, dass alle Behandlungen und Sitzungsprotokolle offengelegt werden. Ich habe meine Behandlung dort bereits Jahre vor Lauras Ermordung angefangen."

Grant reagierte auf dieses Zugeständnis ohne sichtliche Gefühlsregung und notierte das auf seinen kleinen Block.

„Und was ist mit Abigail Bold?“

„Was soll mit ihr sein?“

„Sie hatten niemals eine sexuelle Beziehung mit ihr“, erklärte Megan. „Nicht wahr?“

Sein Blick fiel auf seine Hände, die er so fest ineinander verschränkt hatte, dass die Knöchel weiß hervortraten.

„Nein, hatte ich nicht.“

„Aber Sie haben es im Laufe der Verhandlung behauptet. Sie haben diese Aussagen unter Eid gemacht.“

Sein Blick sprühte vor Zorn, von hier auf gleich. „Meinen Sie, ich bin dämlich? Das ist mir klar!“

„Warum haben Sie das getan?“

Als er schwieg, ergriff Megan das Wort. „Hatte Sie es Ihnen anvertraut?“, fragte sie Green, der überrascht aufsah.

„Mir was anvertraut?“

„Dass sie Laura geliebt hat.“

„Woher wissen Sie das?“

Megan war über die Bestätigung ihrer Theorie nicht unerfreut. „Manche Dinge offenbaren sich, wenn man nur genau genug hinsieht.“

„Warum haben Sie gelogen?“

„Weil …, verdammt, ich hatte mit meiner Lehrerin was am Laufen, okay? Wenn das rausgekommen wäre, hätte das für sie und mich echt schlecht ausgesehen.“

„Ich würde sagen, für Abigail Bold sieht es schlecht aus. Sie sitzt immerhin unschuldig hinter Gittern.“

„Unschuldig?“ Er lachte freudlos. „Sie ist so schuldig wie die Hölle.“

„Und zu dieser Erkenntnis kommen Sie, weil …?“

Er schnaufte und strich sich in einer aufgebrachten Geste, das Haar zurück. „Also hören Sie zu: An diesem

Abend nach dem Abschluss haben wir ganz schön gefeiert. Sie wissen schon, Alkohol, bisschen was geraucht …"

Grant nickte.

„Jedenfalls hatte mir Abigail die Sache von Laura erzählt. Wir … hatten damals einen recht guten Draht zueinander. Ich hatte ihr von meinen Problemen und den Arztbesuchen erzählt und sie mir, dass sie in Laura verliebt war. Naja, ich hatte schon ordentlich was getankt und fand Laura ziemlich scharf und … irgendwie ist mir die Sache wohl rausgerutscht. Dass Abby in sie verknallt war, meine ich."

Megan kniff die Augen zusammen. Die Worte *Mieser Scheißkerl* waren für Corbin Green mühelos aus ihrer Mimik abzulesen.

„Und wie hat sie reagiert?", fragte Grant, machte sich dabei unaufhörlich Notizen.

„Sie hat Abby angesprochen. Am gleichen Abend noch."

„Hat sie sie ausgelacht?", fragte Megan.

„Nein, gar nicht. Ich meine, Laura war keine Lesbe oder so. Aber sie war wirklich ein nettes Mädchen. Sie hat Abby nur darauf angesprochen, aber die ist völlig ausgerastet und hat mich angeschrien, mir Bier übergeschüttet."

„Armer Kerl", befand Megan ironisch, was ihr von Corbin einen finsteren Blick einbrachte.

„Jedenfalls ist Abby total ausgeflippt. Ich sollte kein Wort sagen, was sie für Laura empfand. Also habe ich das auch nicht. Und dafür, dass Laura selbst schwieg, hat sie gesorgt."

„Sie wollen damit sagen, dass Abigail Laura wirklich umgebracht hat?"

„Ich weiß, dass alle Welt mich für den Mörder halten wollte; den arroganten Angeber, der sich mit Hundertern den Arsch abwischt. Aber ich war es nicht. Ich war dabei, als wir Abby gefunden haben. Sie hat sie nicht retten wollen. Sie hat sie unter Wasser gedrückt, und zwar noch lange, als sie sich schon nicht mehr bewegt hat.“

Als er aufsah und Grants Blick fand, schwiegen die beiden einen langen Moment. Dann stand Grant auf. Unwillkürlich tat Megan es ihm gleich.

„Wir sind hier vorerst fertig, Mister Green“, erklärte er zu Megans Überraschung.

„Also kann ich gehen?“

„Mitnichten. Sie bleiben bis zu Ihrer Verhandlung auf dem Anwesen. Die Alternative wäre eine Zelle in der U-Haft, ich denke also, Sie dürfen sich nicht beklagen.“

Als er zur Tür ging, folgte ihm Megan und blieb abrupt stehen, als Grant noch einmal herumfuhr.

„Ach, Mister Green?“

„Ja?“

„Ich glaube Ihnen kein Wort.“ Grant zog die Tür auf, Megan folgte ihm schnell und schloss sie hinter ihnen.

Unweigerlich atmete sie tief aus und ließ die Schultern erleichtert herabsinken.

„Und jetzt?“

„Jetzt wissen wir, dass Corbin Green ein ausgezeichneter Lügner ist, der ganz genau weiß, wie viel Häppchen Wahrheit er jemandem vor die Füße werfen muss, um möglichst glaubhaft zu wirken.“

„Aber wenn er es wirklich selbst war, dann müssen seine Eltern davon wissen. Oder zumindest ein Elternteil. Denn als ich mit dem Jeep auf den Bahngleisen geparkt wurde …“

„… saß Corbin Green in meiner Zelle. Ich weiß. Deswegen wollte ich auch alle zusammen hier im Haus haben. Ich glaube nicht, dass Corbin damals ungeschoren davongekommen wäre, wenn nicht seine Eltern – ich denke hier insbesondere an seinen Vater! – ihn unterstützt hätten."

„Sie meinen Schmiergeld?"

„Ich meine einfach alles, was möglich war."

Megan nickte. „Also verhören wir sie als Nächstes?"

„Wenn Sie sich bereit fühlen?"

„Bereiter geht es kaum."

„Gut. – Constable?"

Der Polizist am Ende des Flurs reckte den Hals. „Ja, Sir?"

„Holen Sie mir bitte mein Diktiergerät aus dem blauen Salon?"

„Natürlich, Sir."

Grant beugte sich hinab an Megans Ohr. „Habe ich in der Aufregung vergessen", flüsterte er, was sie zum Lächeln brachte. Schön, dass ihn die Sache auch nicht völlig kaltließ. Auch wenn ihm das wirklich nicht anzusehen war.

Als er seine Hand in ihren Rücken legte, wusste sie, dass es nun zu Corbin Greens Eltern ging.

Das letzte Mal, als sie Mr. und Mrs. Green gegenübergesessen hatte, - gestern, um genau zu sein! – war sie als Corbins besorgte Freundin aufgetreten. Es würde zweifellos interessant, allerdings auch recht peinlich werden, wenn sie nun erführen, dass sie etwas mehr war, als das.

Als Grant die Tür zu dem Raum öffnete, wo die Greens bereits am Vortag ihren Tee genommen und sich Megan zu ihnen gesetzt hatte, schlich sie unwillkürlich mit eingezogenem Kopf hinter ihm her, um nicht sofort im Fokus der feindseligen Wahrnehmung zu stehen.

„Guten Morgen“, sagte Grant zu niemand Bestimmtem. Erst jetzt fiel Megan auf, dass ein ältlicher Mann mit schütterem Haar und teuer wirkendem Anzug mit am Tisch saß. Offenbar der Anwalt der Familie.

Niemand antwortete, was die Stimmung nicht unbedingt auflockerte.

„Da die Herrschaften wohl kein Interesse daran haben, hier noch länger festzusitzen, und nachdem wir von Mister Corbin Green schon das Wichtigste erfahren konnten, komme ich gleich zur Sache.“

„Sehr begrüßenswert“, befand der Anwalt.

Grant trat einen Schritt zur Seite und setzte Megan dem Blick aller Anwesenden aus. „Wie Sie sich sicher erinnern, ist Miss Fairchild hier gestern mit einigen Fragen über Corbin an Sie herangetreten.“

„Ich wüsste nicht, was Sie das anginge“, befand Corbins Mutter schnippisch und würdigte Megan keines Blickes. Zweifellos war es auch ihr unangenehm, dass Megan nun wusste, wie dreist sie angelogen worden war.

„Da Miss Fairchild mit einem gezielten Schlag in den Nacken von Ihrem Grundstück entführt und samt Wagen auf einem Bahngleis zur baldigen Tötung geparkt worden ist, geht mich das sehr wohl etwas an.“

„Das hätte jeder x-Beliebige tun können“, schaltete sich der Anwalt ein. „Wir wissen nichts über die Vergangenheit der jungen Dame und wissen nicht, welche dunklen Abgründe und Feindschaften sich hinter diesem zarten Gesicht verbergen.

Megan blinzelte ungläubig. „Sie -!“

Grants Griff an ihrem Arm brachte sie zum Verstummen.

„Da dieses Vorkommnis etwa zehn Minuten nach dem Gespräch mit Ihren beiden Mandanten stattfand, halte ich andere Zusammenhänge für unwahrscheinlich. Zumal Miss Fairchild auf dreiste Weise belogen wurde."

„Das wurde sie natürlich nicht", befand Corbins Mutter und warf Megan einen medusenwürdigen Blick zu. Nur diese erstarrte nicht zu Stein. Im Gegenteil.

„Sie haben mich belogen, was Corbins Aufenthaltsort anging. Er war nicht auf Geschäftsreise. Vielmehr saß er in Untersuchungshaft."

„Also -"

„Und Sie haben mir nicht gesagt, dass er seit Jahren in Behandlung ist, was seine Wutausbrüche angeht."

„Eine dreiste Verleumdung!", fuhr sein Vater auf. „Corbin erfreut sich bester Gesundheit und war niemals in psychologischer Behandlung."

„Tatsächlich?", fragte Grant. „Nun, Corbin hat uns gestattet, sämtliche Krankenakten aufzurufen. Es wird sicher ein aufschlussreiches Gespräch werden, das wir mit Dr. …" Er blickte Megan an. „Dr.?"

„Oh!" Sie kramte in ihrer Hosentasche und war froh, dass sie keine Gelegenheit gehabt hatte, sich umzuziehen. Mit den Fingerspitzen förderte sie Sandras Notiz zutage und entknitterte sie. „Macintosh", las sie und blickte mit einem triumphierenden Strahlen auf. „Dr. Macintosh in Fort William."

Grant blickte wieder Mr. Green an. „Ein Gespräch mit Dr. Macintosh wird für Klarheit sorgen, denke ich."

„Sie werden niemals eine Erlaubnis bekommen, die Akten einzusehen", erklärte der Anwalt überheblich, doch

Grant blickte ihn ungerührt an.

„Wie ich schon sagte: Wir haben Corbins Vollmacht. Mehr brauchen wir nicht."

„Corbin ist aufgrund seiner seelischen Verfassung nicht in der Lage, eine solche Vollmacht zu erteilen."

„Ach, auf einmal?"

„Grant!" Megan starrte auf den Zettel und dann zu ihm empor.

„Was ist denn?"

Sie packte ihn kurzerhand am Ärmel und zog ihn mit sich aus dem Raum. Widerwillig entwand er sich ihrem Griff.

„Es ist für ein Verhör sicher nicht förderlich, wenn Sie es auf so plumpe Art unterbrechen", rügte er, doch Megan hörte gar nicht hin.

„Sie ist es", erklärte sie.

„Was?"

„Sie ist es. Sandra."

„Was ist Sandra?" Er schüttelte den Kopf. „Ich verstehe nicht."

Megan streckte ihm den Zettel hin und zeigte darauf. „Sie hat den Brief geschrieben. Erkennen Sie die Schrift? Sie hat die Flaschenpost in den Ness geworfen."

Grant musterte den kleinen, zerknitterten Zettel, verglich das, was er sah, offenbar mit seiner Erinnerung.

Doch Megan brauchte diese Bestätigung nicht mehr. Sie hatte den Brief oft genug gelesen, ihn mit genug Schriftproben verglichen. Es war so klar, wie der lichte Tag.

„Jetzt macht alles einen Sinn", erklärte sie aufgeregt. „Sandra konnte Corbin nicht verraten, obwohl sie ihn gesehen hat. Er ist ihr Bruder und sie liebt ihn, das hat sie selbst gesagt. Sie konnte ihn einfach nicht ans Messer liefern und gleichzeitig wusste sie, was ihr womöglich selbst geschehen wäre, wenn sie ihn verraten hätte."

„Er muss ihr gedroht haben", überlegte Grant.

„Wissen Sie noch, wie sie zu mir sagte, dass er gut darin wäre, Leuten Angst zu machen?"

Grant, der das Gespräch durch das Mikro mitgehört hatte, nickte.

„Sie hat nicht von anderen gesprochen. Jedenfalls nicht nur. Sie hat von sich selbst gesprochen. Und vermutlich hat ihr nicht nur Corbin gedroht. Wahrscheinlich wissen seine Eltern, was er getan hat, und haben ihn gedeckt. Um ihn, ihren Ruf und das Geschäft zu schützen. Und Sandra musste mitspielen."

„Ob sie wollte oder nicht."

„Ganz genau. Sie schrieb es ja selbst. Ihre eigene Existenz wäre in Gefahr, wenn sie den wahren Mörder preisgeben würde. Und genau so ist es."

„Constable!"

„Ja, Inspektor?"

„Nehmen Sie mit diesem Dr. Macintosh in Fort William Kontakt auf und lassen Sie sich die Akte von Corbin Green aushändigen. Wenn seine Vollmacht nicht reicht, dann besorgen Sie mir damit einen richterlichen Beschluss."

„Ja, Sir."

„Und nun sagen Sie mir, in welches Zimmer Sie Sandra Green gesteckt haben."

„Sie sitzt in ihrem eigenen Zimmer, Sir."

„Und wo ist das?"

„Ich zeige es Ihnen." Der junge Constable ging strammen Schrittes voraus, während Megan es nicht abwarten konnte, endlich Sandra noch einmal zu sprechen.

Sie spürte, dass sie unmittelbar vor der Lösung des Falles standen. Sie müsste ihnen nur sagen, wer es getan hatte. Das war alles, nur ein Name. Ein einziges Wort.

Der Constable klopfte einmal und schob dann die Tür auf. Grand ging hinein, Megan und der Constable folgten ihm.

Ihr Blick glitt suchend durch den Raum und auch der Inspektor drehte sich einmal ergebnislos um die eigene Achse.

„Wo, zum Teufel, ist sie?"

„Sie … sie war hier."

„Und wo ist ihre Wache?"

„Wir …" Der Constable schluckte und wurde kalkweiß. „Wir haben keine Wache abgestellt, Sir."

Grants Blick nahm einen furchteinflößenden Ausdruck aus. „Sie haben *was*?", fragte er drohend leise.

„Sie … sie wollte Schularbeiten korrigieren. Wir hatten gedacht, dass … es nicht nötig wäre, sie zu bewachen."

„Sind Sie in Ihrer vollendeten Dämlichkeit auf den Gedanken gekommen, dass wir diese Männer nicht nur zur Bewachung, sondern auch zum Schutz abstellen?"

„Ich … ich. Es tut mir leid, Sir."

Grant kochte. Megan hatte ihn noch nie so wütend gesehen.

„Machen Sie einen Sicherheitscheck. Ich will hören, ob bei den Wachen alles in Ordnung ist. Ob es irgendwelche Auffälligkeiten gibt!"

Mit zitternden Fingern griff der junge Constable nach seinem Funkgerät und funkte der Reihe nach alle seine Kollegen an. Man brauchte keinerlei Talent haben, um ihm anzusehen, dass etwas nicht stimmte.

„Was?", brummte Grant.

„Der Wachmann von Corbin Green, Sir. Er antwortet nicht."

Grant verschwendete keine Zeit mit Rückfragen. Er sprintete direkt los, dorthin zurück, wo ihre Befragung begonnen hatte. Megan konnte gar nicht so schnell schauen, wie er seine Waffe gezogen und die Tür aufgerissen hatte. Dann plötzlich lief er hinein, durchquerte das Zimmer und Megan kam kaum hinterher.

Als sie den Raum betrat, kniete Grant über dem reglosen Constable. Schockstarr blickte sie auf die Szenerie und hielt den Atem an, als er zwei Finger an dessen Kehle legte.

Dann sah er zu ihr auf. „Er lebt."

Megan nickte erleichtert, während der andere Polizist hinter ihr in der Tür erschien. „Wir brauchen einen Krankenwagen. Schnell."

„Und lassen Sie das gesamte Grundstück abriegeln. Er kann noch nicht weit sein. Geben Sie eine Fahndung raus."

„Ja, Ma'am. Sir. Sofort."

Megan kniete sich neben Grant, der den augenscheinlich unverletzten Constable betrachtete.

„Ich traue mich nicht, ihn zu bewegen", erklärte er atemlos. „Sicher hat er ihn niedergeschlagen."

„Ja, vermutlich."

Megan blickte auf die offenstehende Glastür, die hinaus in den Park führte.

„Da sind sie!", rief sie plötzlich aus, zeigte mit ausgestrecktem Arm auf den Waldrand, der direkt hinter dem Green'schen Anwesen ins schottische Nirgendwo führte.

„Geben Sie dem Constable Bescheid!“, verlangte Grant, doch Megan hörte nicht auf ihn.

Sie konnte einfach nicht anders und lief den beiden nach.

X

So musste sich ein Jagdhund fühlen, der Fährte aufnahm. Es gab nur noch den Gedanken, dem Ziel zu folgen und sämtliche Vernunft und Bedenken wurden ausgeblendet.

Megan hätte nicht gedacht, dass sie so unbedingt denjenigen zur Rechenschaft ziehen wollte, der sie beinahe umgebracht hatte, doch als sie Corbin Green auf der Flucht sah, der seine Schwester vor sich hertrieb, da gab es nur noch den einen Gedanken in ihrem Kopf: ihm zu folgen.

Atemlos kämpfte sie sich durch die wohlgestaltete Parklandschaft, die dann in einen wilderen Teil überging und schließlich in den Wald führte.

Sie sah nach links und rechts. Doch weder einer der Wachmänner noch Grant, der sich um den verletzten Constable kümmerte, waren in Rufweite.

Der Waldrand war dicht mit Gestrüpp, Brombeeren und Holunder bewachsen, so dass es ihr schwerfiel, einen Zugang zu finden, ohne sich die Beine blutig zu schürfen. Doch sie biss die Zähne zusammen und kämpfte sich hinein.

Ihr Blick flirrte herum, das Herz hämmerte ich in der Kehle.

Wo, zum Teufel, waren die beiden abgeblieben? Vorsichtig schlich sie weiter. Der Waldboden war bedeckt mit Reisig und vertrockneten Ästchen. Wenn sie sich hier vorwärtsbewegten, konnte sie mit viel Glück ein Knacken oder ein Rascheln hören.

Doch auch als sie das Rauschen ihres Blutes und ihren eigenen keuchenden Atem versuchte auszublenden, hörte sie rein gar nichts.

Plötzlich zerriss ein Schuss die kühle Waldluft. Megan duckte sich instinktiv, stolperte hinter eine der hoch aufragenden Kiefern. Als sie die Rinde des Baumes streifte, schoss ein brennender Schmerz ihren Arm empor.

Sie sah an sich hinab und erstarrte.

Blut. Sie war getroffen worden.

Panisch befühlte sie ihren Oberkörper, Seiten, Rücken, Gesicht. Dann wieder ein stechender Schmerz an ihrem Arm, der ihr endlich klarmachte, wo genau sie getroffen war.

An der Außenseite ihres Oberarms, knapp unter der Schulter, war die Haut an einer länglichen Stelle wie abrasiert, das Fleisch darunter beinahe chirurgisch sauber entfernt, bis zu einer Tiefe von wenigen Millimetern.

Ein Streifschuss.

Sie schloss für einen Moment die Augen und schickte ein Dankgebet zum Himmel.

Ein paar Zentimeter weiter rechts und das wäre das Ende ihres viel zu kurzen Lebens gewesen.

Sie ließ den Gedanken fallen, als sie jäh herumgerissen wurde. Ein Schrei stieg in ihrer Kehle auf, doch eine kräftige Hand verschloss ihren Mund.

„Verdammt nochmal!“, zischte Grant, der sich neben sie hinter den Baum geduckt hatte. Sorge und Wut verzerrten sein Gesicht. „Am liebsten würde ich Sie übers Knie legen, bis Sie nicht mehr sitzen können.“

Megan blinzelte. Eine ungewöhnliche Drohung bei einer erwachsenen Frau. Sie hob den Arm.

„Ich wurde angeschossen. Reicht das vorerst als Bestrafung?“

„Verdammt nochmal!“

„Das sagten Sie schon.“

Grant griff in seine Hosentasche und förderte ein blütenweißes Taschentuch zutage, das er aufrollte und an Megans Arm zu einem Pressverband umfunktionierte.

„Und jetzt verschwinden wir schnellstens zurück zum Anwesen.“

„Sind Sie verrückt? Er entwischt uns! Und wer weiß, was er mit seiner Schwester anstellt. Soll sie etwa auch sterben?“

„Lieber sie als Sie, Miss Fairchild.“

Megan stutzte für einen langen Moment, dann wurde sie wenig sanft auf die Beine gezerrt und stolperte hinter Grant her Richtung Waldrand.

„Nicht so schnell!“

Die Stimme, die sich in Megans Nervenenden bohrte, war die von Corbin Green. Und sie musste sich nicht extra umdrehen, um zu wissen, mit welcher Seite seiner kranken Persönlichkeit sie es im Moment zu tun hatte.

Wie in Zeitlupe ließ Grant Megans Arm los und hob beide Hände in die Luft. Dann drehte er sich herum.

Ihr Schwindel war schlagartig zurück, und als sie sich ebenfalls umdrehte, bedurfte es eines wenig eleganten Ausfallschrittes, damit sie nicht umkippte.

Corbin Green hielt seine Schwester grob mit der Faust in den Haaren fest, während er mit einer Pistole auf Grant zielte.

„Legen Sie die Waffe langsam auf den Boden“, verlangte er.

„Hören Sie", sagte der Inspektor in einem beschwichtigenden Tonfall. „Noch ist nicht alles verloren. Wenn Sie die Waffe weglegen, Ihre Schwester und uns gehen lassen, dann verspreche ich, dass ich mich für Sie einsetze."

Green lachte abfällig. „Sie meinen, bei meiner *Mord*verhandlung? – Danke, ich verzichte. Ich denke, wir machen lieber einen kleinen Spaziergang." Er trat einen Schritt zurück und winkte mit der Waffe zum Zeichen, dass Grant und Megan vor ihm hergehen sollten.

Bei dem Gedanken die Waffe im Rücken zu haben und nicht zu wissen, ob dieser Irre womöglich abdrückte, überlief Megan eine neue Panikwelle. Grant nahm ihre Hand und setzte sich in Bewegung.

„Wohin wollen Sie denn?", fragte er nach wenigen Schritten, die sie tiefer in den Wald hineingingen.

„Ich habe mich noch nicht entschieden. Auf jeden Fall ein Land ohne Auslieferungsabkommen mit Großbritannien, denke ich. Vielleicht Südamerika. Oder Afrika. Ich hatte schon immer mit der kühlen Nässe hier in Schottland zu kämpfen."

„Und was geschieht mit uns?"

Megan hätte Grant am liebsten gebeten, nicht weiter zu fragen. Wer weiß, welche Antworten sie bekämen.

„Sandra wird mich begleiten. Einen direkten Zeugen hier zurückzulassen, wäre doch sehr dumm."

Wimmernd klammerte sich Sandra an Corbins Hand, die grob an ihren Haaren riss.

„Und Sie beide", fuhr er fort, „nun, ich brauche ja ein Druckmittel, nicht wahr? Ich betrachte Sie also ganz klassisch als meine Geiseln, die ich zuallererst einmal aus der unmittelbaren Nähe der zahlreichen Polizisten entfernen möchte, also setzen Sie Ihren Weg fort. Es sei denn, Ihre teure Miss Fairchild soll ein oder zwei Finger verlieren."

Megan schluckte und warf Grant einen hilflosen Blick zu. Ein Albtraum, aus dem es kein Erwachen gab.

Grant drückte ihre Hand und setzte seinen Weg fort. „Und wohin bringen Sie uns?"

„Sie sind aber ganz schön neugierig, mein lieber Inspektor.

„Sie töten uns doch sowieso. Also ist es wohl völlig gleichgültig, was und wie viel Sie mir erzählen."

Megans Herzschlag setzte einen Augenblick aus. „Warum sagen Sie denn sowas?", zischte sie leise, woraufhin Corbin Green hinter ihr leise lachte.

„Weil es so ist, Miss Fairchild. Nun, natürlich wollte ich Ihnen keine Angst machen und die Situation für Sie so angenehm wie möglich halten. Aber da der Inspektor so außerordentlich plump fragt: Wir gehen jetzt zu einer Hütte. Sie wurde früher von unserem Jagdpächter genutzt. Heutzutage jedoch steht sie leer. Wir werden uns dort eine Zeitlang aufhalten. Vier von uns gehen hinein, nur zwei kommen wieder heraus. So ist das eben manchmal im Leben."

Megans Schwindel kehrte zurück und brachte eine gehörige Portion Übelkeit mit.

„Mir ist schlecht", keuchte sie. „Mir ist ganz furchtbar sch -"

Doch da kehrte sich schon ihr Innerstes nach außen. Hustend und würgend fiel sie auf die Knie und übergab sich hinter einen moosüberwucherten Felsen, bis nur noch Galle kam.

Mit zitternden Fingern holte sie ein Taschentuch aus ihrer Hose, wischte sich den Mund ab und spürte erst jetzt die beiden Hände an ihren Schultern. Sie hatte keine Ahnung, wie lange Grant sie schon hielt.

„Tut mir leid“, brachte sie mühsam hervor.

„Das muss es nicht.“

„Weiter jetzt!“, bellte Green, doch das Läuten von Grants Handy ließ ihn aufhorchen. „Holen Sie es heraus. Aber langsam.“

Grant tat wie geheißen, während sich Megan wieder auf die Beine rappelte. Der kalte Schweiß stand ihr auf der Stirn.

„Es sind die Kollegen. Sie wollen sicher wissen, wo wir sind.“

„Gehen Sie ran! Sagen Sie, dass Sie uns Richtung Fluss verfolgen. Ordern Sie für dort Verstärkung.“

Megans Verzweiflung wuchs stetig an. Wenn jetzt noch alle Polizisten in die falsche Richtung liefen, wer sollte ihnen noch helfen können.

„Aber ich warne Sie!“, setzte Green nach. „Wenn Sie irgendein Wort sagen, das mir verdächtig vorkommt, dann -“

„Ja, ja. Schon gut“, unterbrach ihn Grant genauso kühn wie leichtsinnig und hob ab. „Grant?

Er schwieg einige Sekunden, dann sagte er: „Nein, alles in Ordnung. Wir verfolgen ihn gerade Richtung Fluss. Seine Schwester ist bei ihm. Bringen Sie jeden verfügbaren Mann und folgen Sie uns. - Ja, die Hunde auch. – Danke.“

Er legte auf und steckte das Telefon weg. „Zufrieden?“

„Ganz ausgezeichnet. – Und jetzt weiter!“

„Natürlich.“ Grant hob die Hand und verzog dabei das Gesicht in unerwartet schräger Columbo-Manier.

„Ach, eine Frage würde mich wirklich noch interessieren. Wir sterben sowieso und Henkersmahlzeit bekommen wir keine, von daher denke ich, eine weitere, möglicherweise letzte Antwort wäre eine geeignete Alternative."

Megan blinzelte ungläubig, während Corbin Green gönnerhaft nickte.

„Natürlich, Inspektor. Was möchten Sie wissen?"

„Nun, mich würde brennend interessieren, ob Sie immer noch mit Sandra schlafen, oder ob Sie damit aufgehört haben, nachdem sie Laura umgebracht hatte."

Plötzlich war es so leise, dass man eine Stecknadel hätte fallen hören. Megans Mund stand offen vor Fassungslosigkeit, als sie versuchte, Grants Worte einzuordnen. Unwillkürlich flirrte ihr Blick zu Corbin Green, der seltsam erstarrt wirkte. Und zu seiner Schwester, in deren Gesicht plötzlich keine Angst mehr stand, sondern nur rasende Wut.

„Was?", rief Megan aus.

Als Corbin seinen Griff in Sandras Haaren lockern wollte, packte sie nach seinem Arm.

„Nein", kreischte sie dabei. „Halt mich fest! Du hältst mich so lange, wie ich es sage! Die beiden reden doch nur Unsinn. Sie wissen nichts. Gar nichts."

„Hör schon auf, Sandra." Resigniert ließ er sie los, allerdings ohne die Pistole sinken zu lassen. „Sie wissen es. Und es spielt keine Rolle, weil sie ja ohnehin sterben."

Megan war fassungsloser, als sie es sich jemals hätte vorstellen können.

„Was?", rief sie noch einmal. Nicht, weil sie eine Antwort erwartete, sondern weil sie es einfach nicht glauben konnte.

„Dr. Macintosh ist beim Anruf meiner Kollegen regelrecht zusammengebrochen. Als er hörte, dass er sich endlich alles von der Seele reden durfte, was sie ihm unter den Fesseln der ärztlichen Schweigepflicht anvertraut hatten. Sie sind beide bei ihm in Therapie. Seit fast fünfzehn Jahren." Grant nickte Sandra an. „Aber Sie sind diejenige, die massive Probleme hat. Nicht wahr? Nicht Corbin. – Sicher er ist unbeherrscht und launenhaft, aber Sie haben eine – wie nannte es der Psychiater so fachlich? – Persönlichkeitsstörung."

„Halten Sie Ihr verfluchtes Schandmaul", zischte sie.

„Es hat eine Zeitlang gedauert, bis der Arzt herausfand, woher das wohl rührte. Sie hatten ein sexuelles Verhältnis mit Ihrem Bruder. Oder haben Sie es immer noch?"

„Inspektor", erklärte Corbin drohend. „Ich rate Ihnen, sich zurückzuhalten."

„Warum? Sie erschießen uns doch sowieso. Lassen Sie es mich ruhig auf den Punkt bringen: Sie und Ihre Schwester hatten ein so ausuferndes Verhältnis, dass sich ein Teil ihrer selbst, der Teil, der wusste, wie falsch und verwerflich es war, von dem Teil abgespaltet hatte, der nicht anders konnte, als dieses Verhältnis aufrechtzuerhalten. Doch dann ist etwas passiert, nicht wahr?"

„Corbin, erschieß ihn!"

„Doch nicht hier. – Hören Sie auf zu reden! Gehen Sie weiter!"

Megan beobachtete fassungslos, wie Grant das Gewedel mit der Pistole ignorierte. Stattdessen sagte er: „Sie wurden schwanger. Nicht wahr, Sandra? Und Sie haben das Kind verloren kurz vor Corbins Abschluss."

Zornige, verzweifelte Tränen liefen ihr über das angespannte Gesicht.

„Und was tat er? Er ließ sich mit einem anderen Mädchen ein."

„Corbin konnte nichts dafür. Diese verdammte Schlampe hatte ihm den Kopf verdreht." Sie spuckte auf den Boden, als würde sie auf ihr Grab spucken wollen. „Mit dieser kleinen Lesbe, das war ja harmlos und außerdem gut geeignet, um den Schein zu wahren. Aber diese Laura hat seine Schwäche einfach ausgenutzt. Ich lag im Krankenhaus und was tat sie?"

„Was tat denn er?", fragte Megan und zeigte auf Corbin.

„Er tat nichts. Er verbrachte den Abend mit seinen Freunden. Ich weiß es, denn ich kam aus dem Krankenhaus an diesem Tag und wollte ihn überraschen. Ich wollte ihm zeigen, dass es mir gut ging; dass nichts zwischen uns stand."

„Sie meinen abgesehen von der Tatsache, dass Sie Geschwister sind."

Sandra reagierte gar nicht. Sie war im Tunnel ihrer Erinnerungen gefangen, durch dessen undurchdringliche Wände es nichts und niemand schaffte.

„Ich habe sie gesehen. Die Beiden. Und als ich begriff, dass Laura dabei war sich mit ihren süßen Verführungskünsten zwischen uns zu drängen, da musste ich handeln." Sandras Gesicht war angewidert verzogen. Hass und Zorn standen ihr in den Augen und es war wahrlich nichts mehr übrig von der sympathischen jungen Frau, die sich Megan als Traumschwägerin vorgestellt hatte.

„Und Abigail war der Sündenbock", erklärte Grant.

„Sie war einfach perfekt." Sandra lachte etwas irre. „Sie war unterwürfig und hatte Todesangst, dass ihre altarkriechende Mutter herausbekommen könnte, dass sie andersrum ist. Deswegen hatte sie sich auch praktischerweise überhaupt nicht verteidigt vor Gericht. Obwohl sie mir an dem Abend beinahe alles verdorben hätte."

„Sie hat Sie gesehen?"

„Sie hat mit mir um Laura gekämpft, das dumme Ding. Wollte sie retten, obwohl sie schon fast tot war."

„Laura hat noch gelebt?" Megan schüttelte den Kopf. Allmählich begriff sie, warum diese arme Frau so restlos traumatisiert war.

„Nicht mehr lange. Dann kam Corbin und fand uns. Und nachdem ich verschwunden war, tauchten nach und nach seine Freunde auf und sahen Abigail, die krampfhaft die tote Laura im Wasser festhielt", erklärte Sandra eisig. „Apropos tot! Corbin, erschieß sie!"

„Ich sagte dir doch, dass -"

„Und *ich* sagte: Erschieß sie! Sofort!"

Megan erstarrte. Es war nun ganz offensichtlich, wer erstens der Gestörtere von beiden war und zweitens, wer das Sagen hatte.

Corbin hob die Waffe und zielte zitternd auf Grant.

„Warten Sie!", rief Megan. „Bitte! Tun Sie das nicht!"

„Tu es!", verlangte Sandra mit verbissenen Zügen. „Sofort!"

Die Hand von Corbin Green bebte.

Die Fassade des souveränen, arroganten Geschäftsmannes und Womanizers bröckelte und ließ kaum mehr zurück als das emotional wehrlose Werkzeug einer besessenen Frau.

„Dann tue ich es!"

Ehe Megan es sich versah, hatte Sandra ihrem Bruder die Waffe entwunden und richtete sie auf Grant.

Dann geschah es: Ihr klarer Verstand verabschiedete sich und etwas übernahm, das sie ihm Nachhinein nur noch

Instinkt würde nennen können.

Ein gellender Schrei brach aus ihrer Kehle, während sie ihre letzten Kräfte mobilisierte, sich an Grants Hals warf, um ihn zu Boden zu reißen. Gleichzeitig zerbarst der Schuss, den Sandra abfeuerte und Megan ging mit Grant zu Boden.

„Großer Gott!" Sie rappelte sich auf die Knie, betastete seinen Oberkörper, seinen Hals, sein Gesicht.

Plötzlich schnellte sein Arm in die Höhe. Megan sah die kleinkalibrige Waffe darin und fuhr atemlos zu Corbin und Sandra herum.

Er kniete auf dem Boden, riss sich das Hemd vom Körper und presste es auf Sandra, die offenbar von Grant getroffen worden war.

„Ist sie -?"

„Nur die Schulter. – Irre ich mich, oder wollten Sie sich gerade für mich eine Kugel einfangen?"

Megan blinzelte ihn irritiert an. Dann nickte sie langsam. „Kann schon sein."

„Das weiß ich sehr zu schätzen."

Er rappelte sich auf die Beine und zog auch Megan in die Höhe. Dann gingen sie zu Corbin und Sandra. Grant hob seine Waffe auf und verstaute sie an seinem Gürtel.

„Sie hatten noch eine zweite Pistole?"

„Allzeit bereit, Miss Fairchild."

Dann blickten beide auf die Geschwister hinab. Es war ein verstörendes, tragisches Bild. Corbin presste sein Hemd auf die blutende Schulter seiner Schwester. Offenbar hatte Sandra das Bewusstsein verloren.

Er weinte. Ungehemmt.

Nahm weder Grant noch Megan wahr, murmelte unaufhörlich etwas ins Ohr seiner Schwester, das so persönlich war, dass Megan das Gefühl hatte, nicht dabei sein zu dürfen.

Bedrückt sah sie zu Grant auf. Obwohl sie wussten, dass es vorbei und sie in Sicherheit waren, fühlte sich diese Situation ganz sicher nicht nach *Juhu* und *Yippie* an!

„Ich wollte ihr helfen.“ Corbins Schluchzen wurde von leisen, fast gehauchten Worten unterbrochen, die an niemand Bestimmtes gerichtet zu sein schienen. „Abby wollte sie rausziehen. Sie hat nicht mehr geatmet, aber ich hätte sie wiederbeleben können. Ich habe das gelernt. Ich kann das. Ich wollte ihr helfen, aber Sandra hat mich nicht gelassen. Sie … hat mich nicht gelassen.“

Megans Blick verschwamm und Grant legte den Arm in einer tröstenden Geste um ihre Schulter.

So viel Unrecht war begangen, so viele Leben waren zerstört worden.

Sie ging neben Corbin in die Knie und berührte seinen Arm, sah die Zerrissenheit in seinem Blick, die Liebe zu seiner Schwester, die Hörigkeit, die Verzweiflung und das bittere Wissen, dass er Laura hätte retten können; dass er es sogar gemusst hätte.

In einer impulsiven Geste griff er nach ihrer Hand und drückte sie fest.

„Danke“, brachte er mühsam hervor. Und dann noch einmal „Danke.“

Megan begriff. Es gab kein Versteckspiel mehr und die Last der Lügen wurde endlich von ihm genommen.

Als sie sich wieder erhob, hielt Grant das Telefon in der Hand. „Ich rufe die Kollegen“, sagte er leise, als würde er den Zustand von Corbin Green respektieren wollen. „Und den Krankenwagen.“

Megan nickte und warf einen letzten Blick auf die Frau, die mindestens selbst so zerstört war, wie sie alles um sich herum zerstört hatte.

Eigentlich hatte sie erwartet am Ende ihrer Mörderjagd die strahlende Siegerin zu sein und den süßen Triumph der Gerechtigkeit zu spüren. Aber in diesem Augenblick fühlte es sich leider ganz anders an.

Eine Berührung an ihrem gesunden Arm riss sie aus ihrer Grübelei. Grants aufmunterndes Lächeln, das dennoch etwas mitgenommen wirkte, steckte sie an.

„Kommen Sie“, sagte er leise. „Wir sind hier fertig.“

Epilog

Nun war er also gekommen: der Tag ihrer Abreise.

Nach einem langen Abend, den sie teilweise damit verbracht hatte, ihren Arm nähen und wenig elegant verbinden zu lassen, war sie zurück in die Herberge gefahren und wie von einem Betäubungspfeil getroffen eingeschlafen.

Am Mittag hatte sie nun Grant abgeholt und war mit ihr zum Haus der Bolds gefahren.

Natürlich war noch nicht alles offiziell geregelt, doch Sandra und Corbin waren in Untersuchungshaft und Abigail zu ihrer Mutter gebracht worden. Bis zur Verhandlung trug sie eine Fußfessel. Doch da es den örtlichen Behörden sehr unangenehm war, dass sie all die Jahre unschuldig hinter Gittern gesessen hatte, taten sie nun alles, um ihre Rückkehr in ein normales Leben zu gewährleisten.

Wobei Megan bezweifelte, dass das überhaupt möglich war.

„Unglaublich, dass sie den Brief selbst geschrieben hat", wunderte sich Grant.

„Das beschäftigt Sie am meisten?"

„Vielleicht. Es ist nur so … unbegreiflich. Wie zerrissen muss ein Geist sein, dass sich so ein Zustand einstellt. Wo ein Mensch dem eigenen Ich schadet. Es verrät. Ich meine, im Prinzip hat sie sich ja selbst überführt."

Megan nickte. Darüber hatte sie am Abend ebenfalls nachgedacht. „Ich wundere mich noch mehr über Corbin. Ich war mir so sicher, dass er der Mörder ist. Und dann stellt sich heraus, dass er die ganze Zeit über nicht mehr war, als ein beinahe hilfloses Werkzeug, auch wenn er sich durch seine Mitwisserschaft natürlich schuldig gemacht hat."

„Und was lernen wir daraus?"

„Dass ich mich beim nächsten Mordfall nicht so früh festlege."

Seine Brauen schossen in die Höhe. „Beim nächsten Mordfall?"

Sie grinste. „Falls sich wieder einmal etwas ergibt."

Grant lachte laut und schüttelte den Kopf, während er den Wagen vor dem Haus der Bolds parkte. „Was haben Sie da überhaupt in Ihrer Tasche?"

„Das ist nicht für Sie", antwortete sie kryptisch und stieg aus.

Sie war nervös und aufgeregt. Es würde das erste Mal sein, dass sie Abigail außerhalb des Gefängnisses sah, und auch wenn sie sich wünsche, dass sie ihr dankbar und freudestrahlend entgegensprang, wusste sie doch, dass das nicht der Fall sein würde.

„Bereit?" Grant ließ die Hand über dem Türklopfer schweben und betätigte ihn erst, nachdem sie genickt hatte.

Schnell näherten sich Schritte und als die Tür aufging, brach eine erleichterte Mrs. Bold in Freudentränen aus.

„Ich habe meine Abby wieder", schluchzte sie und schnäuzte sich mit einem Taschentuch, das sie offenbar schon länger in Gebrauch hatte. „Ich … ich weiß gar nicht, wie ich euch jemals danken kann, Finley. Miss Fairchild."

Megan lächelte. „Wir haben gerne geholfen", erklärte sie und Mrs. Bold trat zurück.

„Kommen Sie doch bitte herein."

Das leere Haus begrüßte sie mit der etwas düsteren Stille, die Megan noch vom vorigen Besuch kannte. Sie ging einige Schritte weiter und erblickte Abigail, die auf der Couch saß. Zwar trug sie normale Kleider, eine ausgeleierte Hose und eine Bluse darüber, doch der Gesichtsausdruck war so unverändert, dass Megan sich fragte, ob sie überhaupt wusste, dass sie aus dem Gefängnis entlassen worden war.

Megan fragte nicht um Erlaubnis. Sie zog sich den Ohrensessel an den Couchtisch, so dass sie Abigail gegenübersaß.

„Guten Morgen", sagte sie leise und lächelte. Abigail starrte auf die altmodisch geflieste Tischplatte und verzog keine Miene. Doch daran war Megan ja leider schon gewöhnt.

„Abigail, ich weiß, dass all dies lange Zeit brauchen wird, um zu heilen. Aber die Wahrheit ist ans Licht gekommen und es ist nicht Ihre Schuld, dass Laura starb. Sie haben fürwahr alles getan, um ihr zu helfen."

Noch immer war ihre Miene unverändert, doch Megan fuhr einfach fort und kramte in ihrer großen Tasche.

„Ich habe hier etwas für Sie", sagte sie dabei und zog den Pullover heraus, an dem sie bis zum heutigen Morgen noch gearbeitet hatte. „Ich hoffe, es ist Ihnen Recht, dass ich es fertiggestrickt habe."

Als sie Abigail den Pullover über den Tisch hinweg entgegenstreckte, löste sich aus deren Auge eine einzelne Träne.

Lange rührte sie sich nicht, und als sie endlich die Hand ausstreckte und den Pullover entgegennahm, sich gegen die Brust presste, wie ein tröstendes Kissen, lächelte

Megan und fühlte sich bestärkt.

„Und ich habe noch etwas." Während sie ein zweites Mal in ihre Tasche griff, spürte sie Grants verwunderten Blick an ihrer Schläfe, ließ sich aber nicht beirren.

Das kleine Armbändchen von Laura Satin, das sie aus dem Beweisbeutel geklaut hatte, legte sie vorsichtig auf den Tisch und hoffte inständig, dass sie nicht genau das Gegenteil dessen bewirkte, was sie wollte.

Abigail Bold starrte drauf. Sekundenlang. Und dann mit einem Mal löste sich ein so durchdringendes Schluchzen in ihrer Kehle, dass auch Megan einen Kloß im Hals hatte.

„Ich dachte mir", sagte sie mit erstickter Stimme, „dass Sie es haben sollten."

Abigail nahm das Armband, vorsichtig, wie etwas Zerbrechliches von unschätzbarem Wert und presste es sich gegen die Brust.

Dann, zum allerersten Mal, hob sie den Blick und sah Megan an, hielt dabei das Band in ihren blassen Händen und sagte: „Ich danke Ihnen."

Nun verschwamm auch Megans Blick, als sie nickte und hauchte: „Sehr gern."

„Was ist denn das für ein Band?", fragte ihre Mutter verwundert, die nun auch an den Tisch getreten war.

Megan blinzelte die Tränen weg. „Das gehört Abigail. Ich habe es ihr nur wiedergegeben."

Dann stand sie auf. Als sie schon fast bei Grant war, drehte sie sich noch einmal um. Zu ihrer großen Überraschung sah ihr Abigail Bold mit großen Augen nach.

„Liebe ist ein Geschenk Gottes, Abigail", sagte sie und wusste, dass sie genau verstand, was sie damit meinte.

„Und zwar immer. Ganz gleichgültig, in welcher Gestalt sie uns geschenkt wird."

Ein leises Nicken bestätigte sie darin und mit einem aufrichtigen „Leben Sie wohl" verabschiedete sie sich nach draußen.

„Haben Sie das aus den Akten geklaut?", fragte Grant, als sie die Tür hinter sich geschlossen hatten.

Megan nickte. „Wem soll es da schon helfen? Und Abigail gibt es Kraft. Dass macht doch mehr Sinn, finden Sie nicht?"

Er nickte. „Sehe ich genauso."

Ein ohrenbetäubendes Hupen ließ sie herumfahren. Douglas hatte den Bus keine zwanzig Meter vom Haus entfernt geparkt und Jason wartete am Einstieg.

„Das ist wohl der dezente Hinweis, dass ich los muss", erklärte sie mit einem halbgaren Lächeln.

„Dann ist das jetzt wohl unser Abschied." Er streckte die Hand vor und Megan gab ihm die ihre. Mit einer galanten Geste umfasste er ihre Finger und hauchte einen Kuss auf ihre Fingerknöchel.

„Es war mir eine große Ehre mit Ihnen zusammenzuarbeiten, Miss Fairchild. Ich schulde Ihnen mehr Dank, als es sich in so wenige Worte fassen lässt. – Ach, und eines noch. Lord Byron."

Sie zog die Stirn kraus. „Was ist mit ihm?"

„Ich habe den guten Mann gegoogelt, wie es so schön heißt. Und man sieht es wohl als erwiesen an, dass er mit seiner Schwester ein Verhältnis hatte, aus dem auch ein Kind entstand."

„Wirklich?"

Er nickte. „Abigail hatte uns den entscheidenden Hinweis gegeben. Wir hatten ihn nur nicht verstanden."

„Unglaublich."

Wieder wurde gehupt, so laut, dass Megan zusammenfuhr.

„Ich muss jetzt wohl los", sagte sie noch einmal.

„Ich wünsche Ihnen eine gute Heimreise. Und wenn Sie wieder einmal Ruhe und Abgeschiedenheit suchen, steht Ihnen mein Gästebett jederzeit zur Verfügung."

Sie lächelte aufrichtig und ein wenig nervös. „Ich komme sehr gerne auf das Angebot zurück."

Das dritte Hupen war ihr endgültiges Startsignal.

„Also dann", sagte sie und hob unentschlossen die Hand. „Bis bald, Inspektor."

Als sie einen Schritt zurücktreten wollte, fasste er energisch nach ihrem Handgelenk und zog sie näher an sich.

Megan erstarrte für einen Augenblick, als eine Woge Adrenalin durch ihre Adern schwappte.

Grant beugte sich über sie, kam ihr so nah, dass sie den köstlichen Duft seiner Haut einatmen konnte. Mit einer vorsichtigen Berührung legte er die Lippen auf ihre Wange und schloss sie leicht, hielt den innigen Kontakt für einen langen, köstlichen Moment aufrecht und löste sich dann wieder von ihr. Er lächelte. „Bis bald, meine liebe Miss Fairchild."

Megan war etwas atemlos. Ihre Fingerspitzen kribbelten. Ihre Knie fühlten sich an, wie vor der nächsten Schwächeattacke, als sie sich zwang einen Schritt zurückzutreten. Wenig geistreich hob sie die Hand zum Abschied und lächelte ein Lächeln, das sich partout nicht aus ihrem Gesicht entfernen ließ.

Dann stieg sie seufzend in den Bus. Während der Abfahrt wartete Grant, hob noch einmal die Hand und nahm sie erst herunter, als der Bus außer Sichtweite war. Megan seufzte noch einmal, ein wenig wehmütig diesmal, und setzte sich auf ihren Platz.

Jetzt, da alles hinter ihr lag, spürte sie ihren schmerzenden Streifschuss, den Schwindel und die latente Übelkeit, die sie nicht wirklich loslassen wollte. Ihre Beine schmerzten und vom Schreien war sie ein wenig heiser. Gesundheitlich gesehen war dieser Ausflug wahrlich keine Erfolgsgeschichte, aber alles andere …

Jason unterbrach ihre Gedanken, als er sich ihr gegenüber an das kleine Tischchen setzte. Sie lächelte.

„Ich habe dir noch gar nicht richtig für deine Hilfe gedankt. Du warst ein wunderbarer Lehrervertreter und hast deine Mitschüler einwandfrei unter Kontrolle gehabt." Sie deutete ein Kopfschütteln an. „Ich verstehe einfach nicht, warum du so oft die Klasse wiederholen musstest."

Er gab ein Achselzucken von sich. „Musste ich nicht."

„Nicht?"

„Ich wollte. – Es war immer schön und ich war weit weg von jeder Art von Verantwortung, die mir mein Vater hätte aufbrummen können. – Aber wissen Sie was?"

„Was?"

„Das ist gar keine so üble Sache mit der Verantwortung. Ich glaube, dieses Jahr mache ich den Abschluss."

„Das würde mich sehr freuen. – Weißt du, was du danach vorhast?"

Wieder ein Achselzucken. „Studieren. Vielleicht werde ich Lehrer. Mal sehen."

Megan grinste und nickte. „Eine sehr gute Idee."

„Ja, finde ich auch.“ Jason stellte eine schlichte Stofftasche auf das Bustischchen.

„Was ist das denn?“

„Eine kleine Überraschung von Ihrem schottischen Mit-Detektiv.“ Er legte den Kopf schräg. „Sie wissen, dass er in seinem Leben nicht einmal ansatzweise so viel Geld verdienen wird, wie ich jeden Tag ausgeben kann?“

Eine lustig verpackte Frage mit ernstem Hintergrund. Megan nickte. „Ja, ich weiß, Jason. Ich -“

Er hob die Hand. „Es ist ein Elend, dass sich die Frauen, bei denen es sich lohnt, nicht von Geld beeindrucken lassen. Aber vermutlich sind sie ja deswegen diejenigen, bei denen es sich lohnt, nicht wahr?“

„Jason -“

„Schon in Ordnung. Ich komme darüber hinweg. Ehrlich. Irgendwann.“

Sie lachte und er lachte ebenfalls, auch wenn ihm anzusehen war, dass ihm nicht wirklich danach war.

„Danke, dass du es mir so leicht machst“, sagte sie und er nickte tapfer.

„Machen Sie hr Päckchen auf. Ich will gar nicht wissen, welche Schweinereien er Ihnen eingepackt hat.“

Mit diesen Worten verzog sich Jason in den hinteren Teil des Busses zu seinen Freunden.

Megan knöpfte neugierig die Stofftasche auf.

Darin zu finden waren eine Frischhaltedose und ein Kuvert. Ihr wurde etwa eine Millisekunde zu spät klar, was in der Dose sein konnte, da hatte sie den Deckel nämlich schon abgezogen und starrte auf das unaussprechliche Gemüsedebakel, das angeblich eine schottische Spezialität war. Unweigerlich musste sie lachen, verschloss den Behälter aber schnell wieder.

Dann wandte sie sich dem zu, was ganz offenbar noch interessanter und geheimnisvoller war. Denn in dem kleinen Kuvert steckte ein handgeschriebener Brief, der sich an *Meine liebe Miss Fairchild* richtete.

Megan las den Brief desto verwunderter, je weiter sie kam. Und dann gleich noch ein zweites Mal. Und ein drittes Mal. Dann faltete sie ihn lächelnd zusammen, lehnte sich zurück und dachte sich:

Warum eigentlich nicht?

ENDE

Inhaltsverzeichnis:

Impressum:

Lara Steel
c/o Papyrus Autoren-Club
Pettenkoferstr. 16-18
10247 Berlin

10264621R00155

Printed in Germany
by Amazon Distribution
GmbH, Leipzig